2023 年"新时代中国法治文学精选"丛书

中国社会主义文艺学会法治文艺专业委员会 编

风口浪尖

群众出版社
·北京·

图书在版编目（CIP）数据

风口浪尖 / 中国社会主义文艺学会法治文艺专业委员会编. -- 北京：群众出版社，2024. 10. --（2023 年"新时代中国法治文学精选"丛书）. -- ISBN 978-7-5014-6388-6

Ⅰ. I247.5

中国国家版本馆 CIP 数据核字第 2024XP7177 号

2023 年"新时代中国法治文学精选"丛书

风口浪尖

中国社会主义文艺学会法治文艺专业委员会　编

责任编辑：张　晔
装帧设计：王紫华
责任印制：周振东

出版发行：群众出版社
地　　址：北京市丰台区方庄芳星园三区 15 号楼
邮政编码：100078
经　　销：新华书店
印　　刷：天津嘉恒印务有限公司

版　　次：2024 年 10 月第 1 版
印　　次：2024 年 10 月第 1 次
印　　张：8.375
开　　本：880 毫米×1230 毫米　1/32
字　　数：195 千字

书　　号：ISBN 978-7-5014-6388-6
定　　价：49.00 元

网　　址：www.qzcbs.com
电子邮箱：qzcbs@sohu.com

营销中心电话：010-83903991
读者服务部电话（门市）：010-83903257
警官读者俱乐部电话（网购、邮购）：010-83901775
文艺分社电话：010-83901350

2023 年 "新时代中国法治文学精选" 丛书编委会

前言

　　为认真贯彻习近平新时代中国特色社会主义思想，弘扬社会主义核心价值观，讲好中国法治故事，以法治文学的力量，为实现以中国式现代化全面推进中华民族伟大复兴作出应有贡献，经中国社会主义文艺学会批准，中国社会主义文艺学会法治文艺专业委员会自 2021 年起开展"新时代中国法治文学精选"丛书征稿编选工作。迄今已连续成功举办了三届。中宣部原副部长、原文化部部长贺敬之同志担任编委会总顾问。此项活动的主要成果是，由群众出版社向全国公开出版发行 2021 年、2022 年、2023 年"新时代中国法治文学精选"丛书，收录长篇小说 14 部、中篇小说集 1 部、报告文学集 2 部、中短篇小说集 2 部、短篇小说与报告文学集 1 部。这是一年一度法治文学精选的征稿编选工作，对于推动中国法治小说、报告文学原创作品的发展，促进法治文学人才脱颖而出，起到了十分重要的积极作用。

2021 年入选的优秀作品，其中长篇小说 2 部（《山重水复》《弹壳》）、中短篇小说集 1 部（《疑似命案》）、报告文学集 1 部（《微尘鉴罪》），已收入 2021 年"新时代中国法治文学精选"丛书，由群众出版社出版发行。2022 年入选的优秀作品，其中长篇小说 6 部（《血案寻踪》《刑警一中队》《刑警的诺言》《越过陷阱》《虚拟诱惑》《刑侦女警》）、中短篇小说集 1 部（《诡异现场》）、报告文学集 1 部（《预审"工匠"》），已收入 2022 年"新时代中国法治文学精选"丛书，由群众出版社出版发行。

2023 年"新时代中国法治文学精选"丛书的征稿编选工作现已圆满结束。此次征稿，自 2023 年 1 月 1 日至 9 月 30 日，共收到作品 80 部（篇），其中长篇小说 11 部，中篇小说 18 篇，短篇小说 33 篇，报告文学 18 部（篇）。经中国社会主义文艺学会法治文艺专业委员会组织专家认真审读，最终确定 25 部（篇）作品入选 2023 年"新时代中国法治文学精选"丛书。凡入选作品的作者，均由中国社会主义文艺学会法治文艺专业委员会颁发"特约作家"证书，并在中国社会主义文艺学会网站公布。

2023 年"新时代中国法治文学精选"丛书继续由群众出版社出版发行，共 8 部，收录长篇小说 6 部、中篇小说集 1 部、短篇小说与报告文学集 1 部，并将所有入选作品名单收入附录。

中国社会主义文艺学会法治文艺专业委员会
2023 年 12 月 31 日

风口浪尖

楸立

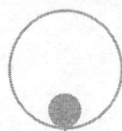

一

　　我曾经极不愿意写关于警察的文字，没有多少理由，警察这个群体不好写。写得太完美理想化，读者自然不会信服。写得太个性生活化，用几个个体人物来为整个警队下定义，难免以偏概全。基于此，我的作品不会轻易触及公安题材。

　　时光如行走的河，往事，虽已目不可及，在我心中则越发清晰，它们如同颗颗坚硬晶莹的珍珠，堆积在我的眼前。每当我向前的时候，需先用记忆之手将这些层层叠叠的球状物码成巷道的形状，还要时不时地在回味中摩挲打磨，使其历久弥新。

　　在现实中，每当我和那些警察兄弟们聚在一起聊天、喝茶、拼酒时，我愿意选择倾听，听他们工作中的许多逸事和得失，听他们的欢喜和愤懑。这时，他们其实不需要谁来给他们一个圆满的解释和安慰，甚至不需要你加入进来给他们褒奖或恭维，更不需要我拙劣的文字来形容他们。他们渴望冲锋喷发，又期望被挖掘发现，他们是高昂的，是沉默的，他们中没有谁因为失落和失败而放弃这个崇高的职业，他们每一个人都深爱着藏蓝警服，他们都拥有心怀正义刚强的金盾情结，他们为了入警誓言，永远不会后悔和退缩。

　　此时，那些永远离开我们的人，他们依然活着，活在我们的世界里，他们不管在任何时间、任何地点总会不经允许地闯入我的梦境，对我说："兄弟，出警，走着!""哥，我爸妈还好吗?""嘿，你小子现在是作家啦，多写写我，别忘了我们。"然后，他们转瞬间消失在遥夜的尽头，无声无息。此时我不得不醒来，再也不能安然睡去，躺在床上回想他们的一点一滴，我大滴的眼泪便会滑落到耳朵里，流进嘴角里，滴落到枕巾上，酸酸的，发着涩……我想，是时候给他们写点儿什么了，这样我会舒服些，我必须给他们一个交代，这不是任何人交派给我的任务和警令，但不论面对任何困难和阻力，我都一定要圆满完成。好，从现在开始，如果你愿意听我说，就静下心，慢慢听我讲给你们听，没有别的要求，我只是想……只是想让他们重新活一次。

那就开始吧。首先要说明的是，我是一名警察。

时光退回二十世纪末，长江流域特大洪水的那年，因为抗洪救灾，所以我对当年发生的好多事情都记得特别清楚。那一年，舒城县防洪防汛指挥部应急分队成立，我们城关派出所的壮小伙们全部成为应急分队中的一员，每人发了身迷彩服、雨衣、长筒雨靴、手套，只待一声令下，哪里有汛情就出现战斗在哪里。结果事与愿违，整个 D 省其他地区都出现了大范围降水，唯独晋江整个区域雷声大雨点小，进秋之后也没下几场透雨，应急分队又坚持了一个月，之后便解散了。组织虽然解散了，但补助和衣服、东西是收不回去的，该给的也还是要给的。巡防队长冯长海开着所里的吉普车来基地接巡防队员李伟、小尹、班邓和实习生刘锐回派出所。

常闯穿上警服在镜子前照了照，又想了想，把警服三下五除二地脱了下来，换上一条在警校穿了两年的灰运动裤，在镜子面前又走了两遭。

常妈正在外面给自行车打气，常闯扭头看到常妈弯腰使劲儿费力的样子，忙跑出去，夺过打气管子："我自个儿来，自个儿来。"

常妈索性拿了个马扎，看着儿子宽厚的肩膀、有力的胳膊，心中无不欣慰："你怎么把警服脱啦？今天正式上班了，你倒穿平常衣裳了。"

常闯用手摁了摁车胎，扑拉了一下手说："昨天去局里报到，三个分配的，就我一个人穿警服，特别不得劲儿，我还是先别穿了。"常闯边说边把捆成炸药包状的被褥从屋里抱出来，在车子后椅架上用尼龙绳子捆好。

常妈说："警服你还单回来拿呀？"

常闯说："被褥卷里裹着呢。"

"那衣裳不全皱了呀？"

从常家口到舒城县城直线距离四十里，如果走大路过集镇，路程则要多十里。常闯选择了走乡村小路，他一边蹬车子，一边想自己要去报到的城区派出所是个什么状况。

常闯警校毕业那年就被学校推荐到了省厅特警总队，当时常闯兴奋不已，满以为会直接分配，结果，集训了三个月后，上面下发了一个红头文件——非省会考生必须回原籍等待分配。常闯心里一百万分的沮丧，尽管副总队长找到政治部，想将这个素质极佳的警校生留住,却扛不住政策上的"一刀切"。

远远地看到舒城县电视台的信号架越来越近,包括雷达大锅接收器上面的"舒城电视台"五个朱红大字越来越艳,东西省道上的汽车喇叭声嘈杂无序,常闯想,自己人生的第一个起点马上就要开始了。

"哎,哎!"一辆摩托车从常闯身边倏地一下钻过去,车上的骑手嘴里喊了常闯两声,后面几个字常闯没有听清。常闯心想,这是从哪里冒出来的,和谁哎哎呢?他兀自骑着自行车向前走,看到那辆红色钱江摩托车在他前面一百米的地方停下了,但骑手没有下来,只是左脚支在地上停在了那里。

常闯不明所以,远处的几个老农正在地里为青苗上冬水。常闯骑到了距离那辆摩托车十米的地方,摩托车上的骑手已经将车打好车梯,叉腰站在路中央,冲他这个方向喊:"你骑个破车子瞎晃嘛呀?"

在对方骂街的时候,常闯的自行车就骑到他近前了,一听对方骂人,常闯就下了车子:"你怎么骂人?我碍着你啦?"

"你碍着本大人的车行驶啦!现在你杨二爷让你赔礼道歉。"

常闯心想:这是遇到找事儿的了,看这小子这样还挺霸道。他可没遇到过这种事儿,心里有些局促,不过倒不是害怕,自己在警校读了三年,又在特警总队待了几个月,也不是白给的,我一个人民警察还怕你找事儿不成。

常闯说:"你这是故意找事儿!"

"对,你小子看样子是刚毕业的吧?在舒城你也不打听一下,杨二严,'杨二阎王'的大名。"

"我没听说过，你想怎么着吧！"

"杨二阎王"甩了下头上刻意留出的一绺长毛，来显示自己的潇洒："怎么着？要么挨顿揍，要么给我两百块钱。"

"你这是抢劫呀？"

"也可以这么说。"

常闯把车子打上车梯，就想上前凑，这时从后面过来个开东方红大拖拉机的，突突突地颠到了两人近前。见路上这两个小伙儿要干架，司机踩了下离合问："你俩干吗？打架呀！算了，都走都走。"拖拉机手说话的时候，脸上是绽开的笑容，明显是想看个热闹，唯恐天下不乱的表情。

"杨二阎王"在拖拉机突突突的噪声里喊："滚你妈的蛋，小心连你一起揍。"

这个开车的男人脖子一梗，坐在车上说："你怎么不识劝呀？"

"杨二阎王"手一指："打听打听，谁敢拦'杨二阎王'的驾。"

"杨二阎王"的名字果然出了效应，那个拖拉机手一听"杨二阎王"四个字，脸色一下就不好看了，对常闯说："走吧，走吧。"紧眨了几下眼睛使眼色。

常闯火气上来了，这个"杨二阎王"也太嚣张了。他等拖拉机开过去，冲"杨二阎王"说："就在这里吗？"

"在这儿。""杨二阎王"抡起拳头就扑过来。

拖拉机手是县城边上的，准备去地里撒化肥，他头一次看到了比电视上的武打片还要精彩的格斗场景。

先是"杨二阎王"被骑自行车的麻利地过背摔，随后"杨二阎王"一骨碌起身，还没站稳，那穿着一身运动衣的小哥，身子敏捷得很，一记旋风腿就又将"杨二阎王"扫倒了。

这个拖拉机手叫牛大社,因为嘴大能吃能白话,村里人送外号"牛大舌头"。"牛大舌头"目瞪口呆,跳下拖拉机,过来对常闯说:"小伙子,别把人打坏喽!"牛大社一吐舌头,"兄弟,够利索。"他瞧了眼地上的"杨二阎王","刚听我的多好,你瞧,我刚劝你别打别打,你非得……"牛大社一脸惋惜。

杨二严擦了下嘴角:"你等着我!"杨二严跳上摩托,一溜歪斜地跑没影儿了。

牛大社说:"兄弟,你快走吧,他这是叫人去啦,好汉架不住人多,走吧!"

常闯说:"没事儿,我在这儿等着他,看他能怎么样。"

"厉害,兄弟,你真厉害!在舒城,杨家说了算,你还是躲躲吧!"

常闯的倔脾气上来了,心说,我要是躲了以后怎么办,说我怕事儿,刚参加工作就被这种人吓倒了,笑话。常闯抱着肩膀:"大哥,没事儿,我是公安。"

"你是公安呀?难怪。"牛大社心里想,今天有好戏看了,他递给常闯一支烟,"来抽一支,你公安就不怕了?"

"我不会。"常闯说。

两个人说话间,就看到从城里方向过来了七八辆摩托车,排气管都破气的那种,后面尘烟弥漫。

牛大社说:"兄弟,他们可来了,你不行快点儿走。"

常闯心里也一惊,没想到对方这么多人,但躲已经躲不了了。杨二严走在最前面,在他身后的是个五十来岁非常健壮的中年男人。

杨二严指着常闯对这个男人说:"孙叔,就是这个小子,挺能打的。"

那个孙叔晃荡着身子走到常闯跟前："你他妈的哪村的？"

常闯想还是自报家门，拿着自己的学员证："我是派出所的。"

"派出所的？"孙叔和杨二严，还有后面的几个人都愣了一下。

孙叔说："派出所的就可以打人？"然后一瞅常闯的学员证，"哪来的学员证，烹饪学校的呀？"

杨二严也跟着嬉皮笑脸："操，吓破了胆，装开公安来了。"

常闯脸上一红，他看到站在十几米外的牛大社，牛大社赶忙把脸扭过去，假装没看到。常闯说："没事儿，你们说我装，不碍事，到派出所就知道了。"

"派出所？去你妈的，还跟你去派出所？"杨二严骂了一句街，孙叔扭头示意他别说话，可杨二严早就气急败坏了，"来，一起揍他。"

后面的人随即就冲了上来，第一个人被常闯一记左勾拳打到一边去了，又过来一个，常闯一记旋风腿把对方扫到路边的沟里去了。开始还可以应付，后来常闯就感到吃力了，后背、脸上挨了好几棍子，他只好边跑边还手。正在这时，就听牛大社喊了一句："派出所的来啦。"那个孙叔始终没有动手，他可能觉得没有必要，听人喊派出所的来了，他一扭头，果然，远处一辆晋 O 牌照白色吉普车风驰电掣地开过来，那是城关派出所的车。

孙叔喊："快点儿！真是派出所的。"

杨二严拿着棍子想给常闯头上来一下，扭头发现吉普车都到近前了，忙扔下棍子就往外蹿。冯长海停车、跳车的动作非常麻利，上来就把一个小子的头发给薅住了："聚众斗殴？'小峰'呀，老子找你好长时间了。"

那个叫"小峰"的歪着脑袋喊："海哥，海哥，轻点儿轻点儿。"

刘锐、班邓脚下生风，冲刺百米将两个小子拿住了，两人一人扭着一个给擒了回来。李伟追的是杨二严，追了几步，杨二严扭头和李伟就撕扯在一起了。李伟脚下有点儿功夫，摔了几下就把杨二严摔倒了。冯长海担心这帮小子们下手没轻没重，就喊李伟"别踢别踢"。李伟踢了一脚土，全撒在杨二严的脸上了。

孙叔躲在牛大社的拖拉机后面准备择机开溜，常闯早就盯着他了，过去就喊："你别走！"

孙叔用手扒拉一下常闯："滚开！"

常闯趁机拿住对方手腕，来了个过肩摔，结果这个孙叔就势一个侧空翻，稳稳落地，随即一个侧蹬腿，把常闯蹬出十几米倒在地上，常闯一个乌龙绞柱站起来，把派出所的几个人都看呆了。

"好身手！"冯长海旁边的一个小伙子过去一个凌空踢，正好踢到孙叔的脸上。常闯有了帮手心里就踏实了，两个人和那个孙叔打在一处，几个照面，孙叔就招架不住，被两人合力擒住了。

冯长海从车里拿出铐子把两个人一铐，说："给他们全铐上。"

常闯对帮忙的几个人说："谢了兄弟，你们是哪个派出所的?"

刘锐说："我们是城关派出所的。"

"哦，城关派出所的，我是常闯，今天到所报到。"常闯和对方握手。

冯长海叉着腰，一手指牛大社："你把他们的摩托车全拉派出所去。"

牛大社挥手说："好，好。"

冯长海对着杨二严几个人呵斥了几句："都蹲好了，李伟瞅着他们。"

"蹲好了!"李伟吼了一句,地上本就蹲着的几个人浑身哆嗦了一下。

"我是你冯哥,叫长海哥也行。"冯长海换了一副表情和常闯握手。

"冯哥,谢了。"

"你是哪个学校毕业的?我是省警院。"

"我叫刘锐,是市警实习生。"刘锐说道。

"行了,"冯长海嫌刘锐多嘴,"走走走,常闯兄弟,一起回所吧!"

"牛大舌头"和小尹抬着摩托车,七辆摩托就这么胡乱地被装上车,他跳上车座,一下给到三挡,车子猛地蹿了出去。他攥着方向盘,嘴里还嘟囔了一句:"还'杨二阎王'呢,算什么呀,全办了吧。"

城关派出所坐落在县城最中心,左侧是舒城县政府驻地,右侧毗邻电子商城。派出所坐北朝南,三排红瓦房错落有致,两个绿铁门向南大敞四开,一进门就是一面影壁墙,上面写着:为人民服务。大门东面是户籍室,西侧是巡防队。

所长齐耀臣和副所长陈三斤正在所长室里说着什么,陈三斤递给齐所长一根万宝路,齐所长挥挥手说洋烟不适应,便从口袋里掏出一盒白红梅点上,两种烟草的混合味道让本就不大的屋子云雾缭绕起来。

齐所长说:"局里政工科说分来个警校生,叫常什么来着,分到你组了,你带吧。"

陈三斤说:"让我带着?我别耽误人家了,我现在就是混吃等死的，还是让他跟着郑实在吧。"

齐所长说："郑实在不行，新手受不了他，这样，让他和于子一组吧，于子那组正好缺个正式民警。"

陈三斤歪头冲门外喊："于子，于子。"

外面"唉"了一声，于学兵进了屋。

传达室里，郑实在正在和门房田嫂叨叨着："田嫂，我昨天和几个高中同学吃饭，咱们所有的临时工，冒充正式干警去饭店蹭吃蹭喝。"

田嫂是晋江鸣凤山西面的人，说话都带个"么"字："真的么实在？这影响可不好啊。"

郑实在说："我和老齐说过好几次了，让他从严管理从严管理，但人家所长好像觉得我多余，等出来事情看谁负责任。"

田嫂说："实在么，你该说的说么。"

田哥从外面给于子屋里沏水回来，边往壶里灌凉水边说："你这么一说我就知道说的是谁。不就是说的长海嘛，他们临时工一月挣不了多少钱，还不按月发，都拉家带口的，你再不让他们干着高兴，谁还在所里干呀？"

田哥人憨厚，老实人脾气起来更惹不得，田嫂懂，就不敢说什么。郑实在见老田不喜欢听，就转移话题，又说其他方面的事儿。

这时听到外面突突突有拖拉机的响声，田哥探头一看，一辆拖拉机从外面直接开进了院子，他拉开窗户问："哎，哎，干吗的？"

拖拉机上的人理直气壮："给你们拉战利品来了。"

"战利品？"郑实在披着警服过来，绷着脸说，"开出去，这是派出所。"

开拖拉机那个人跳下车来，伸手把发动机的油门抬了上去，拖拉机苟延残喘了几声便熄了火。

"哎，你怎么还灭火了？"郑实在说完，一抬头看到后面车斗上铐着几个人，其中一个正在左右摇晃着脑袋，嘴里喊着"郑所，郑所"。郑实在侧脸问那个开拖拉机的牛大社："这不杨二严吗？你这是怎么个情况？"

牛大社扑拉扑拉手："我说不清，在后面呢。"

郑实在问："谁在后面呢？"

牛大社就往大门口瞅："就在后面呢。"

他的话刚说完，冯长海的吉普车就直直地开进派出所的大院，后面的常闯骑着自行车。

郑实在劈头就问："怎么回事儿？你干吗的？"

常闯有些不好意思，以这样的方式报到也实在情非得已。常闯说："这个人在路上拦我要钱，后来又叫人打我，多亏冯哥他们。"

冯长海腆着肚子走过来，也不搭理郑实在："李伟、小尹、猴子（刘锐），把人带下来，屋里的都出来，领人问笔录。"喊完，又对常闯说，"来，我带你去见齐所。"

常闯向郑实在点了下头："我先去找领导报到。"

齐耀臣和陈三斤听到院子里乱哄哄的，从屋里走出来，冯长海介绍说："齐所，这个是新来的那个民警，叫常闯，这是齐所和陈所。"

常闯按照警校的规矩，立正打了个敬礼："齐所，陈所，这是

11

我的介绍信。"

远处的刘锐看到常闯敬礼时，对几个巡防队员说："看，人家警校生就是不一样。"

小尹说："哎哟，警校的牛掰，你也是警校的，我们初中毕业的服你们。"

刘锐有些不好意思，随后踢了刚被抓的"小峰"一脚，说："你瘸呀，紧走几步！"

常闯跟着冯长海安排好床铺，对冯长海说："那个送人过来的老乡所里有奖励吗？"

冯长海说："我来处理这个吧。"随后他对身边一个巡防队员说，"去县农技站给这开拖拉机的老乡弄两袋化肥。"

杨二严在留置室的约束椅上嚷嚷了半天，最后弄得自己口干舌燥，求看他的巡防队员给弄点儿凉水。他水喝完后，冯长海迈步进来了，说："二严，你怎么这么不长眼，怎么干这种没脑子的事儿，太低级了。"杨二严嘴里央求冯长海给他叔叔杨宏兴打个电话，冯长海满脸毫无所动的表情，"二严，你平常见了哥都脑瓜一歪歪，爱搭不理的，有事儿哥比谁都亲了？以后想在这舒城混，你指望谁呀？"

"杨二阎王"低头哈腰，说："海哥，你怎么也得帮帮兄弟，以前我也是跟着你混的，你不能见死不救。"

"你到不了枪毙那罪，犯了那个掉头的罪，我也帮不了你。"说完，冯长海出去到大门口外给杨二严的叔叔杨宏兴打电话。电话拨出去了也不见对方接，冯长海嘴里嘟囔："大老板都这么牛，觉得是陌生号还不接了。"那头儿终于接了，冯长海说，"宏兴叔吧！我是派出所的长海……对，长海，上次我拉着齐所在你们公司食堂吃饭的那个……记得了？哦哦，是这么回事儿，二严和老孙他们几个现在在我们所留置室呢……怎么回事儿？抢劫，而且抢错了人了，抢到我们所新来的民警身上了……嗯，嗯，我这不赶紧通知你吗，你抓紧找找齐所，别给报到局里去，那就不好办了……嗯呢，嗯呢，爷们儿，咱们之间没说的，你也知道你侄儿我，你和我老爷子就关系好，我和二严从小光屁股长大的，这是老一辈少一辈的交情……没问题，没问题，不满世界说，不说。"电话挂了后，冯长海把手机装进裤子口袋。

主管治安的任正业副局长和宏兴电缆公司董事长杨宏兴坐着蓝鸟进了派出所，齐耀臣正在小会议室里召集全所人员给常闯开欢迎会。

齐耀臣挨个为常闯介绍："副所长陈三斤，户籍民警杨子，外勤郑实在、于学兵，巡防队长冯长海。"

常闯与离得近的握手，远的打个敬礼。介绍到郑实在的时候，常闯把手伸过去，郑实在点了下头，低头写笔记了，没理这个茬儿，弄得常闯非常尴尬。陈三斤在一旁忙打圆场："咱们所又注入了新力量，常闯是科班出身，年轻有为，头一天上班就给咱们所抓了这伙寻衅滋事的，正好算上严打任务，真是开门红。一会儿实在和于子两人问笔录，办拘留手续，抓紧装进（看守所）去。"

郑实在低着头一本正经，还没等陈三斤说完，张嘴就说："我没空儿，让齐所安排别人，我那个故意伤害的案子还得查证。"

陈三斤习惯了郑实在的做派，用眼瞥了下齐所长，嘬了一口烟说："我和于子问，长海搜身了吗？"

"搜了。"冯长海应了一声,一瞅院里,"齐所,任局来了。"

齐耀臣站起来看到任正业后面跟着杨宏兴,对陈三斤说:"拘不了了。"

常闯想:这是谁呀,说不拘就不拘了?

齐耀臣说的没错,人是拘不了了。任正业先是简单问了问案子的经过,齐耀臣和他说完后,任正业说:"这个不构成寻衅滋事吧,和新同志做做工作,给别人一个机会,杨总也没少支持局里和所里的工作。"

常闯能说什么?自己是新来的人,还不摸门呢。他进了所长室规规矩矩地给任正业敬礼,任正业和常闯说了几句就和齐所长、杨宏兴说开了别的。三人说的那些常闯都无法插言,他觉得自己还不如墙角的座钟,还能解嘲似的摇晃着钟摆,而自己则傻傻地窝在沙发上对三人的谈话没有发言的机会。常闯第一次有了自己被遗忘的错觉,尤其是那个杨宏兴,眼里充满着轻蔑,仿佛在告诉他,他杨宏兴以及他的侄子杨二严是多么高高在上不容侵犯。常闯暗暗咬牙,他清楚社会远比警校和特警总队复杂,他的人生刚刚开始,和杨宏兴、"杨二阎王"这类不肖之徒的较量也刚刚开始。

送走任正业和杨宏兴后,齐耀臣站在门口喊:"长海,晚上'再回楼'666,杨宏兴给常闯接风,告诉所有民警务必参加。"

"知道了。"冯长海答应了一声正想扭头进屋,齐所长又说:"告诉陈所,问完材料,把杨二严送回去,把那个东北的'小峰'拘了,两个案子合并处理。"

全所人那天都自顾自地吃喝海乐,冯长海敬完任正业敬杨宏兴。齐耀臣端着酒杯，对任正业说："长海就是我们这些老人的儿，长海，你替我敬几杯。"

"好嘞，我爹，你少喝，我喝。"没人笑话冯长海，齐耀臣从不和所里的年轻人说笑话，只是对冯长海这样，所里的这些年轻人，对齐所长有种领导和父辈交集在一起的敬重。

在任正业和杨宏兴以及所里人开怀痛饮的同时，常闯坐在于学兵的下首，只是喝了点儿饮料。任正业敬他酒的时候，他脑子正在神游，他显然还不能适应这样的场面。于学兵用胳膊肘撞了他肩膀一下，他才反应过来，慌乱中错端起于子的一杯白酒一饮而尽，呛得眼泪都出来了。整个场合杨宏兴都没有端杯敬一下常闯，常闯心里好大不服气，你看不起我一个小警察，我也看不起你这个王八蛋，你又能怎样？

回到所里，于学兵劝常闯说："老弟，慢慢适应吧！我退伍刚到派出所时，许多事儿让我真无法适应，可没办法，过一段磨磨性子就好了，现在就得想法儿变通自己。"

常闯答应了一声，躺在床上翻来覆去地睡不着，中间于学兵带着人出了几个警都没有喊他。常闯睡了一觉，半夜听到外面吵闹的声音，出去一看，是于学兵带回来几个喝酒滋事的当事人，他忙穿好警服跟在于学兵后面去了留置室问笔录。

常闯睡意蒙眬地进了留置室，见里面站着三个当事人，两男一女，三十岁左右的样子，其中一个男人满脸沧桑，上身穿着皮夹克，另一个男人是个矬个儿汉子。于学兵让李伟将三个人一屋一个分开，让其中那个女人去了宿舍。常闯小声问李伟怎么回事儿，李伟说："嗨，这个皮夹克才窝囊呢，自己在外省铁路公司打工，他老婆在家耐不住寂寞，和那个矬子电工好上了，给他老头儿弄了顶纯绿色的绿帽。两人好了两年，这不女的现在后悔了，想和皮夹克稳稳当当地过日子，这矬子死活不干继续纠缠，今儿晚上喝多了把人家大门给踹了，弄得邻居打了报警电话，这矬子太嚣张了。"

这时于学兵从房间里和那个女人了解完了情况走出来，常闯说："于哥，给那小子办拘留手续，我去问材料。"

于学兵摇了摇头："刚才这女人和我说了，不想把事情搞大，这个矬子给这个女的花了不少钱，现在这女人就想让咱们说和说和，给矬子退还个钱，别让矬子再找她的麻烦了。"

"她男人同意吗？"

"同意，他老头儿要是血性脾气，矬子也不敢这样，就因为矬子吃透了他们两口子没多大的能力，所以才这么混账。"

"我去会会这小子。"

于学兵想劝常闯没必要和这种无赖纠缠，见常闯积极性很高就没说什么。

常闯进了留置室，见矬子在椅子上仰着身子大模大样地坐在那儿，问道："姓名？"

"问这个干吗？让那个小子赔我钱，赔我钱我就和那个女的拉倒。"

"我问你姓名。"

"你问，你问，我姓牛，叫大壮。"

常闯压了压心中才燃起来的火气："你坐好了！我现在问你话。"

"我就这样，习惯了，习惯了。"牛大壮仍旧是一副不在乎的样子。

常闯"噌"地站起来:"把他弄讯问室去。"

李伟过来就让牛大壮从椅子上起来,牛大壮用手一扒拉李伟:"你少碰我!"

"嗬!小子,和我们耍横!"李伟动手就抓牛大壮的手腕,牛大壮起身和李伟在留置室撕扯起来。

常闯过去双手一扭牛大壮的胳膊,并用扣住他的左手大拇指稍微一用力,牛大壮"哎哟"一声就不敢动弹了:"疼,疼,疼。"

常闯一个擒拿就制服了对方,牛大壮乖乖地被铐在约束椅上。常闯说:"牛大壮,你胆大包天了,欺负良家妇女,破坏群众家庭,酗酒滋事,在派出所还阻挠公安民警履行职务,这天一亮就送你去劳教所,让你接受两年的再教育。"

牛大壮一看派出所动真格的了,也不狂了,换了一副温和面孔:"老弟,老弟,你别着急,我不是冲你们,我为了那个女的可是没少付出,这几年当电工的钱全给这女的花了,你说我能甘心吗?"

于学兵说:"你们自己的龌龊事儿,上不了大席,人家那女的也不会离婚跟着你,你花钱也他娘的过瘾了,别以为人家老头儿老实就蹬鼻子上脸。人家可是科研技术人员,享受政府特殊津贴,刚才他可给铁道部打电话了,明天北京铁道部的领导就会赶到舒城,你小子认清形势,明天你哪里吃饺子去还真不好说。"

牛大壮脸上开始见亮光,汗珠子淌了出来:"只要还我钱我就不找她去了。"

"你别扯淡,给了你钱你又喝酒去闹腾。"

牛大壮眼瞪得鼓鼓的:"我对天发誓,保准不去了,谁去谁出门让车撞死。"

于学兵把常闯喊了出来，说："你给他们双方写个协议，女的退还牛大壮五千块钱，牛大壮写个不再骚扰他们的保证书。"

常闯没处理过这种事情，有些迟疑，问于学兵："万一这小子再找这个女人怎么办？"

"找什么找，女人和她男人马上要去青海了，他到时候找谁去？这种人在自己家门口瞎闹腾，出门五里就屁了。"

常闯简单写了份协议给三个人读了一遍，三个人都表示同意。

常闯说："你们都签上字。"

这时李伟对常闯说："外面有人找你。"

常闯想自己第一天上班，深更半夜谁来找自己。出来一看，是开拖拉机的牛大社。牛大社说："常公安，我找你来了，我兄弟让你们给抓来了。"

"牛大壮是你弟弟呀？"

"可不是，天天喝酒，不干正事儿，真给你们添麻烦了。"

牛大壮签完字拿完钱出来，抬头看到哥哥牛大社，赶紧把钱掖进裤子口袋。牛大社说："大壮，你说你给爹妈丢人不？白天我是学雷锋帮助派出所抓犯罪分子来派出所的，你可好，喝酒打架让派出所抓来，你给我丢人，我怎么和常所于所说呀！"

于学兵见缝插针："牛大壮，派出所和你不沾亲带故，本来不轻饶你，都是冲你哥，以后向你哥学学，学仁义厚道，别喝点儿酒闹不清东西南北。现在你在派出所也有案底了，再进来从重处理。"

牛大壮点了头："好的于所，好的。"

哥哥牛大社挺着胸脯，伸手打了牛大壮的肩膀一下："快走，丢人现眼的玩意儿。对不住了于所，对不住了常所。"兄弟俩一前一后地走出派出所。

于学兵转身对那两口子说："以后引以为戒，吸取教训，好好过日子，尤其是你。"于学兵指着女人，"你男人在外地多不容易呀，为了这个家为了孩子受苦受累，谁好？哪个男人都不如自己的牢靠，别的只会毁了你。"

女人羞愧难当，低着头说："谢谢于所，谢谢常所。"

男人和于学兵、李伟、班邓几个人挨个握手："谢谢领导，这一晚麻烦你们了。"说罢，从口袋里拿出二百块钱，"于所，常所，你们几个人晚上吃个夜宵。"

于学兵用手一推："老大哥，算了，回吧，嫂子自己在舒城也难，这钱我们不要，快回去吧，我们也躺会儿。"

男人拉着女人的手出了派出所，于学兵唯恐出现意外，让李伟开三轮摩托送二人回家。

常闯对于学兵说："这男人真有涵养，有知识的人确实深沉，他在铁路上研究什么的？"

"哦，扳道岔！"于学兵说完就进屋睡觉了。

常闯差点儿笑出来。舒城城外的村子里传来一阵鸡鸣，新的一天马上要开始了，常闯活动了一下肩膀，他想，这派出所的工作还蛮有意思的。

二

常闯在派出所熟悉了三个月后，基本弄清了城关派出所主要人员的个人情况，当然也不是太清楚，只是了解了个大概。

所长齐耀臣是从下边乡镇所上来的，担任所长七年了，是个老军转出身，服役的时候是草原骑兵。按说在草原上历练过的军队干部，应该是个粗嗓门直筒子脾气，喝大酒吃大肉的架势，可齐所长身材虽然魁伟，面相却朴实憨厚，酒量也较为一般，蒙古草原歌曲也不会唱一个，在骑兵团一直是政工干部，提了团副政委就转业了。副团职在派出所弄个小所长实在有点儿亏。

副所长陈三斤是地区农机学校毕业的，在农技站先是种了几年的优质玉米。后来市局扩编，陈三斤通过考试，改口穿上了警服，先是在城关干户籍，后来外勤，七八年过来弄了个副所长，一直"副"到了现在。

郑实在是所里文化水平最高的一位，西北政法学院毕业，在整个公安局都是凤毛麟角。有人说他本来可以留在省厅，可就是这高考状元，临毕业在学校里挨了个处分，就直接打发回原籍了，至于犯了什么事儿别人都不清楚。郑实在这个人有些不入群，行事做事总觉得自己了不起，眼角眉梢总是带着看不上别人的架势，所里人好像都孤立他，常闯几次主动示好，都被郑实在面无表情地给封了回来。冯长海暗地嘱咐常闯，别搭理这种人，这个"阴蛋"你捉弄他几回他就拿你当回事了。

于学兵是合同制民警，常闯始终搞不懂这个合同制是怎么个合同制，只知道于学兵不是财政开支，是由局里自收自支，不属于正式民警。

冯长海是所里的大拿，就是一临时工，人比较江湖，有道道。他是公安子弟，从小就是打架滋事出了名的，初中毕业后，以非农业待业青年的身份被安置到县外贸，计划经济时代得意了几年，在市场经济时代原先吃香的单位都成了烫手山芋，在外贸下岗后就进了派出所。齐所长和他老爷子在下边乡镇的时候是老搭档，冲着老战友的面子，让他负责流动人口。冯长海个人还有个烟酒店，经济方面不比正式民警收入低，再者所里外围的事情，他都能帮上手，有些事情齐所长就直接委派他去办，交给什么事儿冯长海都能处理得非常圆满。

户籍民警杨子是常闯的师兄，只不过当初省警校是中专，去年由局内保股调过来的，原本某位局领导应了给提拔个副指导员，结果到公示的时候，杨副指导员这名字没上墙。杨子和所里人说，自己不懂得送礼，提拔的头一星期，和媳妇晚上去任正业家送了块手表，结果忽略了手表就是钟表的意思，自己这不是给任局送终去吗？肯定提不了了。杨子和陈所长、冯长海听完，笑得前仰后合。常闯想这个事情八成是杜撰出来的。

实习生刘锐比常闯小两岁，脸上的青春痘不少，但掩饰不住俊气，从小练武术，手脚干净，干事儿有眼力见儿，勤快。唯一不如意的是，他是在晋江市上的警校，没有派遣证，工作始终落实不了。刘锐家庭条件一般，父亲在县政府传达室，母亲下岗后推个自行车架个锅，在新华街十字路口摊煎饼，就刘锐这根独苗，老两口儿辛辛苦苦地给儿子创业，刘锐也懂父母的不易，下了班就帮着妈妈收摊。

李伟，因为脚大爱踢人，冯长海给起了个外号叫"大脚"。小尹就爱捣鼓吃喝，冯长海就叫他尹师傅。班邓，绰号"板凳"，回族，父亲姓班，母亲姓邓，姥爷给起了个名字叫班邓，板凳这个绰号不是冯长海起的，这个名字自上小学后就有了。班邓曾强烈要求冯长海给起个闪亮的名号，好在舒城为人。冯长海拒绝了，冯长海非常清楚什么是顺势而为，什么是大势所趋。除了板凳的绰号，其他人的外号都要由冯长海冠名，别人就是起得再怎么有深度有内涵，舒城人都觉得不恰当不贴切，不那么受人待见。冯长海没有绰号，局里分给任副局长开车的司机是冯长海的初中同学，姓丁，两个人在一辆大解放上学的 A 本，只有他能够在各种场合下喊冯长海，冯·托洛夫司机。

半年后，常闯接到局政治处通知，参加新入警人员培训。参加培训的三人，一个女法医小田，一个被分到重案中队的胖乎乎相貌喜庆的民警小金，还有就是常闯。政治处副主任说，你们的培训费自己负责，局里的财务科承担来回的交通费用，只限于客车车票，包车不算。

从局里出来，三个人就商量如何去省厅。重案中队的小金说："中队长正好去省厅拿伤情鉴定，咱们三个正好搭顺风车去，包括培训的费用中队都给出了。"

小田吐了下舌头说："我们技术队也是。"

常闯就想这个是不是单位都负责呀，回去不好意思问齐所长，便在宿舍里问于学兵。于学兵说："你倒是问住我了，我这个半民半警也没培训过，现在所里的账都让咱旁边这个'愣人'管着，好像有次他警衔晋升去培训是所里给出的钱，你这个要不问问他？"于学兵说的"愣人"就是郑实在，因为郑实在什么事儿都凿细，成天嘀咕这个嘀咕那个，提防这个提防那个，齐所长就把所里的账让他管着。

常闯就厚着脸皮到隔壁去问郑实在。郑实在正在屋里对着个CT片端详，嘴里叨叨着："这哪里出血了，以为我不懂医学，也不晓得老子哪个政法学校毕业的。"郑实在前天值班接了个故意伤害案子，两个人因为为各自的汽车争车位，互不相让，最后动了镐把和砖头，镐把一方把砖头一方的脑袋开瓢了，现在在津南环湖医院治疗。因为需要验伤，就先把各种检材送到派出所，郑实在怀疑这个片子与报告不符，正在拿着片子比对呢。

常闯过来说："这都脑溢血啦？为了个车位真还下死手。"那边郑实在依旧全神贯注，常闯嗯了一声说，"实在哥，我明天去警院培训，这一般的培训费都是咱们个人出还是单位出？"

郑实在说："所里哪有钱，这马上冬天快供暖了，煤钱都没着落，这个培训都是自己负责自己的。"

常闯本来还想问"你上次单位报了吗"这话，郑实在这么一说再问就不合适了，他扭头出来站在门口的月台上啐了口唾沫。

"把门给我关好喽。"郑实在连头都没有扭在屋里喊。

常闯下午骑自行车回家，进门就看见大姐带着外甥拓拓来了，小外甥看到穿着警服的舅舅特别亲，张着手扑过去。常闯举起拓拓在院子里转了几圈，拓拓咯咯笑着伸手去摸常闯领子上的警衔。

"拓拓以后要好好上学哟，和你大舅一样，抓坏蛋，没人敢欺负。"姐姐在屋里说。

晚上一家人吃完饺子，常闯趁着常妈在灶台那里收拾碗筷悄声对大姐说："姐，带着钱了没？我明天去省里培训，要交五百块钱，我这个月工资还没下来呢。"

大姐从裤腰上解开荷包，把里面所有的钱给了兄弟："三百六十，给。"

"告诉姐夫，开了工资我就还你。"

"告诉你姐夫干吗？不急。"

"你们背着我吵吵什么呢？"常妈低着头擦着灶台问。

"没事儿，我和闯子说说，我婶婆婆的外甥女挺俊的，看他有心不。"

"村里的不行呀，"常妈直起腰，"咱不娶村里的，家里不好也不成。"

"人家一本大学毕业，正读研究生呢。"

"那成，那成。"

常闯笑了笑，扭头去屋里逗拓拓玩了。

第二天，常闯到所里拿好警服行李，就让刘锐骑摩托车送他到刑警队门口和小田、小金会合。冯长海喊道："闯，你别会合去了，二阎王这两天总想找机会和你近乎近乎，这不，昨天听说你去省里培训，今天一大早就在公司给你们找了辆金杯，拉你们一块儿去。"

常闯说："得了哥哥，咱不用，联系好了刑警队的车了。"

冯长海一撇嘴："你看你，有必要这么见外吗？那好，那好，回来我让他给你接风。"

省会石门市常闯不陌生，当车到了省警院门前，三个人各自拿着行李下了车。常闯看到门口的几名保安还是上学时候的那几个人，他忙走上前摆了摆手："张哥，刘哥。"

两个保安看到常闯也高兴："闯子，闯子呀，分（配）哪里了？"

常闯不好意思地说："分到原籍县了。"

"好好，不错不错，能分就好着呢，你们这是回来办手续还是怎么的？"

"我来参加新入警人员培训。"

"对，对，刚进去几个你那届二区队的，快去吧，快去吧，需要什么来保卫科啊。"

常闯和保安拉呱了几句就进了警院，警院的一草一木，红砖蓝墙、操场、图书馆，这熟悉的景象都让他无比亲切。

在报到处报完名，下午半天没有什么安排，常闯就去学校探望了一下侦查系的沈主任。在派出所上班的第二天，他就将分配的消息告诉了系主任。实习那年，省里召开了一个全国性的文化博览会，省厅从警院中抽调了一百名优秀学员负责会场展览区的保卫任务，常闯作为学生会骨干自然名列其中。恰恰在自己执勤点警戒的时候，有两名流窜盗窃分子在会场上伺机作案，盗得外国一名领事的名贵项链后准备溜走，被常闯一眼发现。这俩贼分头奔逃，常闯凭着良好的体能追出了两条街，最终将其中一个盗窃分子人赃俱获，为省里挽回了声誉。当时这个事情在警院产生了很大的影响，也就是因为此事，侦查系主任沈宏伟对常闯特别关注，实习期未过，就向特警总队推荐常闯，本以为为省里弄了棵好苗子，结果到分配的时候，却被卡住了。沈宏伟对此不无遗憾,也对常闯有些小小的亏欠感。

那天下午大半天的时间,沈宏伟更多的是和常闯谈基层的事情、警力的配置情况、民警们的心理状态,还听了常闯在值班期间处理群众纠纷中啼笑皆非的故事。常闯面对着有知遇之情的老师、警队中的前辈,胸膛涌动着阵阵暖潮,他心中暗自承诺,一定不辜负老师的关爱,为了这身警服,为了警队辉煌的事业而有所建树。

沈宏伟最后问常闯:"侦查系出来的去派出所,心里觉得委屈吗?"

"说实话吗?老师,我觉得年轻人还是在刑警队历练更好。"

"是不是下面民警普遍认为在刑警部门更有发展呢?"

常闯迟疑了下,他想不好怎么回答,只是下意识地点了点头。

沈宏伟审视着眼前的这名基层最普通的年轻警官,炯炯的眸子中显露着一股纯勇的朝气。沈宏伟深思,让他们都在磨炼中成长吧,自己再多的说教和鞭策都不如把骏马撒在宽阔的草原上,雄鹰不经历狂风骤雨又怎么会展开翅膀,英雄总会在万千人群中脱颖而出。这名高级警官对一名刚刚列入共和国公安队伍中的新战友给予了无限的期望。

冯长海早晨上班习惯性地在满屋子里转了转,和几个民警拉呱几句。冯长海不去郑实在的屋里,有需要郑实在的时候再去。到齐所长屋里一看桶装水快用没了,就喊巡防队的板凳扛桶水来。他出了屋子,见刘锐从后门去了户籍室,知道刘锐又去找新来的那女辅警文芳联络感情去了。他笑了笑,从心里赞叹自己眼睛的毒辣,谁有点儿小九九,冯长海还不是都在心里装着。

　　冯长海到了巡防队宿舍，让几名巡防队员下去查流动人口。李伟就和几个巡防队员骑着摩托挎子领命而去。

　　冯长海伸了个懒腰，一照镜子发现头发有些飞毛起刺，到门房喊："田哥，我请你推头去。"田哥正猫腰捣鼓着炕炉子，头都没抬，回答说："不去了，昨天找哑巴推完了，早不喊，早说省了盒红梅。"南关哑巴和田哥投缘，每到月底就来找老田义务理发，不要钱，老田就给哑巴弄盒两三块钱的香烟。哑巴用手比画着，那意思是田哥看得起人，不拿他当哑巴看，拿他当手艺人。

　　冯长海出了派出所向东走了几步，旁边就过来辆全新的桑塔纳。超过他后，车窗打开，司机戴着个太阳镜，探头喊海哥。冯长海一瞅是杨二严，杨二严油头粉面的。杨二严说："海哥你没上班呀？"冯长海说："上了，把活儿料理完出去理个发。"冯长海故意把"料理完"三个字说得真儿真儿的，那意思说明自己在派出所的地位举足轻重。现在舒城好多人都清楚派出所分三六九等，也清楚正式民警和临时工的地位差别，冯长海决不能让社会上的人对他小觑。

　　"海哥，正好我刚上完车牌，来，上车咱哥儿俩一块儿去，我请你干洗理发。"

　　冯长海心说这真是想什么来什么，打开车门就上了车。新车确实给人的感觉不同，冯长海说："你叔新提的呀？"

　　"嗯呢，给我。"杨二严话头有些飘。

　　冯长海心说，去你的，你叔给你的，吹牛吧。

　　杨二严找了家最好的剪发店。理完发冯长海又对杨二严不痛不痒地说教了一通，杨二严对冯长海哼儿着哈儿着。

　　常闯培训回来已经是当天的下午了，局里的车把他送到所里。常闯进所后，听田哥说齐所正在会议室里开会。常闯放下背包，拿着笔记本就去会议室开会。齐耀臣正在布置晚上统一清查旅馆业整治的工作，见常闯进来，对常闯说："你甭参加了，回家休息两天。"常闯说："没关系，不累。"齐所长就传达了晚上八点半的行动方案。

　　会开完后，冯长海把常闯拉到一边："杨二严来派出所好几次，非得和你熟悉熟悉，也是感谢你上次放他一马。"

　　"不去，跟这种社会渣滓掺和没好处。"

　　冯长海一挑眉："弟弟，你新来不摸门儿，咱在派出所认识几个地痞流氓其实也利于咱们工作，让他们为我所用，利法利民。"

　　"齐所陈所参加吗？"

　　"不参加，就是叫你，刘锐，我，再喊上板凳、尹师傅他们几个……"

　　晚上杨二严在川味饭庄订了个大包间，荤的素的满满一桌。大家吃完饭，冯长海让刘锐他们回所，拽着常闯上了杨二严的新车。到了一家服装店，冯长海进门就挑衣服，常闯有些不好意思，心里也正在思量这个应不应该。杨二严指着一件棉服就让常闯试，常闯一看标签899，吓了一跳，穿了一下赶紧放回去了，最后常闯一件没拿。

　　两人进所已经是晚上八点四十了，所里人都穿好警服带好装备等着他俩。常闯觉得特窘迫，忙跑进屋里换警服，冯长海龇着牙等着挨呲。齐所长嘴角动了动，没说什么。冯长海明白今天他是沾了常闯的光。

　　清查行动首战成果，是陈三斤和郑实在的清查小组在湘江歌厅查出来两对卖淫嫖娼的。嫖娼的是下边村里的两个土财主，提着裤子一个劲儿地喊着求饶。俩小姐倒是"久经沙场"，不用多费劲儿就全掏出心里话来了。这种事儿自然是罚款解决。

齐所长带着冯长海，还有刘锐几个人。冯长海听说郑实在那边有了战果，心里就起急。查到春都宾馆，冯长海对刘锐、李伟几个人说："直接奔三楼，一楼二楼不用查，三楼的那几个大床间，直接踹门。"齐所长在车上也没表态，现在就是冯长海说了算。

几个协警个个血气方刚，全唯冯长海马首是瞻，早就迫不及待了。警车一停好，小伙们就嗖嗖地往三楼冲。宾馆经理正在一楼吧台前面交代着什么，看着几个人蹿上楼去，嘴里喊着："哎哎，你们干吗？"

刘锐扭头说："派出所统一行动。"说完人就已经上了二楼。

经理王金石提了提吊带裤走出来，迎面碰到冯长海晃着身子走在后面压阵。

"海弟，你这是什么意思？"王金石说着，眼角余光瞥了前台服务生一眼，女服务生心领神会，低着头就拨楼上的电话。

冯长海翻翻眼皮没有理会王金石，直接过来一把摁住小姑娘的手："你敢通风报信我就铐了你。"

女服务生吓得退了好几步。

王金石说："海弟你查就查呗，怎么这么大动静？"

楼上这时传来客人的喊叫还有踹门的声音。

冯长海黑着脸："金石哥，没办法，县局组织的统一行动。我们查出来好解决呢，真让刑警和治安他们查了就不好说了。"

王金石急得直搓手："海呀！让弟兄们下来行吗？好说，你上回说的事儿哥不也想着了吗？"

冯长海一听金石老板往别的方向上扯,马上打断了他:"哥,和那个挨不着,齐所在车上呢,你有事儿和齐所说去。"

王金石忙走出大厅,刘锐几个人押着四个嫖客和几个衣衫凌乱的小姐下了楼。刘锐对冯长海伸出了四个手指头:"海哥,四对。"冯长海脸上露出一副胜利的笑容。

常闯、于学兵清查的行动片区是县城最破败清贫的区域,没有酒店旅馆、洗浴足疗,就是几个中学学校,还有几家行政单位、十几个住宅小区。

上了车于学兵就恼火:"齐所安排这个就不对,咱俩这个片区什么都没有,查什么查?"

"那咱就去学校宿舍那里查查。"常闯在县里上高中时,有贪玩的住宿生,经常跳墙去游戏厅打电子游戏,自己当年也有过一两次跳墙的经历,这次正好看看现在的学生们跟他们那时比如何。

于学兵不明白常闯的想法,说:"去那里干吗?最多查查消防,没什么意思。"他虽然嘴里这样说,但还是把车开到了一中门口。

值班的副校长正想灭灯睡觉,接到门卫室的电话,就忙下楼配合民警们检查。常闯一看这位新来的校长不认识,就问他上学期间的徐校长还在不在。这校长姓陶,刚从县委宣传部调上来,清瘦白净,一身的学问气。陶校长说自己是副的,徐校长晚上不值班。

在学生宿舍里转了几个楼层,常闯没有什么检查经验,但来了不提出几个问题,大晚上折腾人家陶校长也不好意思。于学兵就说楼道摆放的灭火器已经过期了,需要定期检查,重新灌装加粉,宿管值班来人来访要进行登记。常闯插言说,严防学生跳墙出去打电子游戏,注意学生安全。陶副校长非常认真地掏出碳素笔将民警说的话全部在本子上记下来。

两个人最后再也说不出什么，便回所复命。陶副校长把他俩送到了大门口。

派出所此时灯火通明，各个屋子都人影绰绰，所门口站着十几个人，都是来派出所说情的、探望的、找关系的。

于学兵进了院，捅开宿舍门，把门一插，拉灯就睡了。

齐所长敲门喊："于子，出来问俩笔录。"于学兵假装睡着了没听到，齐所长在外面骂了一句，"兔崽子。"又站在月台上喊，"常闯，你和刘锐问个笔录。"

常闯就去询问室给一个小姐问笔录。小姐一见两个年轻警察就来劲儿，大开叉的旗袍往大腿根儿一个劲儿地撩："两位弟弟，你们结婚了吗，就问这个事情？还是处男吧？"

刘锐大声呵斥："你坐好了。"

"我坐好了。"小姐扭动屁股，故意露出粉色的底裤。

冯长海这时端着碗泡面进来了，把泡面放在桌子上，一看小姐那惺惺作态的德行，上去就举起拳头装着要打这小姐。

小姐啊啊啊地叫唤："哥，别打了别打了，我说我说。"

刘锐看了看常闯，清楚他还在适应阶段，就问小姐："你能好好说吗？"

"我能，能。"

冯长海啐了口唾沫说："给我如实交代，什么时候来的舒城，什么时候开始卖的，挣了多少，都是谁，对方 BP 机号码还有手机号，说不清你走不了。"

"嗯，嗯，哥，有什么我说什么。"

小姐顺顺当当地做完笔录，刘锐又把男嫖客带了进来。冯长海打了个哈欠，一看手表，凌晨两点了，对刘锐和常闯说："你们辛苦一下，我撤了，眯会儿去。"

嫖客坐在椅子上斜着眼看冯长海出了屋，心才放下，仗着胆子问刘锐："小兄弟，有烟没？抽根烟。"

刘锐递过去一根红梅，给他点着，嫖客使劲儿嘬了几口，浓浓地吐了一口烟雾，常闯嫌烟味大扭了下头。

"少抽，赶紧交代，怎么回事儿？那个小姐都说了，你的和她的口供对不上，最后只能拘了你，在你们村里贴个公告，让你丢人现眼。"

"别，别，两位警官，我有嘛说嘛，不说我找寒碜呀，我刚进屋还没脱，你们就把门踹开了……"

等把这个人的笔录问完，常闯说："是我们联系你家人还是你自己联系？"

嫖客说："现在几点了？"

刘锐说："三点半。"

"天亮了我给我表哥打电话让他拿罚款来。"

"你表哥是城里人吗？是谁呀？"

"宣传部的陶部长，陶英章。"

"是他呀！"刘锐眼睛一亮。

"您认识？"

"何止认识，你表哥不在宣传部啦，调一中当副校长了。你说你多给陶校长丢人，他是咱们县的文化名人，春雨诗社社长，最近又成立了燃灯者慈善读书会。"

听刘锐嘴里滔滔不绝地一说，常闯也想起来晚上在一中看到的那个陶副校长，心说，真是貌不惊人，原来那个陶副校长这么有才情。

问完笔录，常闯在院子里伸懒腰，看到齐所长和陈三斤的屋子里灯还亮着，听到他俩在说着这一晚的工作。他越发觉得派出所的每个人都有长处，或者说是优点，这些人集合在一起，就形成了坚不可摧的团队。常闯庆幸自己遇到了好单位好人，他心中想自己要学会发扬自己的长处，从每个人身上汲取优点为我所用。他对明天存了一份美好的期待，他也清楚警察身边的环境不可能一帆风顺，但起码自己要保持积极的状态。

县局消防科下发通知要求各辖区派出所对辖区重点单位、社区企业进行检查，要求必须有走访社区和村街的照片。

内勤文芳将通知转达给齐所长后，齐耀臣一抬头看到常闯和郑实在正好刚进了大院，就喊道："实在，你带着闯子弄弄那个消防检查。"

郑实在说："我这里有个笔录还没问呢。"

齐所长一皱眉，也习惯了郑实在爱顶人的脾气："什么笔录？让当事人等会儿，你俩走一圈拍几张图片回来，报给消防科。"

常闯换完警服，主动到了郑实在的房间："实在哥，走呀！"

郑实在正擦着皮鞋，低着头说："你发动车去吧。"

常闯从刘锐那里拿到 213 吉普车的钥匙，发动着车在门外等着他。十几分钟后，郑实在才夹着公文包，警服穿了个笔挺严谨，上了吉普车。

两人转了几家县城边上的企业，又跑到春都宾馆那儿和王金石扯了会儿，王金石殷勤地给常闯和郑实在奉烟倒茶。

"常闯，你和郑实在是校友？"

"不，我是省警，实在哥是政法学院本科。"

"哦,你们正牌毕业的就是有素养,你看那晚长海那是干吗呀?你说我翻脸显得不合适,把宾馆的门踹坏了十几个,要是其他所,我可不干。"

郑实在正端着茶稀溜溜喝了一小口,眼盯着王金石:"怎么?你还想投诉怎么着,没罚你十万八万的够便宜了。"郑实在说话的时候眼神有些阴,王金石脸上一白,不再言语了。

过隆华小区的时候,郑实在不想再干了,想回所交差算了,倒是常闯劲头十足,蛮有兴致。郑实在说:"那就在小区里转转得了。"

吉普车进了小区,隆华小区物业孟总和他媳妇正在物业门口择韭菜。见派出所的警车来了,老孟喊道:"郑警官,中午别走了,吃韭菜饺子。"

常闯喊了声"孟哥嫂子",郑实在探头看了看韭菜:"现在多是打农药的,少吃。"

孟嫂坐在马扎上,抬头瞥了个白眼:"看你,让你吃饺子你还惜上命了,这韭菜纯绿色无公害,我娘家送来的,你不吃让那小伙子吃。"

郑实在没觉得自己说的有什么不妥,对常闯说:"让孟总签上几个字,盖上戳,你用相机拍几张图片,咱快些打道回府。"

三个人进了屋,孟总在抽屉里找物业公司的章,这时,外面孟嫂突然声嘶力竭地喊了一声:"我的妈呀,快呀!"

这大于 74 分贝重高音的破锣嗓子突然响起来,把屋里三个人吓了一跳。

孟总第一个跑出去,对准媳妇喊:"死人啦?你快什么快!"顺着媳妇惊悚的神情向前面一看,也愣住了:在八号楼五层楼上一家居民的窗户冒着滚滚浓烟，夹杂着汹涌的红色火焰，以及噼啪噼啪玻璃碎裂的声响，有人家里失火了。

"快快，打119，119。"孟胖子哆哆嗦嗦地喊叫，去屋里打消防电话。常闯一个箭步就向八号楼方向蹿，郑实在往屋里喊："老孟，给所里也打个电话。"

孟胖子打完119，扭头问："老郑，所里电话多少？"

郑实在过去抢过电话，几下摁了派出所的座机："喂，谁呀？"

电话那头儿是在值班室值班的板凳，问："你找谁？"

"我找你，赶紧通知所里全体，马上到隆华小区，这里发生了火灾。"

"你谁呀？"

"别这么多废话了。"郑实在把电话挂了，再一抬头，发现常闯早就没影了。

张大妈脑子最近总是迷迷糊糊，按她自己说就是丢三落四，本来去小区超市买袋盐，进了超市就想不起干什么来了，想去找物业孟嫂打听下老街坊嘴角有瘊子的媳妇那个缝纫店在哪儿，到了楼下却想不起来人家这小媳妇叫什么来了。

今儿个孙女从杭州过来，陪她住几天。她一想打小孙女就喜欢吃她做的糯米糕，她就把糯米蒸上锅，把炉火调好了，下楼去超市买瓶蜂蜜，进了超市正瞅着货架上什么蜂蜜价格便宜，就被六号楼的吴婶给盯上了。俩人是机械厂的老姐们儿，这一见面自然叽里呱啦地唠个不停。吴婶说："咱那厂子郭大年肠癌够呛了，要不趁着这个当子咱俩过去瞧瞧？"这人一上年纪就念旧，张大妈一想老郭在厂子时的老实样儿，就把锅上蒸糯米糕的事情丢脑后头了，和吴婶俩人结伴去了郭大年家。

拉呱了两个小时，等再从老郭家出来，进小区一看，好家伙，场面这么宏大。吴婶说："这是谁家着火了，消防车都来了。"

张大妈脑子还停留在郭大年不幸的人生上面，这一说，心里就发慌，再一瞅，这不是自己家吗，一拍大腿："我的老天爷爷。"

常闯一口气冲上五楼后发现失火这家门还锁着，踹了几脚防盗门，发现比较硬实。502 这家男主人拿出个改锥过来帮着剠门，结果自然不可能。

"从你家南面阳台跳过去。"常闯也算是急中生智。

502 这哥们儿觉得也可行。常闯攀着南面阳台从 502 一点点贴到 501 南窗，拿着改锥把南窗玻璃给砸碎了，右脚迈过去，蹬住玻璃窗框，就钻进了屋内，屋里面黑烟笼罩，烟气呛人嗓子。常闯弯下身子，看到厨房的火光，见烧得通红的煤气罐向上蹿着一米高的火苗。他进了卧室，拖出一条床单，在厕所打开水龙头浸湿了，又给自己捂上条湿毛巾，眼前被烟熏得双眼冒金星，心里也是直打鼓，到了厨房，把湿被单往火焰上一罩，双手紧紧对着旋钮急忙一关，火焰灭了。

齐所长带着所里所有人马，在小区设立了警戒带，让于学兵立刻疏散八号楼人群，消防车紧跟着到了现场。

郑实在简单向齐所长汇报了一下情况，张大妈哆哆嗦嗦地说了几句话就瘫倒在地上，齐所长喊道："陈所，你赶紧把人送医院。"

消防车开始向楼上加压打水，两轮水喷过去，楼上的火焰就被压下去了。几名消防战士背着装备准备上楼，这时，单元门咣当一下被人打开了，一个人穿着一身湿透了的警服，手里拎着一只冒烟的煤气罐出现在众人面前。

所有人的目光都注视过去，常闯脸上黑油油的，他晃荡了下身子，对着消防战士龇牙笑了笑，随即倒了下去。

常闯在医院住了七天才出院，其实三天就可以了，他是被张大妈的孙女苏晴给黏上了。苏晴伺候奶奶的时候连常闯也一块儿照顾了，早点，午饭，晚上还要让常闯讲派出所的故事，弄得常闯挺不好意思的。

常妈和姐姐倒是对这苏晴看在眼里欢喜在心上。常妈时不时拎点儿水果过去探望张大妈，都是女人，有共同语言，俩人一聊就合拍。过了两天常妈就把话头儿扯过去了："你家苏晴真懂事，谁家有这么个儿媳妇真就是烧高香了，你家苏晴要哪儿有哪儿你说，你可说。"

这张大妈早就被常闯这个英雄公安感动了，加上这几天在医院横着竖着观察，再看常闯的妈和姐姐这一家虽然是农村人，但都是厚道本分的人家，再瞧孙女这小心思，清楚这个事情有门儿，也暗自欢喜。不过她留了个心眼儿，觉得还得要继续考察考察再定主意。

单位缺人手，常闯急着出院，常妈给常闯一通数落，还故意让苏晴说说常闯。苏晴小嘴噘着，到了病床那里，当着护士和其他住院病人的面，训了常闯几句："去去，一个小警察，显你呀，没听说吗，身体是革命的本钱，你不在乎你的本钱，将来身体留下大问题，谁来伺候你。你要敢去上班，我永远不搭理你。"说完甩脸走了。

常闯臊了个大红脸，同屋的病人和护士都捂着嘴笑。常妈心里这个高兴啊，忙追出去："闺女，闺女，明天闯子保准不出院，你还过来呀!"

这时,齐所长和陈三斤一脚迈进病房,看到这个情景,还挺纳闷儿,怎么还不出院?

齐耀臣召集全所人员开会,说电视台要给常闯做采访,县局让把救火的过程汇报上去,给常闯报个三等功,大家举手一致同意。

齐所长说:"实在你写吧!你对整个过程知道得具体些。"

郑实在抽了根红梅烟说:"常闯这个行为是不是有些冒险?这要是跳阳台出事怎么办?这个张大娘还是个好说话的人,假如我们进屋损坏了物品、丢了贵重东西怎么办?"

大家一听就明白郑实在又犯了小肚鸡肠的毛病。别人不好说话,冯长海不管那些,站起来就开始放大炮:"救火还讹人,有这么不够数的人家吗?不奖励人家常闯我觉得不合适。"

郑实在眼皮一抹不去理会冯长海,从座位上起来,不等齐所长说散会自己先走了。齐所长说:"散会吧。"

齐耀臣给政治处打了个电话,想要求县局给郑实在也报个三等功。政治处那边说够呛。齐耀臣说,郑实在也参与了,在现场疏散群众,引导消防车,也有不俗的表现。刘主任说要么就一个,要么一个不安排。

齐耀臣拿着听筒掂量了掂量:"县局可以给两个嘉奖吗?我这边你们也知道,实在这个人也不好安抚,但常闯不给予奖励也打消了年轻民警的积极性,对基层民警不公平。"

刘主任最后说:"好吧,我和政委请示下,你也和政委说说,给两个嘉奖,一个人奖励五百元现金。"

齐耀臣放下电话,叹了口气,用手向后拢了拢头发。

三

常闯身体彻底无恙后回所上班，刚进院冯长海就把他扯到自己屋里，将三等功被郑实在搅黄了的事情原原本本倒给常闯。

常闯说："这个实在哥果然不是实在人，我碍着他哪里了？"

冯长海说："只要谁比他强，他就生气，就得给你搅和喽，这些年了，就这德行，什么玩意儿。"然后看常闯皱眉的表情就明白这事儿常闯上心里去了，不免窃喜，随即转了个话题，"'二阎王'非得给你压压惊。"

"他怎么知道我住院了？"

"你当时救火出来没看到吗？'二阎王'也在场呢，还是他开车拉你去的医院，忙前跑后的，给你买了不少补品呢。"

常闯这才想起，听大姐说，有个长得不像好人的小子买了不少水果，说是自己的哥们儿，当时他还纳闷儿，现在一听冯长海说才明白是他。常闯说："不去了，和这种人交往没必要。"

冯长海说："看你，闯弟，你现在不是学生，你是责任区民警，你得融入这个社会，这种人咱们用得上。当然他就是跟咱们拜了把子，他犯咱手里，咱该送他进去还得送他进去。"

晚上陈三斤、于学兵、常闯、刘锐八九个人又在"再回楼"可劲儿吃了杨二严一场，冯长海还是主持。常闯也看出来了，俗话说无利不起早,杨二严心甘情愿回回当这个冤大头,把时间和人民币花在派出所人身上,不会只是为了他这个新分配的普通民警,肯定有更深的目的。

常闯猜得没错儿。

两个月后的一天上午,从派出所门外来了两个穿便衣夹着皮包的中年男子,常闯从两个人的举止上一眼就看出:同行。两个人一前一后进了值班室,于学兵正在值班室看电视,这两个人亮出证件,是邻省朝阳公安分局刑警队的。于学兵将他俩带到了所长室,常闯从玻璃里仔细观察着,一会儿,齐所长推门喊:"闯子,你和陈所过来一趟。"

常闯在屋里赶紧答应了一声,把警服扣子系好,出了屋进了所长室。齐所长一指那个高个儿男人,向陈三斤和常闯两人介绍:"这个是邱队长,让他和你俩说说情况。"

那个邱队长礼貌性地握了握手:"是这么个情况,我们市这一年丢失桑塔纳轿车十几辆,作案人员我们也初步锁定。通过我们近期调查,盗窃分子从我省盗窃完车辆后,到你们这里的修理厂进行改装,重新喷漆,并通过套改其他车辆的发动机号和车架号,然后去 C 省进行销售上照,形成'盗窃—改装—销赃'一条龙。这家汽修厂就在你们辖区,现在我们的侦查员还在厂门口监控着呢。"

陈三斤和常闯对视了一眼,像是互相询问,这是哪家修理厂呀?

齐所长说:"宏兴修理厂,负责的是那个'二阎王'吧?先把杨二严控制住,这小子什么事儿都门儿清。"

陈三斤和常闯带队直接进了修理厂，直奔办公室。杨二严看到俩人进来，扬手打了个招呼："陈所、闯哥来了，怎么海哥没到？"

陈三斤耷拉个脸，冲着杨二严就问："杨二严，我们找你有点儿事儿。"

杨二严侧脸一看后面还有几个眼生的面孔，再看派出所几个人的表情和往常不一样，心说坏了。他嘴里说着："走，走，屋里说。"

邱队长亮出证件："你是这里的负责人吧？我们是朝阳刑警队的。"

杨二严张嘴还假装在笑，耳朵一听"朝阳"俩字，就反应过来了，扭头撒丫子就蹿出屋子，邱队长旁边的民警和常闯拔腿就追。

杨二严一跑，整个修理厂就炸开锅了，修理工人们分头逃窜，顿时乱成一团。陈三斤命令巡防队的人堵住大门口，掏出手枪，喊道："一个人都不能放走。"

杨二严从修理厂后面的矮墙上跳出去，常闯和外地一民警也翻过墙头。杨二严喊道："闯哥，别追我了。"

常闯喊道："'二阎王'，你甭跑，你跑不了了。"

"闯哥，你真不够意思。"

外省的民警先是冲到杨二严身后，伸手一把抓住了杨二严的后背。杨二严死命挣脱，一个趔趄差点儿摔倒，从地上抄起个砖头，对准那个便衣就给了一砖头，正砸在便衣民警的肩膀上。便衣"哎哟"一声，坐在了地上。杨二严夺路就走，拐进了个胡同。

常闯甩开膀子脚下生风，紧追不舍，两人一前一后进了胡同。杨二严已经累得气喘吁吁，跑了几步看到前面出现一堵墙，原来是个死胡同，知道跑不了了。他跳起来扒着墙头想蹿过去，被常闯一把扯了下来，用右肘顶在了墙上。

"闯哥，咱是好哥们儿弟兄，你放我一马，没人看到。"

"我放了你，你又能跑哪里去?"

"你甭管，我花钱再办，闯哥，你不能不讲义气。"

"我讲义气，法律和咱俩都不讲义气。"

"常闯，你真操蛋，我被抓了和你没完。"

常闯心里也在纠结，这个杨二严确实这一年来和自己走动得挺多。杨二严一见常闯不说话，以为常闯心里活动了。

"闯哥，你就当没追上我，兄弟忘不了你的，我叔有的是钱。"

常闯一听到杨二严说到钱，心中的无名火顿时熊熊升起: "钱，再多的钱也改不了法律，也抹不平你犯的罪。"说罢，从腰里掏出铐子就给杨二严上了。

杨二严咬着后槽牙，眼瞅着常闯给上了铐，盯着常闯说: "行，姓常的，你够意思，哥儿俩以后长着呢。"

"等着你。"常闯冷冷地回答道。

杨二严坐在审讯椅上如坐针毡，见常闯给前面俩外地警察端过来两杯水，他又换了一种口气问了声: "闯哥，来根烟抽。"

常闯把火头压了压，外地办案民警过来递给杨二严一根香烟，给他点着。杨二严吸了口，长长吐了一口烟气。

邱队长问: "杨二严，你的修理厂什么时间开始经营的?"

"九八年七月。"

"从什么时间开始接的这种活儿?"

"什么活儿?" "杨二阎王" 明知故问，缩着脖子深深吸着烟，还想张嘴说什么。

"啪！"邱队长猛地拍了一下桌子，杨二严手里的香烟吧嗒掉在了地上。

常闯出了讯问室，冯长海过来用手一拖他的衣角，使了个眼色，俩人进了宿舍。

"'二阎王'都秃噜了吗？"冯长海急切地问。

"就他那个外强中干的样儿，不用收拾就得全招了。"

"这小子还他妈干这个买卖，幸好是外地办案，要是咱还真不好面对。"

"有什么不能面对的，就因为吃了他几顿饭，就纵容他违法犯罪？"

"行，闯弟，"冯长海竖起大拇指，"锻炼出来了，就是，吃他喝他还得办他。"

这时外面汽车的喇叭响起，两个人一探头，看到一辆漆面铮亮的黑色皇冠轿车停在派出所门口。冯长海眼尖："瞧，咱前脚抓人，后脚杨宏兴就到了。"

杨宏兴迈步直奔所长屋，齐所长早就准备好了应对的话等着他，先是几步迈步出来，握着杨宏兴的手："我正想给你打电话呢，进来吧进来吧！"

杨宏兴脸色铁青坐下就问："齐所，谁带队抓的人？"

"连襟呀，人家朝阳刑警队的，咱只是配合。"齐所长和杨宏兴在那次酒场上不知怎么就论成了表连襟了。

"事先不通知你们？"杨宏兴想说早通知我先给个话儿呀，一想，可能吗，那不通风报信了吗？

"对方局人家来了谁都没打招呼，盯了好长时间了。"齐所长给杨宏兴泡了杯浓茶。

"怎么听说还要给我问笔录呢?"

"是,肯定得问,你是公司法人代表。"

杨宏兴由开始的愠怒变得有些局促:"都是二严盯着,我哪里知道这个。"

"我一会儿把邱队长叫出来说说,人家向你了解什么情况就实话实说。"

"嗯,嗯,这孩子,尽给我惹事。"杨宏兴骂了杨二严一句,端起茶水就喝,水太热,着实烫了嘴一下。

杨二严口供交代得挺利索,把所有的事儿都搁自己身上了,杨宏兴只是象征性地问了个笔录,内容自然是一问三不知。

杨二严被朝阳刑警队解走的时候,冯长海给了邱队长一条红梅烟,让路上给照顾点儿。杨二严感动得差点儿哭了:"海哥,什么也甭说,兄弟出来那天再来答谢。"冯长海说这烟是常闯准备出来的,谢要谢常闯。杨二严清楚常闯对自己才不会这么周到,但嘴上还是说"谢了闯哥"。常闯说:"二严,进去好好配合邱队长的工作,争取宽大,要是恨我出来找闯哥,咱哥儿俩接着比画,没办法,谁让我是警察。"

杨二严咬咬嘴唇,没说什么甩头上了警车。

苏晴回杭州后,给常闯写过几封电子邮件。常闯回过两封,说心里话,常闯也非常喜欢苏晴,但又觉得苏晴和自己心中爱慕的那种女性相比缺点儿什么,再想想自家村里那几间简陋的青砖房,他心里就有些莫名的自卑感,他觉得人家苏晴可以找到更好的男朋友。

常闯就打定主意不再和苏晴联系，但好多次苏晴出现在自己的梦中。从梦中醒来，常闯透过窗户看天上密麻麻的星河，想起病逝多年的父亲，想起妈妈带着自己和姐姐生活，姐姐为了自己辍学给乡镇集体企业做工。常闯两眼泛潮，内心寡落落的。

陈三斤给常闯介绍了个对象，是县四中的教师。两个人在陈三斤家见了一面，等四中老师走后，陈嫂就追着问常闯相中了没有。常闯没说行也没说不行，摇了摇头又摇了摇头，陈嫂说："你们这些小子，眼睛非挑花了不可。"

于学兵看准了常闯的心思，和冯长海两人捏咕捏咕，开车去了趟隆华小区张大妈家，主动要求给张大妈被火熏的屋子刷白。张大娘正愁没有帮手，这派出所的人主动上门热情服务，正求之不得，还一个劲儿地打听常闯怎么没来。下午冯长海开着五菱面包车就把常闯送来了，临上车给常闯准备好涂料、滚刷、废报纸、工作服，一应俱全。他和于学兵两人找了个茶馆喝茶扯淡，整个八十平方米的刷白活儿全让常闯给干了。

那天常闯累得通身是汗，不过他心里特别痛快。张大妈晚上给常闯包饺子，趁着常闯在锅里捞饺子的时候，偷着给孙女苏晴打了个电话，说你心中的英雄在这里煮饺子呢。苏晴电话里又气又欢喜，等常闯接过电话，苏晴眼泪都流出来了："常闯你这个混蛋。"然后小孩子般呜呜哭了起来。

常闯拿着电话先是愣住了，后来情不自禁地笑了，脸上一片通红。

如果我这样啰里啰唆地叙述，派出所的故事永远是说不完的，基层工作就是这样琐碎、凌乱，又那么辛苦。民警和辅警与社会上的人都一样，不是三头六臂，光芒万丈，法力无边，但在鲜为人知的背后，是他们默默无闻的付出。在你不经意的时候，又是他们甘于奉献牺牲，才有了百姓身边的和谐安宁……

继续看我的小说吧！我会公平公正地给你们一个答案。

任正业在政法委开完会匆匆往外走，才到电动门那儿，旁边有人喊他："任局，任局。"任正业扭头，是门卫传达室的老刘。

"哦，老刘你好。"任正业说着话脚步却没停下。

"任局，您等等。"老刘堆着笑脸，"任局，我小子分配的事情，咱们局党委班子商量得怎么样了？"

"哦，哦，"任正业想起来什么似的，"哎呀，老哥呀，我早和我们邢局提了好几次了，刚才还和政法委李书记说了这个问题，咱们局警力严重不足，可县里就是不给解决编制，你让我怎么办？"任正业双手一摊，显出非常为难的样子，"再等等，再等等。"

老刘面露难色："任局您给想着点儿，我也是老党员了，七十年代我也是省里的先进劳模，我就这么一个孩子，组织上怎么也得给落实了。"

"一定，一定，我接个电话。"任正业口袋里的手机响了，他掏出手机，"喂，喂，哪位？"然后逃也似的走出了大院。

齐耀臣将郑实在和于学兵喊到办公室。

齐耀巨说："刚才任局打电话来，说朝阳监狱那边提供一条重要线索。据杨二严揭发，八九年西河沟赵狗子被杀案是西关孙骡子干的。现在咱们几个，带上刘锐、长海、小尹几个人把孙骡子抓了。你们赶紧组织人，注意自身安全。于子，我这把枪你带着，对方敢反抗就搂火，打腿，别打死人。"

于学兵接过手枪，摁开弹匣瞅了眼焦黄色的子弹，"啪"地又推了上去。

孙骡子本名孙建国，独身，二十三岁那年娶过一赤峰的媳妇，个头儿不高相貌也不好看但会过日子。孙骡子脾气操蛋，喝多了就爱揍媳妇，打了三年把媳妇揍回赤峰去了，也没留下一男半女的。杨宏兴后来又给他找了个本地丧夫的寡妇，孙骡子这几年跟着杨宏兴挣了几个钱，酒场一多，又拢不住自己，这个寡妇同样受不了孙骡子的拳头，也跑了。孙骡子明白过味儿来抽自己的心都有，后来一想，得了，自己这狗性难改，或许就是打光棍的命。这些年在舒城的混账名出去了，好女人也不会跟自己。这样一想，孙骡子就不再想找女人了。杨宏兴劝他有火了就去找小姐泄火，孙骡子这个人混但这方面倒不是多强烈，他还真有些看不起那些卖身的小姐，对男女的事儿也看得开看得淡。

几年前，孙骡子在汽车站碰到个流浪的小孩儿，叫小四川。孙骡子从瞅他第一眼心里就被什么触动了一下，总觉得这孩子和他这辈子有联系，便将这个孤儿领到了家，又买衣服又去洗浴池洗澡。孙骡子说："你就当我儿子吧，我养你成人，将来你养我老。"这小四川趴地上就朝孙骡子喊干佬，孙骡子差点儿哭了，"儿呀！咱爷儿俩有缘。"

这天孙骡子在床铺上睡了一小会儿就醒了，小四川拎着大茶壶沏了杯大叶茶端过来。

"儿呀，我刚做了个不好的梦，黑白无常过来拿我来了。"

"干佬，梦都是反的，你就是想多了，晚上杨大让你跟他去趟市里，他五点多来接你。"

"现在几点了？"

"三点多。"

孙骡子看了看墙上的钟表，心里还是不安不牢的，下了床说："儿子，你给我到外边拿那双球鞋去。"

小四川"哎"了一声，拎了壶就到院里拿晾着的运动鞋。孙骡子起身往身上套衣裳，就听外面小四川喊了声干佬，然后茶壶哗啦一声碎了，孙骡子一探头发现外面院里有几个人影。孙骡子这个屋子里是有后窗的，就为了自己出现个马高镫短预备的。他踹开窗户就蹿了出去，脚下一落地，一个前滚翻，身体冲出去十几米。他才起身，两旁就冲过来两个人，其中一个大脚就给他使了个扫堂腿，喊了声："倒下。"孙骡子练过把式，拧身一纵，躲了过去，又一根木棍砸过来抽在后背上，他一个趔趄。勉强站稳身子，四面就有人蹿过来了："孙骡子别动，我们是警察。"

孙骡子把手高高举起来，前面的警察端着枪对着他，板凳抄起手铐就过去给孙骡子上铐。孙骡子感觉这个抓人的阵势不像小打小闹，于是他身子突然拧起一百八十度，双脚将前面端枪的人的手枪踢飞，两手抓住板凳的肩膀，将板凳抡起来摔出好远，随后翻了几个筋斗就出去三四十米了。齐耀臣大声喊："不能让他跑了。"刘锐身子灵活，腾起身子扑过去，孙骡子的速度太快了，只差一点儿没有扑上。于学兵向天打了两枪："再不站住就开枪啦。"孙骡子耳朵什么也听不到了，只想跑。

"啪"，于学兵瞄准孙骡子的后背就开了第三枪，孙骡子一个狗吃屎就扑倒在地。刘锐和小尹两个人过去，把人给死死地摁在地上。

郑实在从地上捡起自己的五四手枪，手腕上一大块淤青，他龇牙咧嘴地朝于学兵问："打死啦？"

齐所长从后面喘着粗气跑过来："打哪儿了？打哪儿了？"

于学兵说："腿肚子。"

"哦。"齐所长长出一口气，给任正业打电话，"任局，孙骡子被拿了。"

任正业一拍桌子："好，我让刑警队的马上讯问……人受伤了？没死就行……谁开的枪？给记功……于学兵？齐所你也真是玩胆大，合同制民警有配枪资格吗？我不管他是雪豹突击队的还是蓝豹突击队的，没有开枪资格的民警一律不准配枪，不准使用枪支，邢局三令五申……好好，不说了，你先带人回单位吧！"

对孙骡子的讯问相当不顺利，各种手段轮番上阵，孙骡子始终一言不发。

已经是探长的小金拍了一下桌子："孙建国，你别以为你不开口我们就治不了你的罪，证据现在就在我们身上，凭借这些东西，一样让你进大狱。"

孙骡子抬了抬眼皮："爷们儿，我不就是打个架，在市场收个保护费？城关派出所拘留我好多回了，其他的事儿我没干过。"

"说说八九年的事儿，打个架扔个雷子的事儿别说了，这样的买卖都不够刑警队的出场费，八九年，西河沟。"

孙骡子心里一激灵，太阳穴的青筋突突直跳：妈的，难道露了？

任正业是晚上一个人换了身严实衣服去的宏兴公司，杨宏兴早在自己的卧室等候许久了。

杨宏兴给任正业递了根烟:"任局,怎么样? 骡子交代了没有?"

"没有,这小子挺顽固,你再想想还有什么有价值的线索没有。"

杨宏兴右手揉着脑门。

"你再回想回想孙骡子还和你说什么了没有。"

"他就和我说了一句:姓赵的以后你和他再也犯不上话儿了,我没想到他真敢去杀人,以为他喝多了说大话,第二天才知道妈的赵狗子被人砍死在西河沟了。"

"你再想想,命案证据不充分不能落实定罪。"

杨宏兴又沉了会儿:"还有个事儿。任局,这个要说出来,算不上我包庇吧?"

任正业挑了下眉毛:"你说算不算?"

杨宏兴觍着脸地咧了咧嘴:"任局,这个事儿咱花多大代价也得把二严弄出来。"

看守所 12 号拘留室。

医生给孙骡子换了药布,叮嘱看守民警按时给他服用消炎药。孙骡子瞅了下伤口,脸上没带样儿,心里却坐着没底的轿。他想自己十几年前做的事儿神不知鬼不觉,怎么公安一下就盯上他了? 是诈唬? 不像呀,这"黑枣"(子弹)都挨上了,不像闹着玩,幸亏那姓于的枪头子准,否则再稍微一抬自己脑浆子就成西瓜瓢子了。

是谁把我出卖了呢? 孙骡子左思右想,问旁边看着他的两个犯人："现在得几点了？"

"估计晚上十点多了。"

"我干儿现在干吗呢？知道暖气怎么烧不？"孙骡子身在囹圄，倒是为自己的干儿小四川有些担忧。

明天不清楚公安还怎么对付自己，杨宏兴知道自己现在被抓了吗？

第二天，当他看到号里人给他端来一碗稀粥时，心里沮丧透顶。

"孙骡子，提讯。"看守民警喊他。

孙骡子蹚着死沉的脚镣哗啦哗啦地向前移动着，他脚下越发沉重，脑子一片空白，他越向前越发感觉周围都是黑茫茫的。他心跳加剧，脑子里闪现出死刑犯被押赴刑场执行死刑的场景，他的喉咙上下滑动着，呼吸越发急促。他不想死，他想出去，想躺在床上睡觉，想去工地接着扛水泥，给人搬家，让有钱人指着他的后腰骂他牲口，他都愿意。他不想就这么死掉，他还得将小四川送到学堂，给他娶媳妇，等小四川有了孩子他给看着，让孩子管他喊爷爷。

孙骡子想喊，想退回去，他嘴里发出啊啊的骡子般的叫唤声。就在这时，眼前"咣当"一声，前面的大门打开了，一片银灿灿的光芒照了进来。孙骡子抬起手忙挡住自己的脸，可雪白的阳光还是把他的眼睛狠狠地灼了一下。

"孙骡子，这个斧子你还熟悉吗？"

孙骡子耳边如同传来了一声巨响，构筑了十几年的心理防线彻底崩塌了。

四

常闯从政治处领了新下发的一级警司警衔，回派出所时瞅见大门口墙根儿那儿蹲着个头发蓬乱的小孩子。见常闯过来，孩子戳直身子盯着自己瞅了又瞅。常闯想：这是谁家的孩子？爹妈也不给收拾收拾，脏成什么样子了。

他进了所门口的门洞，又扭身走了回来："嗨，小孩儿，怎么在这儿？不上学呀？"孩子双手揣进袖口，又蹲了下去，不理常闯的话，"嘿！你这个孩子，我问你呢，叫什么名字？"

男孩儿蹲着身子说："用你管？"

"你这个孩子，还挺犟，爹妈打你了？还是怎么了？哪村的？送你回家。"

小孩儿摇摇头："不用你管。"

田哥听到外面常闯和孩子的对话从门房里走出来看个究竟。

常闯说："田哥，知道这孩子谁家的吗？"

田哥过来一瞅："怎么还不走，来了这么多回了，不知道谁家的，我刚撵了一趟呢，快走，快走，别在这里了，再不走抓起你来。"

"抓，谁怕你抓！"孩子顶了一句。

田哥说："你这个孩子真犟。"

　　这时，李伟和小尹从外面开着摩托挎子收流动人口管理费回来，看到田哥和常闯在门口，再一瞅墙根儿下的孩子："哎，这不是孙骡子收养的那个小四川吗？小四川你在这里干吗？"

　　小四川也看出这两个人就是当天抓孙骡子的两个警察，右手抽了出来，拿着一把黑不溜秋的瓦刀，敞开嗓子喊："你们几个把我干佬抓哪去了？给我放了，听见了没，不然我今天就杀了你们。"

　　这把田哥吓了一跳，常闯眼疾手快，一下就把孩子的两只胳膊给掐住了，孩子双手挣脱不得，双脚对着常闯乱蹬。李伟和小尹跳下车，过去一人提拉孩子的一条腿，三个人就把小四川给抬到留置室里。

　　在留置室里，小四川还张嘴见谁咬谁，双手乱抓，可怎么努力都不能得逞，急得呜呜直哭："你们抓我干佬，欺负小孩儿，我和你们没完。"

　　派出所这些人哭笑不得，打不得也骂不得。冯长海故意阴沉着脸："再骂街，我用针缝上你的嘴，让你冰棍都吃不了了。"

　　"吃不了我不吃，我不怕你，你这个大肥猪。"

　　冯长海气得到田嫂屋里拿了个大针，喊来人："你们摁着，我给他缝上。"

　　小四川这次吓得一屁股坐在地上，号得更厉害了。陈三斤进门说："行了行了，别理他了，小伙子你别哭了，别哭了，我一会儿打他们。"小四川看陈三斤倒不凶恶，哭的声音降了几个调，又过了会儿，哭累了，趴在留置室的被子上睡着了。

　　过了晌午，孩子醒了，揉了揉眼睛。板凳说："小四川，给你，哥哥给你买的火烧夹肉。"小四川迟疑了会儿，扭过头去，肚子咕咕叫唤，他咽了几口唾沫。板凳把火烧夹肉递到他手上："吃，还热乎呢。"

田嫂从外面给拿了两袋酸奶，孩子嘬了一口酸奶，大口大口地嚼着火烧，几口下去，火烧就顺肚子里去了。板凳看得惊奇，说："你真能吃，于哥，不够，再给买俩，买五个吧！"于学兵穿着大衣迎着风又给买回来五个火烧夹肉。

几个火烧夹肉填好肚子，小四川就有了精神头，大眼睛直瞪着对面的于学兵。

板凳说："于哥，这小子跟咱们记仇呢。"

于学兵说："小四川，你干佬在监狱呢，他杀了人，我们就得抓他。"

"你开的枪？"小四川问于学兵。

"我开的枪，可我也没把你干佬打死对不对，我打的腿。"于学兵也不明白自己为什么要和这个孩子解释清楚。

小四川眼泪汪汪地说："干佬没了，我也没家了。"

于学兵面对这个无知的孩子心里竟然涌出怜惜之情，这种怜惜带着愧疚，带着内心的无奈，他觉得他有些对不起这个孩子，孙骡子被绳之以法，这个孩子真的失去了依靠。孙骡子这个人混账作孽了三十多年，此生竟然遇到一个毫无血缘关系的孩子对他如此忠义，即使毙了这辈子也值得了。

于学兵站起来回到屋里，将自己的被子搬到了留置室外值班室的高低床上铺好，对板凳说："让这小子以后住这里。"板凳说："我让猴子领他去洗个澡，别长了虱子。"

小四川暂时就住在了我们派出所，陈三斤和民政部门联系过，想把小四川弄到福利院去，民政局开始拒收，说小四川不具备收养条件，后来陈三斤找到了民政局长，小四川才被破例收养。可没过俩月，小四川就跑回派出所，说福利院开门的哑巴总摸他的小鸡鸡，吓得他死活不去福利院了。

就这样，我们派出所多了个未成年的"辅警"，平常就是扫扫院子，给民警们打热水送材料，他除了对于哥有些抵触情绪，在其他人面前都是蛮乖的。小四川的到来使派出所单调枯燥的生活多了些欢快和无奈，烦躁的时候他就是所里的开心果。

春节前，常闯赴南方某省会参加省厅组织的业余教官短训班，顺便去了苏晴的学校探望苏晴。回舒城后，我们几个人问他有没有和苏晴那什么，常闯笑而不答。

冯长海说："你过来，我闻闻你右手。"说完就抓着常闯的手放到鼻子上嗅，深吸一口气，"好么，好么，蕾丝乳罩味儿真蹿。"

小四川问："蕾丝是蜘蛛吐的丝吗？"

文芳和田嫂笑得眼泪都流出来了，常闯一个劲儿地给我们作揖，晚上所里这些没结婚的生毛蛋子们让常闯请了顿新天地火锅自助餐。

在回来的路上，小四川拉着常闯的手问："闯叔，我干佬什么时候出来？"

常闯借着夜色，装作喝多了的样子，张开两只手，假意数着十个手指头："我算算，过不了多久，绝对过不了多久。"小四川将信将疑地点了点头。

尹师傅嘴碎："你干佬出来？你干佬下辈子出来吧。"

小四川踢了尹师傅一脚："放屁，大肥猪。"

春节假期刚过，县汽车修理厂改制，杨宏兴通过活动，县里领导将修理厂私自并购到宏兴集团，将原先的县修理厂职工全部一次性辞退，只留下几个对他言听计从的人。老职工们自然不干，都纷纷找到修理厂老厂长家里。老厂长听说县里把企业变卖给了杨宏兴，为国有资产的白白流失深感惋惜，不顾老伴儿劝阻，带着二百多个工人到县政府门前聚集上访。

任正业给齐耀臣打电话的时候，齐耀臣早就作好了出警准备，正让于学兵组织全所人员集合。齐耀臣换上警裤的时候手机嘟嘟嘟响了起来，他一看是任正业的手机号，就预测出什么事情了。

"任局，我已经得到消息，正组织人呢……好，好，只留下老田看家，全体到县政府门口。"放下电话，齐耀臣拉开房门，看到小四川正在用火钳子捣鼓炉子，"小四川，喊他们全部上车，车坐不了的，骑车子也得过去。"

"好嘞。"小四川爽快地答应着。

冯长海戴上警帽，又从床上抄起一条军用腰带攥在手里。他见吉普车就一个位置了，拉开车门就挤了进去，后面的郑实在慢了一步，到了车前"哎"了一声，冯长海扭头不去瞅他。郑实在自言自语："没地儿坐，我就不去了。"

这时刘锐、李伟和板凳骑着摩托车清查流动人口回来，喊了声："郑哥，你坐后面挤挤。"

郑实在阴着脸骗腿上了摩托，派出所的二十多人鱼贯而出，直奔县政府方向而去。

县政府门前二百多个工人和执勤民警对峙而立，任正业手拿个高音喇叭正在给工人们讲政策。有人在人群里喊："你说的我们不听，我们看到过你，你和杨宏兴天天吃喝在一块儿，不是什么好鸟。"有几个工人一起哄，人们就往前拥。

齐耀臣正面对面和老厂长做着劝解工作，被工人们一拥，两个人全倒了。冯长海用手使劲儿推着前面的人，被一个工人把帽子给掀飞了。冯长海架起胳膊挡了对方一下，这下工人的情绪激化了，人群里有个雷公脸的工人扯着公鸭嗓子喊："警察打人了，警察打人了。"

后面的工人一听前面警察动手打人了，呼啦一下就围拢过来，前面几个工人对着警察开始拳打脚踢，还有的人从后面扔砖头，场面瞬间失去了控制。任正业见势不妙，慌忙从凳子上跳下来，被治安大队长扶着跑到主楼里面去了。

冲突最终被后来赶到的支援警力控制住，相关人员都被强制带离。于学兵的额头被砖头伤了个小口子，冯长海的左眼也不知被谁用拳头打得肿起老高，疼得他嘴里直吸凉气，常闯的警服袖子被扯烂了。所里这些人或多或少都挂了彩，只有郑实在在人群外围幸免于难。冯长海和于学兵上了车，冯长海骂了一句："这王八蛋真他妈可恨。"于学兵没说什么，从车窗看到妹妹于燕子在人群里站着，她正瞅着他们的车子。于学兵担心妹妹掺和这种事儿，向她摆了摆手："走，走呢。"妹子在远处点了点头。

于燕子回到公司后，心一个劲儿地怦怦跳，刚才那个场面太让人害怕了，自己的哥哥和工人扭打的时候，她既为哥哥担心又惦记着那些平常关系要好的工人们。她的心平静了会儿，就开始整理财务报表。

财务科长进屋问："燕子，县政府那儿怎么着啦?"

于燕子小声说:"闹起来了,警察都去了,把带头闹事儿的老张大崔几个人都给带走了。"

"你说,闹什么呀,有什么不好说的,这下好了吧,都抓起来了!"财务科长是杨宏兴的表小姨子,业务不懂,什么事儿都爱掺和,把修理厂当成自己半拉家似的,修理厂的职工们都暗地里喊她"大赤包",这女人也不自觉。

铃铃铃,办公电话响了,财务科长接了个电话,是杨宏兴让她到他经理室那里,商量点事儿。放下电话,财务科长挺着胸扭着屁股就出去了。

不大会儿,财务科长又扭扭地回来了,手里捏着个灰信封:"燕子,过来,这钱,你给派出所齐所拿过去。"

于燕子问:"什么钱?"

"甭管,你给齐所长就行,刚才杨总给齐所打电话了。"

"好吧。"于燕子一刻也不想在公司多待,正好出去看看哥哥有什么事儿没有,她拿着信封骑自行车去了派出所。

于燕子从齐耀臣办公室出来后,没见到哥哥,齐耀臣告诉她于学兵说没什么事儿,她也就放心了。出了派出所,她想这段时间公司的工作非常紧张,好久没逛商场了,交代给自己的事情也办完了,正好去万达商场转转。

于燕子将自行车停到存车处,走着去了万达商场,楼上楼下逛逛,看看有没有换季的衣服。女人天性爱美,于燕子也不例外,再者也对自己有信心,论身材、模样,于燕子在公司也是数得上的美女。于燕子高考时本来考上了市里的师范学院,当时正好父亲看病需要钱,哥哥于学兵在部队上正执行演习任务,于燕子一咬牙,藏起录取通知书,找父亲的老战友修理厂葛厂长托关系,进了修理厂。她先是在后勤工作，一年后又读夜校考了会计证，后来就被葛厂长安排在财务科做了出纳。杨宏兴接手后，清了几名葛厂长在任时的人员。作为财务人员的于燕子，杨宏兴觉得对他不构成威胁，便将她留了下来。

于燕子楼上楼下逛了一个小时，总算选着了适合自己的服装，试了又试。卖服装的能说会道，看到于燕子就夸，夸服装等于夸人："哎哟，妹子，你穿这身裙子，真是要性感有性感，要气质有气质，有婆家了吗，大嫂给你介绍个对象行呗？"

于燕子二十有八，公司里追她的人倒是真有几个，但于燕子都看不上，觉得不是特没品位就是不够层次，她都用各种方式回绝了。听别人夸，于燕子脸上红灿灿的。这个套裙就是胸口开得低些，微微露出些事业线，但露得也是恰到好处。于燕子想：回家让妈知道准得挨骂，骂就骂呗！让售货员把旧衣服打了包，交了款，标签剪掉，穿着新裙子就出了商场。

果然，效果不同凡响，好多人，尤其男人们都把目光投向了自己，那种目光都带着热度，让于燕子觉得皮肤有些灼烧的感觉，心里想：太臭美了，应该过两天再穿。

于燕子从商场出来，横穿马路到对面，右侧的一辆黑色奥迪轿车"嘀嘀"叫了声，她吓了一跳，侧目一看，原来是公司司机林四龇牙咧嘴地向她摁喇叭，副驾驶坐着公司的周副总。周副总探出头来，一副色眯眯的表情："燕子，来，上车，拉你回公司。"

"不用，不用，我车子就在对面。"

"你看你。"周副总有些不甘心，可后面压了几辆车，一个劲儿地摁喇叭催他们的车快开。

周副总回头骂了一句，对司机说："走走。"侧脸对司机说，

"这个妮子真撩人……"说完,也觉得有些过了,干咳了两声,瞥了眼车后排坐着的杨宏兴。

杨宏兴这次没有贬损他,而是从车窗瞅了于燕子的背影几眼,自言自语或者是接副总的话:"长得是招人稀罕。"

周副总和司机对视了一眼,不怀好意地龇了龇大牙。

早晨所长开完碰头会,齐耀臣把于学兵、冯长海、常闯喊到办公室,让陈三斤给三个人发点儿医疗补助:"不能让你们三个白受委屈,一个人一千块钱,愿意怎么花就怎么花。"

冯长海说:"一千少点儿不?"

齐所长说:"少什么少,海儿,你以后看好我的眼色,幸亏控制住了,否则引起群体事件怎么办?"

冯长海说:"我不是担心你怎么着吗?"

常闯以为这钱真的是局里奖励的,心里还挺高兴。到宿舍后,于学兵说:"这钱是杨宏兴拿来的,我妹子管财务,早晨从银行支来交给齐所的。"

"他的钱?能要吗?"

"不义之财,咱不要也是别人拿了,凭什么不要?"

常闯拿着一沓钱着实掂量了掂量。于学兵说:"装上,给准弟妹买点儿小礼品。"随后带门出去了。

等于学兵走远,常闯出门骑自行车就去了舒城县一中。门卫问:"你找谁呀?"

"我派出所的,找陶英章校长。"

"等会儿,我通知陶校长。"门卫在里面挂了个电话。

不大会儿,陶英章穿着羽绒服从教学楼里出来了,一看,原来是派出所的民警，便说："常警官，你里面坐。"

常闯开门见山："陶校长，我听说您有个燃灯者慈善读书会，我这里有一千块钱，想捐给你们。"

陶英章见常闯是来捐赠的，有些兴奋，说："常警官，您进我办公室吧。"常闯和陶英章进了他的办公室。推开门，首先映入常闯眼帘的就是三面墙的藏书柜，各种书目分门别类，琳琅满目。陶英章的桌上也堆了两摞书，都是哲学方面的，最上面是一本《甘地自传》，常闯拿起来翻了几页，说："这本书我在警院的时候读过。"

陶英章给常闯倒了杯水："常警官，你喝水，看来你也爱读书呀！"

"读得不多，参加工作后就更少了。"

"多读书，读书能够改变人，人们通过读书改变自己，然后改变周围的人，甚至能够改变社会。印度圣雄甘地就是一个身体力行的人，他相信人是可以改变的，甘地首先改变了自己。他从最微小的行为开始，将自己的生活弄成了一个不断实验的过程，每天都在试图进一步完善自己……"陶英章的理论水平果然比较高，常闯插不上一句话，也不想打断这个学者型校长的说教，觉得这个校长知识面广博，非常难得。

陶英章好像习惯教化般的交流，话语打开就有些收不住，尤其对这名充满爱心的年轻警官，他更希望将自己的社会经验说给这位年轻人听。

外面的放学铃声响了，陶英章止住了话题，从抽屉里拿出一个本子，上面有捐献者和受捐助者的姓名、地址以及捐助钱物类别、数目。陶英章不好意思地笑了笑："刚才说了这么多，把正事儿给耽误了。"

常闯将一千块钱交过去:"和您交流受益也受启发,以后有机会多过来和您交流。"

"好呀,好呀,欢迎,我给你记好了,捐助对象是咱们舒城二庄贫困生李艳艳,高二理科学生,你看需要将你的姓名和联系电话告知对方吗?"

常闯摇了摇头:"不,不,什么都不用。"

"那好。"陶英章给常闯打了个收条,常闯临走时借了两本书《我与地坛》《生命觉者》。

常闯刚出学校大门上了车子,就听到旁边有人喊:"闯子叔,闯子叔。"是陈三斤的闺女陈洁在路边喊他。

"唉,陈洁,你放学啦。"

"闯子叔你正好驮着我。"

"回家还是去派出所?"

"嗨,我老爸早晨告诉我让我给小四川买俩火烧夹肉,这个小猪八,最爱吃火烧夹肉。"陈洁一眼看到车筐里的两本书,"闯子叔,你也借书来啦?"

"嗯,嗯,找陶校长聊了会儿天。"

"陶校长可厉害啦,学生们最信服他,我还是他们燃灯者慈善读书会的会员呢。闯子叔,你看你们派出所,都不爱读书,海叔和李伟哥、猴子哥他们都不爱,就知道天天喝酒抓人。"

"嗯,我回去得批评他们,让他们读书。"常闯假装深沉。

陈洁在车后咯咯地笑个不停:"得了吧,你让长海叔看书,他还不上吊呀!"

派出所里，陈三斤正在教小四川写字："'于'字好写，先一横，再一横，然后……小四川，你笔要这样拿，这样拿。"

小四川趴在桌子上，累得直流汗："陈大，我不写了，我读诗，你教我读诗。"

"今天必须把'于学兵'仨字写会了，明天的课程是读诗。"

"我不写，写齐大的名字吧，我不写他（于学兵）。"

"滚蛋，就得写你于叔。"

"不写他，他打了我干佬的腿，我就不写他。"

"我还抽过你干佬的嘴巴子呢!"

"我没看到就不算。"

"嘿，你这个小兔崽子。"

陈洁这时进来了："写字啦，小猪八，给你火烧夹肉。"

小四川一见陈洁来了，可找到不写字的借口了，拿过火烧夹肉，给陈洁鞠了一躬："谢谢姐姐。"随后张大嘴巴大快朵颐。

陈洁瞅着小四川的吃相："你个小猪八，也不问问老姐我吃了没吃。"

小四川狡黠地笑了笑，一个大鼻涕泡从脏鼻孔里冒了出来，陈洁捂着胸口，干呕了一下："喔，恶心死我啦! 快给我闪。"

小四川得了解放似的逃出屋去，陈三斤说："你到你田娘那里帮着忙活忙活去。"随后自言自语，"明天找找一小校长去，送这小子去上学。"

舒城看守所。

郑实在带着小尹正在对孙骡子进行补充讯问，孙骡子昨天大半夜喊管教民警，说自己要坦白交代问题，他还有好多细节没有交代清楚，不想带到阎王爷那边再遭罪。看守所和办案单位做了沟通，齐所长让郑实在对孙骡子再一次核实是不是有新的违法犯罪，但郑实在将孙骡子提到讯问室后，孙骡子嘴里直犯嘀咕，问东又说西。

郑实在用钢笔敲着桌子："孙骡子，你到底有没有情况交代呀？害得我们大老远来了，你知道我们事儿多多呀！这孩子上学报名都让你耽误了。"

"郑所，我干儿在你们所好着啦？"

小尹站在后面说："好着呢，比跟你还舒服。"

"那就好，你们公安养着我就放心了。"

"放心吗？"郑实在这个气啊，"小四川在我们那里也是暂时的，谁给你养着，我们所研究好多次呢，月底就送民政部门去，在我们所这叫什么事儿呀！"

孙骡子脸色一变："郑所，让小四川在你们那里待着，也安全，你放别处去万一有个好歹……"

"什么有个好歹？我们派出所没有义务抚养孤儿，那是民政部门的事儿。你快点儿交代，还干过什么事儿，我还得抓紧回去呢。"郑实在看了看手表。

孙骡子向前倾了倾身子："我说出来你们能抓吗？"

"怎么不能抓，谁触犯了法律都得处理，我明白，你是说杨宏兴是吧？他两个脑袋呀？你和他从小就在舒城称王称霸，好多事儿我们公安都记着账呢，你不说也是迟早出来的事儿。"

"郑所，我想跟你们公安局长对话，别人我说了也不管用。"

郑实在一拍桌子："孙骡子，你现在就是个准死刑犯，现在你要想保命就得争取宽大处理，你不说我们也不强求，我们走人。"

孙骡子脸上一阵红一阵白，被郑实在说的话气得顶脑门子，他坐在约束椅上想跳起来："操，别拿死吓唬老子，老子不怕死，五十年后老子又是一条好汉，看你当个小官儿了不起的架势，现在老子不说了，就等着吃你们的枪子儿。"

孙骡子闭上嘴气得胸口上下起伏着。

郑实在和小尹回到派出所，小四川在门口等了好半天，忙跑过去问："实在叔，看到我干佬了吗？"郑实在拉着长脸没理他，小四川忙又过去讨好地问小尹，"尹哥，尹哥，看到我干佬了吗？"

"看到了，"小尹向前一挑眼，"和那位干起来了。"

郑实在推门进了齐耀臣的办公室，齐所长问："怎么着，孙骡子交代出什么新情况了吗？"

"没有，要这条件要那条件，态度特蛮横，问不了这个笔录。"

"哦，"齐所长还想问个究竟，但看郑实在的表情猜出了八九分，"孙骡子还是没想透，那就过两天再去讯问。"

郑实在出了门，小四川拎着一铝壶烧开的水走过来："郑叔，郑叔，水开了，我给你倒壶里去。"

"不用，我壶里满着呢。"

"哦。"小四川说完继续跟在郑实在的屁股后面，想进屋说点儿什么。

郑实在进屋把门"咣"的一声给关死了，小四川被生生地挡在门外，所有看到这一幕的人都随着门"咣"的一声，心口被什么硬物重重地锤击了一下。

派出所院内，小四川孤零零地坐在月台上，眼泪悄然无息地滑落下了脸颊。有风吹过来，卷起地上的一层尘沙，扑打在孩子的脸上和头发上，风过之后，孩子，以及院中那棵未老的桐树，形成了一幅无言的风景画，使得这个场景越发充满了灰青色的格调。多少年后，城关派出所的人们始终不能将这个场景从记忆里抹去，它就像某个影片的剧终，无形地烙在了每个人的脑海里。此时此刻，小四川这个无人可依的孩子，仿佛用某种语言以外的力量，将世人深深地打动！

五

治安大队通知常闯去领手枪时，常闯正和于学兵商量着一起伤害案子。陈三斤说："你别去领了，把我这'六四'（手枪）给你算了，这东西我最不稀罕，上个厕所都别扭，有个酒场也麻烦得慌。"

常闯说："我给你交了吧！我想领把'五四'（手枪），大家伙带着唬人。"

于学兵是从武警突击队退役的，也喜欢枪，对枪支有独到的见解，只是文件规定配枪人员必须是录警身份，像他这样的身份只能"望枪兴叹"。于学兵说："对，'五四'，带着出警有震慑力，常闯，我跟你去。"

常闯说："行。"

两人骑着挎斗摩托就去了县局。

陈三斤才从裤腰上把"六四"解下来，一抬眼两人没影了，嘴上叨叨着："等新鲜劲儿过了，你就不想带了。"说完又解腰带把枪套好。

负责枪库的内勤是常闯警院上届女学长。常闯说："师姐，我挑把好用的'五四'。"

女师姐说:"人家都愿意领新的'六四',你可好,愿意用那个,行,你挑吧!"

常闯一捅于学兵:"于哥,你给把把关。"

于学兵清楚枪库不是随便进人的,还有些不好意思,见女内勤没有排斥的意思,就和常闯去了枪械库,从架子上选了几个五四手枪,拉栓,看膛线,对比磨损程度,左挑右选挑了一把,递给常闯:"这个行。"

女内勤经常折腾枪,按照她自己的说法,耍弄枪就和打毛衣差不多,闭着眼就能拆卸组合。她一看于学兵选了这把枪后,赞不绝口:"行,都说于学兵是个特战行家,果然,这把五四手枪是当年咱们局刑警大队长王大队的那把。他惜枪如命,这支'五四'在全国严打中立下赫赫战功,王大队一支'五四'对战三名持枪歹徒,一弹匣子弹就把对方全撂了。"

常闯抚摸着这把五四手枪,耳朵里听着女警的话,心中想了很多,没想到手中的这把手枪竟然还有那么多传奇故事。

师姐又给了常闯二十粒子弹。常闯说:"师姐呀,太少了点儿吧?"

"不少,都这样。"师姐又呈现出一副大公无私的表情,"来,签字,好,你要愿意过过瘾,现在武警中队在靶场搞射击训练,你去和中队那边联系下。"

常闯一听更是兴奋,从参加工作后,就没好好开过枪,练习下突击战术,有这么个机会正好。

常闯拉着于学兵就去靶场,于学兵还是有些迟疑,觉得不合适。常闯说:"都是局里的人,有什么不好的,走吧,我听说你枪法够好,那个武警中队长听说也是个神枪手,和他比画比画。"

几句话就把于学兵的斗志给激了起来，想起自己在部队也是枪林弹雨冲锋陷阵，现在一晃七八年过去了，心中一想不觉技痒。

两人到了靶场，远远就听到里面啪啪啪的开枪射击声。大门口负责警戒的战士一看两个穿警服的民警过来，抬手示意："首长，我们正在演习，你们不能进入。"

于学兵说："我们找你们秦队长交流交流，你就说于学兵找他。"

战士说："你等会儿。"

不大会儿，武警中队的秦中队长带着一名女干事从里面大步走出来，远远见了于学兵就喊："老班长，老班长，你说请你多少回你不来，这次也不打招呼，来个突然袭击呀！"

"秦队，秦队，不好意思，"于学兵脸上有些窘迫，一指旁边的常闯，"这个是我们所的常闯，警院毕业的，从省特警总队分下来的，今天听说你们这里实弹训练，过来练练手。"

"好，好，欢迎欢迎。正好让战士们领略下老班长的风采。"说罢，秦队就让那名女干事给两人选了两支手枪。

常闯说："给我些子弹就行，我用我自己的。"说罢，掏出自己的手枪。

女干事瞄了一眼，又拿来两个压满子弹的弹匣。

有一年多没打枪了，常闯心里稍微有些紧张，怕在众人面前出丑。果然，第一枪就脱了靶，后面观看的战士们笑出了声，常闯脸一红，屏住呼吸，三点一线，啪，啪……五十米外的胸环靶，弹弹中心。秦队带头鼓掌："不错，不错。"

于学兵选择了跪姿射击，十颗子弹啪啪地速射出去，五十米外十个啤酒瓶应声碎裂。

"好!"秦队对战士们说,"哪位和常所于所交流交流。"

战士们都是年轻人,自然不服输,纷纷喊话举手。这时,旁边那个年轻的女干事说:"秦队,我来吧。"

秦队说:"女将出马,一个顶俩。"

女干事走到常闯面前,伸出手来:"用下您的枪。"

常闯脑子还在寻思这女少尉怎么回事儿,见人家已经到了面前向自己要枪,他迟疑了会儿,随即把枪递了过去:"给。"

女干事推拉了下枪机,推上弹匣,对战士们说:"五十米换十个鸡蛋。"

战士们摆好了十个鸡蛋。

女干事把枪端稳,啪,一颗鸡蛋蛋黄四溅,啪,又一颗被穿碎。常闯心说,真不简单,果然好枪法。

十弹十中,在常闯充满赞赏的目光下,女干事把手枪还给了他,轻描淡写地说:"我十岁的时候就用这把枪射击过。"

女干事这么一说,常闯一愣,脑子还没反应过来,秦队过来说:"忘了介绍了,这位是新从指挥学院毕业的王红英干事,也是咱们老王局的千金。"

常闯恍然大悟,忙伸手:"您好,您好,给王局带好,说枪在我这儿呢,以后我专门向王局请教。"

常闯这样一来,让王红英有些不好意思了,许多战士看到常闯双手握住王红英的样子叽叽笑出了声。

晚上秦队在中队摆了一桌丰盛的酒菜,招待常闯和于学兵。几个人越说越投缘,最后桌上就剩下秦队和常闯、于学兵,还有王干事。几个男人都喝高了,王红英喝了多少不知道,总之泰然自若。

常闯、于学兵被人家灌得酩酊大醉，他们都不记得怎么回到派出所。第二天于学兵早晨起来去厕所看到挎斗摩托在所门口放着，而常闯睁开眼睛第一眼就去摸裤腰带上的"五四"，他用手抚摸着枪身，像抚摸着一件心仪的宝贝那样，倍感踏实，闭上眼睛又睡了过去。

上午半天常闯都没有起床。齐耀臣知道常闯昨晚喝高了，所里的活儿就没派给他，对着被窝里的于学兵狠狠批了一顿："你们胆子也太大了，喝得让人家女干部送回来，丢不丢派出所的人？当年老王局就是什么事儿都压我一头，酒量都嫌我不行，你们可好，让人家闺女见笑了，一提我的人，老王局见了我又该数落了，完蛋玩意儿。"

于学兵一吐舌头跑一边去了，问刘锐："昨天真是武警中队的人送我们回来的呀？"

刘锐说："可不，那个女武警真水灵，开车水平够高，在门口一个急刹，那飘移，一个字——帅。"

两人正说着，齐所长喊："于子你过来。"

于学兵以为又过去挨数落，摸着后脑勺慢悠悠地走过去。

齐所长说："你腿喝瘸啦，快点儿！"

于学兵探头就说："昨天没喝多少。"

"别扯淡，没说你喝多的事儿，刚才局政治处刘主任来电话，问你身份情况，我说了你的情况，没录警，固定工，刘主任没说什么，我想是不是给你录警呀，你自己也托托路子，按说你这个情况局里也有，国保行政科的两人也是志愿兵转业，五年前不也跟着一起录了吗？你这个估计也有门儿。"

于学兵听了高兴坏了，自己做梦都想被录了警，把身份变了，要真是那样可就好了。于学兵说："齐所，我哪有什么关系呀，我找谁也不如眼前的你好使呀，你快点儿给我活动活动。"

齐耀臣嘬了口烟："你让陈所先摸摸是不是这回事儿，他和刘主任是表连襟，还是高中同学，要真是这个情况，我就卖卖我的老脸。"

"好！"于学兵兴奋得很，从齐所长屋里出来，就奔了陈三斤的屋子，进门陈三斤正在哼着民歌给皮鞋打油。

"三斤哥。"于学兵殷切地问。

"干吗，于子？我那条云烟刚让长海扫荡走了，没了。"

"不是烟的事儿，我是求你来了。"

"求我？你喝蒙圈啦，都是我求你，从没见你求过我。"陈三斤边擦鞋边揶揄于学兵。

"不是，三斤哥，刚才是这么回事儿……"于学兵把刚才刘主任给齐所长打电话的事情说了一遍。

陈三斤听完停住手里的活儿："是吗？要真是录警的事儿，这真是个大事儿，我回头给你问问。"

"你别回头了，你赶紧啊我的哥。"

"要不你给我擦着鞋，我现在打电话。"

"好，好。"于学兵拿着棉布从陈三斤手里夺过皮鞋，胡乱擦了起来。

陈三斤在脸盆里洗干净手，拿出轻易舍不得用的飞利浦手机，给政治处打电话："喂，我找刘主任。"

等于学兵擦完鞋，陈三斤的电话也结束了。看陈三斤的表情，于学兵就明白不是多称心，但还是忍不住先问了："刘主任怎么说?"

"咳,哪儿是录警呀,齐所也是没什么根据就告诉给你,白吊你胃口,好像市里组建什么临时分队,具体任务刘主任也没说明白,你和常闯也不知怎么被上面注意到了,被重点推荐上去。这不,局党委办公会核实人员的时候,有人提出你不是录警人员,身份不适合,常闯条件符合。"

于学兵的脸色黯淡了下去,脸上有些发烧,越想越堵心。

陈三斤说:"没让你去更好,在所里待着多好,有吃有喝的,也没危险,去了命交待了,你媳妇我还得给再说个主儿。"

"哥呀!有志气就得辞了不干了,谁让咱没别的能耐呢。"于学兵又寻思了一下,"你的意思是,这个临时组织是要有大事情呀?"

"别问,少惦记别的,你快点儿把我片儿的那两家旅馆给我签责任状去。"陈三斤说。

两人正说着,值班室刘锐喊道:"闯哥,赶紧的,政治处有请。"

常闯问:"说了什么事儿吗?"

"没有,估计要给你升所长把齐伯给替了。"刘锐说完做了个鬼脸。

常闯穿好制服兴冲冲地到了县局二楼会议室,正碰到刘主任在办公室,刘主任说:"你是小常吧,四楼小会议室就差你了。"

常闯还挺纳闷儿,什么事儿呀,就差我了?等上了四楼,推门进了会议室,就让里面凝重的气氛怔了一下,局长、政委、主管刑侦的副局长、刑侦大队长、重案中队长、武警中队秦队和王

73

红英，还有几名特警，个个表情肃穆，围在会议桌前一言不发。常闯想：这是让我参加什么大事儿呀？

刑侦大队长臧大队先是向局长用目光示意了下，局长等常闯坐好，点了下头对秦队说："开始吧！"

秦队站起身来："好了，常闯同志到了，人员全部到齐，我先介绍下情况。十天前，晋江市两名重犯在从看守所押送监狱的途中逃跑。押运车在高速路上刹车失灵，车越出路面翻滚到了山沟里，负责押解的几位民警当场死亡两人，另两位民警重度昏迷，犯罪分子也在事故中受了轻微伤，他们清醒后，乘机夺取了民警的枪支、钥匙，为自己包扎了伤口后钻进了旁边的大山。通过我们警犬和侦查员的侦查，他们沿着西面的鸣凤山，在原始老林里转了四五天，躲过了几次警方大规模的搜山围捕。在西鸣凤山北麓，他们为了获取食物，杀了一名护林员获取了食物、衣服，现在他们的位置应该就在鸣凤山脉舒城西面地段。如果我们这次不将二人抓获或者击毙，那么他们就会重新进入原始森林，那样对我们以后的抓捕十分不利。省厅指示，晋江舒城市县两级公安机关，两天之内务必抓获或者击毙这两名危险分子，绝不能让其离开晋江地域，对社会造成更大危险。"

常闯和王红英带领两名武警战士根据指挥部的部署，用了半天时间到达指定设伏位置。几个人简单吃了点儿压缩干粮，以补充体力提高体温。王干事对几个人说："从前面那个山岭可以俯瞰东西南方向，咱们攀上去找个地方宿营，再轮流观察整个区域。"

几个人上了山岭，找个隐秘处匍匐起来。常闯侧身瞧了瞧身侧正在用高倍望远镜侦查的王红英，觉得这个王干事和苏晴有着不同的美，王干事干练，苏晴娇柔，他这么胡思乱想着，不禁入了神。王红英用脚踢了一下他的脚："专心注意前方。"

常闯顿时臊得成了大红脸，赶紧正过脸去。

过了一会儿，王红英轻声对大家说："注意，前面好像有人影。"几个人屏住呼吸，远处山梁上果然有一个黑影跳动，不一会儿又出现了一个，两个黑影一前一后，朝他们这个方向过来。

又过了十几分钟，与对方还有两百米的距离，王红英说："就是他们，准备战斗。"她打了个手势。

人影越来越近，到了一块青石前。其中一个稍胖的想倚着石头喘口气，他的左脚刚靠上去，常闯脚下用力，猛然从青石下蹿了出来，一下就将对方扑倒在地，逃犯身子就被摔在地上，手枪也从手里甩了出去。后面那个见势不妙扭身就跑，哒哒哒，武警战士持冲锋枪向天打了一梭子："别动，警察，再跑就开枪了。"这小子抱着脑袋顺着山坡就滚了下去，王红英随着也冲下山坡。常闯摁住第一个，反背手上了手铐，交给身旁的武警，紧随王红英身后向山下追。

逃犯慌不择路，连摔了几个跟头，疼得站不起来，蹲在地上求饶："我投降，饶命，饶命。"

王红英站在距离逃犯十几米的地方，呵斥道："双手抱头！"

这小子抱着头缓缓向下蹲，借着月光，他发现同伙甩出来的手枪就在他脚下一米处的草丛里。他嘴里喊着"警官饶命，饶命"，脚步却朝手枪方向轻轻移动。王红英在远处没有察觉这个情况，她持枪向前，左手掏出手铐准备给对方上铐。这小子突然向侧面一滚，就把手枪从草丛里捡了起来，抬手就向王红英射击。只听两声枪响，逃犯扑通一下歪倒在地上，常闯从王红英的侧面果断开枪射击,将逃犯的天灵盖掀开了。

常闯荣立二等功的消息传到城关派出所,齐所长通知门卫老田:"田哥田嫂,今天你们去春城酒楼,多弄几个菜,常闯立功那就是咱们所的功劳,大家晚上给常闯接风庆祝庆祝。"

刘锐在值班室绘声绘色地跟人讲常闯和逃犯枪战的故事,添枝加叶,声情并茂:"你说那个王干事,咱们老局长的千金,枪法了得,于哥对不?一梭子子弹没有将对方干倒,闯哥一枪直接爆头,牛得很……"

冯长海接过话头儿:"我们那回抓捕持枪杀人犯,可惜那小子和老百姓张狂,见了我们就尿了,不过瘾。从警就得有常闯这样的经历,否则没意思。于哥,你怎么没去呢?你去也得是二等功。"

"那是,那是,于哥在突击队那也是见过大场面的。"几个协警也拣好听的恭维于学兵。

于学兵其实心里是最失落的,这次突击行动,自己何尝不想参加呢,就因为局党委有人对自己的身份提出异议,自己才没有参与这场实战。

于学兵走出值班室的门,站在院子溜达了一圈。这时,从门外开进来一辆 O 字头警车,是主管局长任正业来了。

任正业和政治处刘主任不是为了宣布常闯立二等功的事来的,而是带着个民警到所里报到来了,齐耀臣忙和陈三斤迎了出去。任正业指着身旁的民警:"这个是新分配的大学生郭建学同志。"

齐耀臣和陈三斤一瞅这个新分来的干部就有些泄气,个子不低,但有些佝胸,也不是多有精气神,小下巴,干干的脸,戴着近视镜。

"欢迎，欢迎！"齐耀臣、陈三斤边说边和郭建学握手。

"齐，齐所，陈，陈所，您好。"郭建学紧张得有些口吃。

把值班室刘锐几个人笑得够呛："海，海哥，这个新来的，新来的，跟你啊。"

刘锐学着郭建学说话的样子和冯长海开玩笑，冯长海拿纸擤了下鼻涕："这又是哪个上级领导的关系呀？就这样的，当协勤也不够条件呀，怎么还是正式的呢？"

晚上城关派出所把大门一关，在院里摆了三桌，菜肴相当丰盛。宴会开始前，齐耀臣邀请任正业先说了几句开场白，任正业说："首先为新来的郭建学同志接风，同时为凯旋的常闯同志洗尘。城关派出所是出领导、出业务尖子、出能手的基层所，也是全县民警都挤破脑袋想进来的所……"

刘锐小声说："怎么这场宴会成了给郭建学接风为主了，郭建学的后台得多硬呀。"

于学兵在一旁听得真真切切，他心中更加郁闷，没等任正业说完，一口酒就干肚子里。

齐所长让常闯到主桌上来，陪着常闯给任正业敬酒："任局，只给个二等功哪行呀？是不是还得在职务上给动动呀？我们所辖区地面大，案子多，多几个副所长更利于工作是不是？"

任正业不苟言笑，端着架子："行，行，刘主任，你们政治处把小常当成培养对象，报到我这里，我准绿灯。"

"快，谢谢任局，赶紧，常闯再来一杯。"

常闯喝完主桌，然后和郑实在、冯长海几个人又喝，那个新报到的郭建学抖着手端着茶杯："常哥，失敬，我不喝酒，我喝水。"

"我也敬你。"常闯倒没有鄙视这个其貌不扬的郭建学，只是觉得郭建学长得的确太单薄，再一想，现在只看外表也不能先给人下定义。

到了于学兵、刘锐他们这一桌，常闯挤了个座，说："我敬兄弟们，还是和兄弟们在一起随意，谢谢兄弟们对我的关心和支持，这杯我一口干。"

后来常闯不知道怎么进的宿舍，他一觉醒来口干舌燥，趿拉着鞋在水桶里舀了杯水，咕嘟咕嘟地灌了进去，嗓子才好受点儿。

他退到床上，就解裤子，把裤子放到衣架上，头一沾床，猛然想起什么，他起身到了衣架那儿去摸自己的手枪。当手碰到枪套的时候，脑子唰啦一下，顿时酒醒了，五四手枪竟然不翼而飞。

常闯在床上被窝、床下桌子抽屉翻了个遍，都没有枪的影子。他的汗湿透了衣服，急得脑袋都快爆裂开了。他又在院子桌子下凳子边黑灯影子里乱摸。这时，郑实在穿着大裤衩出来撒尿，看到常闯在院里转，就问："你这是怎么了?"

"我那手枪丢了。"

"啊?"郑实在一听，也惊住了，"在哪里丢的?"

"我没出院，喝酒时我还带着呢。"

郑实在尿也憋回去了，穿着大裤衩也跟着常闯在院里、桐树底下踅摸。两个人找了会儿，还是没有什么发现。郑实在就去敲齐所长的门："齐所，齐所。"

齐耀臣睡得正酣："什么事儿，实在，这么晚了?"

"你快点儿起来吧，出大事儿了，常闯的家伙没了。"

齐耀臣一听就醒了，披着警服出屋问常闯："怎么回事儿？是不是放家了，还是丢别的地方了？"

"没有，喝酒的时候还在呢，睡醒了，就不见了。"

"你确定？"

"确定。"

"实在，把大门插好了，让值班的都起来，给全所人员打电话，发传呼，紧急集合，一个不落，联系不上的，去家里叫。"

半个小时后，全所人都赶回所，有的还闹不清怎么回事儿，以为有什么大案子。齐耀臣说："全部封锁消息，现在看看还有谁没到，枪丢不了，应该没有出咱们这群人。实在，你查查谁没来。"

郑实在挨个点名。

"齐所，点完了，于子没来。"

"刘锐，你打电话了吗？"

"打了传呼，没有回话儿，家里去了，就嫂子和孩子，于哥没在家。"

"再打……"

齐耀臣陷入了沉思，派出所气氛过于紧张，让大家心里都有压抑之感。常闯擦了把脸上的汗，心想：于哥，可别真是你拿了呀！

大家正在交头接耳的时候，值班室的电话响了，是县局指挥中心派警，宏兴公司出现警情，有人持枪要杀杨宏兴。

刘锐接着电话，紧张地问了句："谁持枪？"

"你们所的于学兵……"

齐耀臣一听于学兵持枪，狠狠地拍了下大腿："嘿！"

于学兵架着常闯回到宿舍，看到常闯四肢摊开呼呼大睡，于学兵没有半点儿困意，最近一系列的不愉快让他心绪难平。

嘟嘟，口袋里的汉显 BP 机响了几下，他取下一看，是妹妹于燕子在传呼自己。他想这么晚有什么事儿呢，就见汉显上写着：哥，我马上到你们单位门口。

于学兵心想：怎么回事儿？妹妹有什么事儿了？他无法给妹妹回电话，忙到大门口外等着于燕子。不大会儿，他听到东面有人呜呜地哭着跑过来，他忙跑过去，正是自己的妹妹于燕子。

看到于燕子哭得厉害，衣衫不整的，于学兵忙问："燕子，怎么回事儿？别哭了。"

"哥，哥，我让杨宏兴他们欺负了。"

于学兵脑子嗡了一声："怎么？杨宏兴？"

"嗯，嗯，"燕子擦了一把脸上的泪，"这几个活畜生，把我灌多了，在宿舍欺负我了。"

于学兵热血上涌："我非杀了他们。"

燕子说："哥，我不敢回家告诉爸妈，你说我咋办？"

"报警，抓王八蛋。"

"嗯，我就是这个主意，我来你们所报案。"

"我们所不管这样的案子，咱去刑警队，"于学兵说，"你先骑我的车子去公安局刑警队，我进去换身衣服。"

于燕子等哥哥从所里把自行车推出来，骑着车子去了刑警队。于学兵到屋里穿上皮鞋，看到常闯睡得正酣，裤子上的手枪露在外面。

于学兵脑子一热，于学兵啊于学兵，你在派出所竟然连妹子都保护不了，宏兴公司哪个不知道于燕子是自己的妹子，如果自己是个所长，哪怕是副所长、正式民警，他们谁敢动妹子一个手指头，现在真是欺人太甚。

于学兵借着酒劲儿，把常闯的五四手枪抻了出来，出了门，看到远处正有个三轮驶过来，一招手："去宏兴公司。"

宏兴公司今天来了几位重要的客商，其中有个外籍华裔女士，没想到外籍华人在车间参观的时候，人家用英语和公司经理们对话，因为事先没有准备翻译，气氛异常尴尬。旁边陪同参观的于燕子听了出来，忙用流利的英语接了上去。这位客商非常惊讶，用英语连说了句："宏兴公司里竟然有这么优秀的员工，很难得。"负责接待的周副总开心得不得了，让于燕子放下手里的财务活儿，陪着客商参观公司，晚上欢迎晚宴也让于燕子陪客。于燕子本来不喜欢这样的场合，可外籍客商执意邀请，她只好参加。

于燕子开始只是礼貌性地敬了几位客商几杯啤酒，饭局就要结束时，杨宏兴从晋江市里赶回来了。总经理一来，气氛就上去了。杨宏兴为了显示自己在舒城的人脉，又邀请了几位市里领导过来陪酒，同时给任正业打了个电话，任正业在派出所那边进行了一半后赶过来。

这个那个领导都要敬酒陪酒，于燕子就有些招架不住了。那个周副总本来就不怀好意，一个劲儿给于燕子把酒杯倒满，于燕子在敬完杨宏兴的时候，头晕了，等任正业来了，就有些站不住脚了。

周副总说："燕子，你怎么也得敬敬任局呀，任局主管派出所，你哥的直接上司，不敬多不礼貌。"

于燕子只好拿起酒杯敬了任正业一杯："任叔，敬您。"

任正业正和杨宏兴低声耳语，杨宏兴问："那姓孙的没露什么吧？"

"没露，放心吧，负责讯问的侦查员是我刻意安排的，让他说什么他说什么。"

杨宏兴心里踏实了些："任局，我们这里最有才情的美女财务，燕子姑娘，敬你。"

"好，好。"任正业才不管什么燕子不燕子，更不理会她的哥哥是谁，"于学兵，耳熟，哪个所，哦，城关所。刚才你哥敬我酒，你再敬，任叔高兴，别叫任叔，叫大哥，大哥就行。"

于燕子喝完酒就被财务女科长架到宿舍去了，女科长放下燕子后，还得去酒场上寻欢，把门一带就走了。

这时，从卫生间出来的杨宏兴正一步跨出来，他觉得这个女财务是喝多了，出于关怀的心思推了下门，恰恰于燕子躺在床上酥胸半裸的醉态，撞了他个满眼。杨宏兴本来就是地痞流氓出身，欲火难耐，兽性大发，把门一关就扑了上去。

周副总撒完尿，出了卫生间门，发现杨宏兴怎么走这么快，忽然听到隔壁女宿舍奇怪的声音，他偷着溜过去，看门虚掩着，杨宏兴正把于燕子压在身下，裤子褪到了脚跟，于燕子挣扎着发出痛苦的呻吟……

于学兵一脚把宏兴公司的门踹开冲进公司大厅，两个保安出来，喊道："谁呀！到这里撒酒疯！"一抬头见于学兵拿着把手枪顶在了自己头上，吓得瘫倒在地。

"大哥，大哥，你找谁？你要干吗？"

"杨宏兴呢？杨宏兴在哪？"

"在经理室。"一名保安吓得直哆嗦。

另一名保安趁机夺门而出,边跑边大声喊:"有人要杀杨总呀!"

听到外面的叫喊声,周副总从二楼往下一看,吓得魂飞天外,跑上三楼就砸杨宏兴的门:"杨总,杨总,快点儿,快点儿,于燕子的哥拿枪找来了。"

杨宏兴没想到事情搞这么大,玩个女人算什么,他玩得多了,全是拿钱砸,一切都能用钱摆平,哪想到今天有人拿枪拼命来了。他慌慌张张地穿着睡衣跑出来。周副总说:"你赶紧去我屋里躲躲。"杨宏兴光着脚丫子跑到了周副总屋里。这时,于学兵用枪抵着保安的脑袋一步步上了楼。

到了总经理室,于学兵对着防盗门就踹了一脚,咣当一声,门没有打开。于学兵已经失去了理智,啪啪两枪就把门锁打烂了。他冲进屋后,周副总正哆哆嗦嗦地站在屋里不知所措。于学兵揪住周副总的头发就摁倒在地上,用枪顶住他的脑壳:"杨宏兴在哪儿?给我交出来。"

周副总一仰头瞅着黑洞洞的枪口,两眼一翻,吓昏过去。

于学兵松开周副总,闯进了里屋卧室,见空无一人。他踢翻眼前的茶几,就听外面警笛声响,刑警队的民警赶到了,紧接着全部冲到了楼上。民警和于学兵非常熟悉,有人喊:"于子,放下枪,别犯傻。"

于学兵拿着枪在楼道里挨个踹门:"杨宏兴给我出来,我非得打烂你的狗头。"这时,一个人大步跨到他跟前,对着他的脸就是狠狠的一个耳光,他眼前一花,手里的枪被刘锐和杨子攥住手腕硬抢了过去。

　　于学兵持枪大闹宏兴公司的事情,上升到了严重的民警违法事件。县公安局经过研究,将当事人于学兵清除公安队伍,解除劳务合同,令其自谋职业;对城关派出所齐耀臣所长给予行政降级处分;对枪支持有人常闯给予警告处分,调离派出所,去看守所工作半年。

　　处理决定下来后,从禁闭室出来的于学兵来派出所收拾行李,进院后看到全所人整齐地排成一行。

　　田哥田嫂老泪吧嗒吧嗒地往下掉,田嫂说:"于子,以后经常来所看看我和你田哥,别见外。"

　　于学兵"唉"了一声,抬头看到齐耀臣,于学兵睁睁大眼,让眼泪不至于掉下来:"齐叔,你侄子对不住你,给所里给弟兄们添乱了。"

　　齐耀臣拍了拍于学兵的肩膀:"都怪我,没管好你们,你别内疚,我就是你们这帮人的老的,你们做错了都怪我管教不严,对不住你们的家人,现在惹了娄子我就得为你们担着。先回家,过两天我去找人事局的郝局长给你的关系弄建设局去。"

　　"不用了,我上够了。"于学兵摇摇头。他想在人群里找常闯,他最愧疚的就是对不住常闯。

　　可是没见常闯的人影。

　　冯长海说:"于哥,别找了,常闯这两天也没上班,都是好哥们儿弟兄,他没怪你。你说你那天,告诉我一声,我叫几个崽子砸了狗畜生不就得了。"

　　"海弟,谢了,在派出所我们可以当孙子,被人看不起,被人拿着当猴耍,可以没有尊卑,可以当牛做马,但都有底线,我妹子我的家人就是我的底线，我不后悔。"于学兵对所里的同事说，又像是对自己说。

刘锐、李伟几个人将行李给于学兵弄好，于学兵双手拎着行李走出派出所的大门，转身回了头，仰头望了望大门口高悬的金色警徽，还有在偌大的院里排成半圆形的队伍，用沉默的方式，望着目送他的昔日领导和同事们。于学兵放下行李，立正站好，庄严地敬了个警礼。

六

常闯在家窝了两天，心里憋闷，外加委屈。常妈在灶膛里添着柴头棍子，掀开锅盖，顶着氤氲的蒸汽从篦子板上向锅屉上放着馒头。

"我儿呀，别腻歪坏了，这好事儿坏事儿都是个人的点气和运气，这回出个岔头不打紧，才上班多长（时间），遇到点儿事儿不算什么，咱在哪里跌倒就在哪里爬起来。"说完话，常妈重新把锅盖盖上。

外面常闯的姐姐推着自行车进了院子，进门就帮着常妈烧火。常闯从炕上起来，出了屋和姐姐说话。

姐姐说："你姐夫说你立大功了，后来又说枪让所里人给偷了，闹得挺大的，咋回事儿？咱舒城都传遍了呢。"

"是。"常闯蹲下身子，就和姐姐还有母亲把事情原原本本地说了一遍。

"甭埋怨你于子哥什么，我看男人就得有血性，妹子让人欺负了，谁还控制得住。"姐姐说。

"我也说是呢，就是这个于哥，拿枪怎么非得拿我儿的，拿所长拿别人的不行呀，我儿这个二级功飞了。"

"妈，是二等功。"姐姐又劝常闯，"闯子，甭腻歪，腻歪事情也发生了，让你调动咱就调动，人挪活树挪死，挪挪我看是好事儿，不就是半年吗？"

常闯手机里这时收到两条信息，常闯一看是苏晴发来的。苏晴在信息里劝说常闯辞了公安工作，和她一起去南方。苏晴被一个跨国公司录用了，公司保安部那里也招聘人才，苏晴觉得常闯年轻，有学历，不如趁着年轻闯一闯。

这个公安工作常闯自然舍不得，做人民警察是他儿时的梦想，让他辞职，从事别的职业，他压根儿没有想过。

常妈问："苏晴给你来的呀？"

常闯说："嗯呢。"

"你和苏晴的事情怎么样了？该说说什么时候结婚了。一提结婚我也是愁呢，怎么也得在城里买个楼房平房的，有个住着的地儿呀。"

"我给闯拿两万，到时候凑个首付买个楼房，再按揭贷款呗，或者买个便宜平房。"姐姐说。

常闯早就想在城里买个房子，只是钱一直不凑手，再者和苏晴还在磨合期，苏晴的意思是不愿意回舒城，起码在省城二线城市。一听这个，常闯有些无奈，但又说不出口。

半年前，冯长海的哥们儿有处房子要卖，价格也不贵，但得房款一次性付清。常闯也是红脸汉子，张嘴借钱的事儿他干不出来，只好作罢。

铃铃铃，手机响了起来，常闯掏出手机一看是王红英的电话，常闯站起来走到院里："王干事你好。"

"听说二等功没戏啦，要和我们做邻居来了？"王红英在电话里开着玩笑。

"没戏啦，调到看守所可不就和你们中队成邻居了，怎么招待我呀？"

"先别说怎么招待你，赶紧说怎么招待我吧，我在你家门口呢。"

"我家门口？"

"是的。"

常闯这时已经听到了街上王红英的声音，赶紧跑出去，看到王红英穿着警服，骑着警用摩托在大门口，远处街坊邻居都看着常闯和王红英指指点点。

常闯见状忙说："赶紧进来吧！"

王红英拎着一袋水果，大大方方地进了院子。常闯的妈和姐姐听说来客人了，也赶紧出来相迎。

王红英喊着姐姐阿姨，常妈乐得合不拢嘴："这闺女多威风，还俊。"

姐姐一捅常闯的后背："闯，你真能耐呀。"

常闯一听脸上臊得够呛："姐，人家是我同事。"

王红英是来邀请常闯去家中吃饭的，说有领导要和常闯交谈下。常闯想，王红英的领导是谁呢？武警支队的？军校的？

"你就跟我走吧，到那里就明白了。"还没等常闯同意，王干事就对常妈说，"阿姨，我和常闯到城里要见个领导，今天就不在家里吃了。"

常妈正和闺女在西屋小声嘀咕这女军官的来历呢，一听这姑娘这么大方地邀请常闯出去，高兴得直点头："去呗去呗。"

常闯和王干事出了屋，王红英戴上头盔驮着常闯一路绝尘而去，后面几个顽皮的小孩子追出老远。常妈和姐姐在门口望着，搞不清怎么个由头。

王红英将常闯直接带到了她家，政法宿舍平房区。一进院子，王红英的父亲王金忠（公安局原副局长）早就把酒菜准备好了，就等着闺女带着客人到位呢。

常闯空手而来有些不好意思，向王金忠敬了个礼："王局您好。"

"什么王局，退了就是老百姓，你喊王叔、王伯都行。"

"唉，王叔。"

"来，来，坐这儿。"王金忠让常闯坐了左首，王红英坐了右首，主动端起杯来，"小伙子，王叔先敬你一杯，敬你救了我家丫头一命。"

常闯哪受得起，急忙起身："王叔，您言过了，红英是我的搭档和战友，如果我遇到困难，王干事也一定会这么做的。"

"我就剩下这么个老丫头了，本来不用她给我顶门立户，可惜她哥牺牲得早，我就这么个宝贝。"

常闯扭头看到里屋王红英的哥哥穿警服的遗像，愣住了。

王金忠说："红英的哥哥也是你们警院的，五年前在和几个持枪歹徒作战中牺牲了，他没给我们王家丢脸，更对得住身上的警服。嗯，红英将你的事情告诉我了，难得，难得我们局又出了一位骁勇善战的公安战士。我想了好几天，让你过来，王叔和你唠唠，给你鼓鼓劲儿，公安工作有点儿坎坷没什么，记住，在你穿上警服的那一刻，你的生命，你的一切就是属于这个职业，这个无上荣光的工作的。"

"嗯。"常闯注视着王红英哥哥的遗像，耳边聆听着这位公安前辈的铿锵之言，心潮起伏，自己遭遇处分的事情像阴霾一样，一扫而光。他向老前辈重重地点了下头，端杯将眼前的五粮液酒一饮而尽。

酒过三巡,王金忠对常闯说:"你把那支手枪拿出来。"

常闯将手枪递到老局长手里,王金忠一只手,几下摆弄,就将一柄枪支分解完成,然后又将脸转向一旁,右手几个动作,手枪又成功组合完整,整个过程熟练利落。

常闯看得出神,脱口而出:"好!"

王红英说:"老爸,你能不能别老是这一套?"

"这一套怎么啦,枪就是警察的第二生命,这把枪在我心里的分量,就如同你和你哥哥一样重要。"王金忠将手枪还给常闯,又嘱咐了一句,"这把枪遇到你这名新主人,让我放心了。孩子,未来的路还长着呢,困难压不垮咱。"

常闯"嗯"了一声,将杯里的酒一饮而尽。

齐耀臣让冯长海几个帮常闯整理好行李物品,送常闯到看守所报到,他先给看守所所长陆方打了个电话。

陆所长说:"齐所呀!我们早就等着呢,这么能干的人到我们这儿干,吃不了亏,到我们这里我们按照局党委领导对待,您放心,您要开会就甭过来了。"

齐所长放下电话对冯长海说:"你和陈所送闯过去吧,把那些东西都卸了,那边陆所给常闯弄得一码新。"

常闯上了车,冯长海故作没事儿似的吹着口哨。车子才开出几十米,常闯和陈三斤正在说手里的几个未结的纠纷,车子"嘎吱"一下刹住了。

冯长海头探出车窗侧着身子喊:"燕子,有事儿吗?"

于燕子在公路旁戴着个口罩:"海子,常闯在车里吧?"

"在呢。"

常闯忙下车："燕姐，你在这里干吗呢？"

"常闯，姐没脸去所里给你道歉，知道你今天报到，姐在这里等着，代表你于哥代表我们全家给你道个歉。"

于燕子摘了口罩，眼里噙着泪水，说完就给常闯鞠躬。

常闯忙用手拦住了她，内心一阵翻腾，本来心里确实对于学兵心存埋怨，当看到于燕子孤单单地站在自己面前，发自肺腑地给自己道歉时，他内心最朴素的感情被彻底感染出来。

"燕姐，你别这样，"常闯的眼圈也红了，"我没有怨于哥，你转告于哥，到多会儿他都是我敬佩的兄长，你到什么时候都是我姐。"

陈三斤也下了车："燕子，你别想得太多，咱所的人没这么些事儿，你该在家待着待着，把你那事儿处理好。听说刑警队那边把他们抓了。"

"抓了，那个姓杨的王八蛋又被放了，说没有物证，宏兴公司那姓周的找我，说给我三十万不让我追究了，我才不要那脏钱。"

陈三斤诧异得很："放了？回头我和齐所找臧队去。"

于燕子说："你们走吧，走吧，常闯，对不住啊，迟早有天燕姐和你于哥会回报你的。"

"不用，不用。"常闯擦了下眼里的泪水，上了车。

几个人朝看守所的方向驶去。

看守所距离市区五公里，像这种单位自然偏安一隅。所长陆方和武警中队的秦永早已在所门口等候着呢，几名武警战士过来搬车上的东西。陆方也是基层上来的，清楚现在常闯心里的感受，所以表现得格外周到热情，让常闯心里暖烘烘的，舒服了许多。

下午常闯就开始进入角色，尽快适应新的工作环境。陆方让常闯负责巡视，同时负责一个晚班值班。

常闯没过多久就适应了看守所上一休二倒三的工作状态。

孙骡子在号里度日如年，天天在号里称霸滋事，同号里的人哪个敢惹他这个死刑犯呀，恨不得都不和他在一个号里待着了。负责 5 号的民警小周挺怵他。

一天，和常闯聊天，小周说："闯哥，你不行和孙骡子接触接触，这小子总闹事儿，弄得我不好管，他指名点姓想和你盘盘道。"

常闯说："行，我会会他，先让这老小子猖狂几天。"

孙骡子中午吃完号饭，四仰八叉地一躺，让个新进来的犯人给他捏捏脚。他合上眼睛正想眯个小觉，牢门咣当一下打开了，常闯从外面进来，屋里所有人都瞅着常闯如何灭了孙骡子的威风。

孙骡子抬了眼，扭头没有搭理常闯。

常闯压了压火，捏脚的小子小声喊了句："常政府。"

常闯甩了下头，示意他闪开。

"怎么着，我是喊你常所呢还是常政府？你们把我弄进来就得了，怎么你也跟着进来了，这是立功还是挨处理呀？"孙骡子说完，有些龇牙咧嘴，旁边几个人也嗤嗤地发出笑声。

常闯没有理他："孙骡子，你干儿出事儿了，你想知道怎么回事儿吗？老老实实地出来和我唠唠。"

"我操，我儿他怎么啦？"

孙骡子从大炕上一下就坐了起来，可是常闯已经一带牢门走了，孙骡子隔着铁门喊："常政府，常政府，你回来，你回来……"

过了两天，孙骡子终于蔫了，见了常闯就作揖。常闯吊足了他的胃口，终于答应和他谈谈了。

孙骡子一改往日趾高气扬的德行，他说："常政府，常政府，你看，我这个骡子脾气，始终没得改，没得改，你多担着，多担着。"

"骡子，你自打进来后，从没有交代自己的罪行，但你清楚不清楚，即使你不交代，也一样定你的罪。死你不怕，你黑道白道混了这么些年无所谓，可你知道吗？你他娘的有天被枪毙了，骨灰都没人给你埋坑了，即使埋了，就怕你觉得在社会上和你关系最铁的人，扒拉出来给你扬了。"常闯说这些话的时候咬着后槽牙，脸上这个表情直抵人的心灵深处，摧毁力极强。

孙骡子脸上变了颜色："我该说的说了，该交代的交代了，活是活不了，现在我就活一天算一天了。"

"你活一天就好好待着，你把号里弄得乌烟瘴气，乱七八糟，你想怎么着？就为了折腾人玩，就为了让大家伙儿都知道你活着这么腻歪人？"

"没那意思。"

"没哪意思？孙骡子，你还是怕死，不怕死那天你就迎着枪口上呀！怎么也撒丫子满地滚呀？"

孙骡子没吱声。

"孙骡子，人固有一死，或重于泰山，或轻于鸿毛，这句话给你用也不犯忌，你过两天一个枪子崩了，可你清楚，你死得稀里糊涂，那就操蛋了。"

"怎么操蛋了？"孙骡子那个杠头脾气又要上来。

"你真就是个骡子，我告诉你，小四川五天前差点儿让车给撞了，多亏猴子手疾眼快，拉了他一把，否则就被车直接撞死了。我们觉得这个事情发生得特别蹊跷，小四川真要有什么好歹，给你收尸的人都没有了。"

"谁撞的？不可能没人管。"

"撞人的是个未成年，法律处理不了，家里就四个呆呆，也拿不出钱来。你在这里，我也清楚外面的事儿你也能打听得到。你回去寻思，愿意当个替死鬼你就继续在号里耍，不愿意，立功受奖可能还可以活命，等七十岁了还能出去见到你干儿。"说罢，常闯离开桌子，示意小周把孙骡子带走。

"我再问问，常政府，常政府。"孙骡子脸上直冒汗，有些着急。

常闯带上门，径直走了。

小四川出车祸的事儿不是常闯编的。在于学兵持枪大闹宏兴公司之前，杨宏兴接连几次去派出所找齐耀臣，说孙骡子从里面给自己带话儿出来，让他领养小四川，并说自己联系好了一所私立学校，要送小四川去那里上学。齐耀臣问小四川愿意跟着杨宏兴吗，小四川点了点头。

可是就在前两天，小四川光着脚丫，邋里邋遢地又跑到派出所，说什么也不回去了。杨宏兴派了好几个人来派出所接他，小四川就是抱着田嫂的大腿不松口，用哀求的目光对田嫂说："田娘，田娘，我不去，他们吓唬我，打我，还说要卖了我。"

陈三斤和来接他的那个社会痞子急了："告诉你们杨总，孩子不回去了，在我们派出所好好的，你看看这人在你们那里两天都吓蔫了。孩子跟着我了，你们别再来了，告诉杨总，就说他现在是陈三斤的儿子了。"

舒城医院骨科病房。

常闯穿着便装拎着一兜水果推开一间病房的门，径直走到小四川的病床前，将水果放到床头柜上。

板凳打了个哈欠，伸手撷了根香蕉："现在川大爷是县领导级别，派出所老老少少伺候着。"

头上缠着绷带的小四川龇牙笑了："板凳哥，全是你的。"板凳剥好了递到小四川手里，自己躺一旁的空床上去了。常闯拉了床下的凳子坐了下来，小四川左右踅摸了下，看没有人注意他们，说道："常叔，我没事儿，你管着我干佬了？"

"嗯，你干佬让我过来探望你。"

小四川一听说是孙骡子让常闯过来探望他，心里就受不了了，胸口起伏鼻子抽泣起来："这个世界上，就我干佬还有你们拿我当人看。"

常闯说："小四川，我问你，你到底是怎么挨撞的？你和我说实话。"

"就是我和猴子哥，去'汇康药房'给陈大买药去，回来路上猛地从后面冲过来一辆车，还好猴子哥麻利，推了我一把，否则就把我撞散了。"

常闯思索了下："我觉得你这个车祸没这么简单。"

"没这么简单？"小四川诧异地望着常闯。

"是，你这个车祸没这么简单，你……"

常闯还想说什么，就听外面有人喊："小四川，怎么样？好点

95

儿了吗?"说话间,杨二严一步迈了进来,正和常闯四目相对,双方都愣住了。

板凳一骨碌起来:"这不'二阎王'吗?这么快出来了?"

杨二严说:"嗯呢,昨天出来的,减刑了,你们都在这儿呀?"

常闯也没想到在医院遇到杨二严他们。他说:"哦,看守所有规定,让我来探望下小四川,也为了让孙骡子在里面踏踏实实地配合政府工作。"

"哦,哦,"杨二严眼珠叽里咕噜逛着,"哪天叫着海哥,咱们聚聚,又好长时间没聚了。"虚话说完又一瞪眼睛对着小四川,"小四川,怎么出的这事儿呀?和常所长叨唠什么啦?"

"没事儿,我和常叔说我干佬的事儿呢。"小四川心里害怕,身子吓得发抖,磕磕巴巴地解释着。

常闯懒得和对方说话:"我的工作完成了,你们说吧!板凳你辛苦,我先走了。"

常闯在两天后的晚上接到小四川打来的电话,小四川是用别人的手机打来的:"闯叔,我是小四川。"

"小四川?你说,有什么事儿?"

"闯叔,我和你说,我没在舒城。"

"没在舒城?"

"嗯,我没事儿,你甭惦记着,你转告我干佬一声,我回四川了,我不能在舒城待了,过不了几天'杨二阎王'他们还得想法儿弄死我。那天晚上,就是燕子姐被杨宏兴欺负的那天。我因为去后厨偷吃剩下的海鲜,吃饱了从厨房里出来,在三楼楼道正碰到姓周的那家伙。他拿着燕子姐的裤衩和脏褥子,问我干吗,我说起来拉屎，他就让我把他拎着的东西扔了去，以为我不知道怎么回事儿，还说这个事情不准瞎说，否则弄死我。我知道杨宏兴这帮人什么事儿都干得出来，所以我就按照他们的话做了，还对天发誓保准不说出去，其实发完誓我又发了个誓言，说刚才的誓言是不算数的，我把那些东西藏在个最秘密的地方了。杨二严到医院看我，我觉得这个事儿他们肯定没完，就偷着跑出来了。你告诉我干佬，别再给杨宏兴当替死鬼了，留着命出来，我该养他养他。闯叔，我马上上车了，我信你是好人，肯定不会出卖我，你多多照顾我干佬……"小四川说完，电话就嘟嘟地断了。

常闯本意想劝小四川去刑警队揭发杨宏兴，找到那个留有杨宏兴体液的衣物就可以将其绳之以法，但仔细又想了想，未成年的小四川的口供能不能扳倒杨宏兴还是个未知数，后面的还有像任正业这些人物阻碍，现在仓促出招有可能再把小四川的命搭进去。孙骡子应该掌握着杨宏兴许多犯罪证据，他这里倒是个突破口。

舒城看守所。

孙骡子听完常闯手里的电话录音后，气得用戴着手铐的拳头咣咣地砸在约束椅上的铁面板："杨宏兴，你不仁休怪我不义，你断了我的养子，我就斩了你儿子这个孽根。"

孙骡子三年前和杨宏兴的儿子杨小号去晋江市开辟玉器市场。杨宏兴就杨小号这么一个儿子，高中就送到国外花钱读了个什么大学，回舒城后就想大干一番。还甭说，这小子脑子确实灵泛，开始在南方倒腾水果，后来感觉水果赚利少，就开始折腾玉器翡翠，国内顾客对玉器的认识才刚刚起步，而缅甸泰国的玉器价格低廉，在国内利润空间较大。

杨宏兴就让孙骡子陪着杨小号来晋江打市场，杨小号是个典型的花花公子，敢花钱，钱散出去，人脉就广了，而孙骡子和杨宏兴年轻时在晋江混过几年，靠着拳头结交了当地的几个地痞流氓。孙骡子这次重新回到晋江，以往那些狐朋狗友自然来捧个场。有几次杨小号因为生意和地方上几个商户发生冲突，都是孙骡子拎着一把长刀，几次阵仗下来，没人再来搅浑滋事。杨小号的宏兴玉器商城逐渐扩大规模，将整个晋江地区的市场牢牢控制住。

孙骡子从不掺和生意上的事儿，他不懂生意，就懂打打杀杀，他对杨小号的挥金如土也不怎么关心，挣来的钱不花干吗？花出去的钱才是钱。杨小号高兴，杨宏兴就高兴，杨宏兴高兴自然也让孙骡子高兴。

过了两年，孙骡子就感觉杨小号和从前不一样了，天天泡夜场，玩女人。这些都不算什么，有次负责营销的经理偷着告诉孙骡子：杨小号嗑药。

听到这个消息，孙骡子打了一个激灵，临来晋江的时候杨宏兴将杨小号托付给自己，他花钱玩女人倒不算个事儿，毒品赌钱这两件事儿千万要看住他。

孙骡子以为凭着自己和杨宏兴的交情，在杨小号面前应该说一是一。这两年杨小号对别人可以随意发脾气甚至辱骂，对他孙骡子还真是没有说过什么过头的话，开口闭口就是孙大。基于这些，孙骡子脑子一热就直接去找杨小号，正碰上伙计们往杨小号的屋里搬几个纸箱。

孙骡子问："杨总在屋里吗？"

伙计说："在，正在盘货。"

孙骡子就往里闯，门口的伙计说："骡爷，你等会儿再进去。"

"滚蛋，这个地方老子说了算。"孙骡子说完，推门就进了经理室，进屋就被屋里一股刺鼻的烟味熏了个跟头。

孙骡子看到沙发上坐着杨小号，还有杨小号怀里半裸的小姐，两旁沙发上同样有几个油头粉面的男人女人，身上全都跟没穿什么衣服一样。

杨小号没想到孙骡子会闯进来，先是愣了下，马上就笑呵呵地指着两旁的人说："来来，给你们介绍介绍，我骡子大爷，和我家老爷子，光着腚长大的。"

周围几个男女忙说："骡子叔，骡子大爷……"

孙骡子说："小号，你茶几上摆的是什么？少沾点儿乱七八糟的，当心伤了身体，柜面上的货好久没进了，多用点儿时间放在买卖上。"

"我说骡子叔，来，你也吸一口，这个东西有劲儿。宝贝儿，"他瞅了眼旁边的小姐，"你告诉骡子叔，刚才我干了你几回。"

小姐用手娇嗔地打了杨小号肩膀一巴掌，旁边人都哄地发出笑声。

"我和你们说，骡子叔，就听这个名字，骡子，就知道我骡子大爷的家伙有多大……"说罢，杨小号就将身边的小姐往孙骡子面前推。

孙骡子气得脸一阵红一阵白的，屋里的光线暗淡，孙骡子太阳穴的青筋跳了跳，终于忍住了，现在当着别人的面儿，他不想给杨小号难堪。他蹲下身子，用脚踢了下那几个纸箱："这里面是什么？"

杨小号站起来："骡子叔，你别动，你甭动。"

孙骡子清楚这里面肯定有名堂，他对旁边的伙计说："把这东西给我打开。"伙计迟迟不肯动地方。

孙骒子蹲下身子，几下就把其中一个纸箱撕开了，里面露出一包包用塑料袋包裹的白色粉状物，孙骒子愣了一下："这是什么？"他问了一句，脑子忽然明白过来。他想骂杨小号不要脑袋了，可他嘴刚张开，杨小号就面目狰狞，右手端着一把黑色金属的手枪顶在了他的顶梁门上。

杨小号换了一种口吻说："孙骒子，你妈的算老几呀？谁让你进来的？这是爷的地儿，市长来了也得先打个电话，你一个我们杨家的狗还当着兄弟们乱汪汪，你以为你谁呀！"

孙骒子说了一句："小号？"

"小号？喊爷，喊号爷，你信不信我一枪崩了你。"

孙骒子想杨小号绝对疯了，他的冷汗当时就下来了，他张开双手："小号，我……"

"喊，号爷！"

"号爷，号爷。"孙骒子咽了口气说。

"对，这就对了，这些货是老子进的，倒腾那些玉器破烂石头能他妈赚几个钱，都不够老子塞牙缝的。老子要搞就搞大的，这些白粉，供不应求，只有老子才能进来。你今天知道了就知道了，按说老子现在就得杀了你灭口，但看你还有点儿用，先留你几天。不许你跟老爷子讲，听见没？"

孙骒子忍着脾气："听着了，号爷，我明白我明白。"

"现在你就给我滚，滚回舒城，和老头子敢说一句，看我怎么收拾你。"

常闯兴奋得一宿没有睡，他想这可真是个重大案件，保不齐就得惊动省厅或者公安部。他有些忐忑，又激动无比。他想明天是报告县局还是先和齐所长陆方他们商量商量。好不容易挨到天亮，常闯洗了把脸，穿上警服就去找所长陆方做汇报。

陆方正在房间里擦拭着桌椅，见常闯急匆匆地进来，就猜出有什么事情。常闯见楼道内没有什么人，把门一关，对陆方说："陆所，我向你汇报个情况。"

等常闯和陆方叙述完整个经过，陆方陷入了沉思，他拿起手机开始打电话。

常闯有些担心，忙说："现在向局里汇报，会不会走漏消息？"

陆方向常闯微微笑了笑。电话接通了，陆方对电话里说："沈局，孙骡子的嘴开了。"

电话那头儿说："好，我马上安排人员过去，严密封锁消息。"

"是。"

"小常在你身边？"

"在我身边。"陆方把手机递给了常闯。

常闯有些迷糊："这是？"他接过电话。

"小常你好。"

"您是？"

"我是沈宏伟。"

"沈老师！"常闯眉头的愁容顿时散开了。

刚刚上任晋江市公安局局长的沈宏伟说："小常，不用你多说，你的事情我都清楚，陆方同志已经向我做了汇报。现在欢迎你加入市局'底线行动'专案组，记住抓紧突破孙骡子这道线，为将来剿灭岩卡贩毒集团作好准备。"

"请沈局放心，保证完成任务。"

常闯放下电话那刻欣喜万分，常闯了解沈宏伟是个充满号召力的师长，由他主政晋江，肯定会使晋江的公安队伍建设有大的提升，从私人角度讲自己算有了份依托，连日来积压在身上的阴霾顿时一扫而光。

常闯对陆方说："现在该怎么做，给我分配任务吧！"

"好。"陆方正想给常闯传达任务，门外传来急促的脚步声。

看守所副所长一下推门进来："陆所，不好了，孙骡子死了。"

"什么？"常闯和陆方听到这个消息，都愣住了。

"死了，今天吃过早饭，他说胸口疼，说着就倒在通铺上了，等叫来狱医，早就没气儿了。"

"咳！"陆方一拳头砸在桌子上，一杯茶水溅出来，在桌子上画了个弧形，滴答滴答地洒在地上。

孙骡子死了，尸检报告称死于心肌梗塞。公安局和市政府担心家属上访闹访，齐耀臣联系了杨宏兴，让杨宏兴安排孙骡子的后事，请来几个吹打班、歌舞团，算是让孙骡子风光大葬。

看守所发生在押人员死亡事件，省里监管支队要求对所主要领导和监管民警进行处理。陆方被行政降级，监管民警本来是小周，可小周死活不干，在市局办公会上举报当晚值班民警为常闯，而且常闯连续两天与孙骡子进行谈话，极有可能给孙骡子造成心理压力。市局纪委经过调查，确认小周反映的情况属实，随即对常闯做出行政记大过处分，停职反省。

潜龙江东岸。

常闯一个人注视着婆娑江水，陷入了沉思。

"哎。"听到后面有人喊他，他没有回头，他听出来是王红英的声音。王干事穿着一身休闲装，显得格外洒脱，带着玩笑的口吻说："怎么了，常警官？半年两次处分，再有一次就调离公安队伍了，你比我爸还要退休得快。"

"那不更好，去给国企当保安队长，薪水更丰厚。"

"你也就是说说而已，真不让你干警察了，你还不得疯了。"

"难说。"

"难说？"王红英有些不信，"行了，我家老爷子又想你了，走吧，去陪他喝酒。"

"你家老爷子又要给我紧紧扣了，我不去。"

"你去不去？"王红英问。

"我不去。"常闯说完起身真就走了。王红英在后面拿起个石头想打他，一跺脚又放下了。

远处一辆写着鸣凤超市的面包车在小树林里缓缓驶出来，司机打了下方向盘朝与常闯相反的方向开走了。

作为局外人，我们根本不会多动脑子去想孙骡子的死亡是心肌梗塞或者是脑溢血，甚至背后更隐秘的那些。十多年后，常闯和我们几个人在一起喝酒吃饭聊天，也从未再提到这段故事，职业让我们每一个人始终保持着自律和保密性。那名周姓的看守民警后来在一次户外登山时，莫名其妙地从一个叫"鹰钩倒仰"的地方意外失足死亡，更让孙骡子死亡事件扑朔迷离。现在我们可以就事论事想到孙骡子的死，绝不是什么疾病造成的，必然是死于谋杀，而法医出的那个鉴定结果，以及常闯的纪律处分则属于从上到下的将计就计。

七

常闯是停职后第三天去派出所找冯长海的。

冯长海当时在小会议室里正和陈三斤商量事儿。两人正说着，冯长海的手机铃声响了。

冯长海从手机套里拿出手机："喂，常闯呀？你在哪？好的，好的。"

陈三斤问："常闯？"

"嗯，找我有点儿事儿。"冯长海挂了电话就出了派出所。

拐了个弯儿，到了对面农行西侧的胡同内，常闯在微弱的阳光底下手插兜站着。

常闯说："海哥，我想在晋江买房，苏晴为了我分到晋江师范了，我得借点儿钱交首付……"

冯长海没有含糊，掏出口袋里的一摞票："这儿有两千，你先拿着，明天我给你安排两万。"

"哥，两万都不够首付的，你找哥们儿弟兄晚上攒办个场儿呗。"

冯长海说："你缺多少？"

"我手里有四万，还有我姐的两万，家里给了四万，还差二十多万。"

"行，你这样，晚上我想想法子。"

晚上六点半，还是川味饭庄。

冯长海组织了辖区几个稍微有些层次的企业老板还有社会无业人员、几个富二代。大家闹不清冯长海葫芦里卖的什么药，见派出所主事儿带长的人一个都没在，就冯长海、常闯，还有刘锐几个年轻人，个个端着酒杯心里打着小九九。

冯长海自己先整了两杯"牛二"，四两酒下肚，就开始上了酒话，他站起来鼓起腮帮子："我说叔叔哥哥弟弟们，我不称呼你们老板、经理、先生，这一桌都是我们城关所的亲人，不亲的人我也不请，不亲人你们也不到，今天该到的都到了，我就可以说了，今天不为了别的事儿，就是为了……"冯长海脸一扭，"就是为了看守所常所，我们的好兄弟常闯。为嘛？嘿嘿，为了闯弟的未来。常闯马上要大婚了，和名牌大学的校花结婚，这可是城关所的大事。可哥们儿爷们儿都知道，常闯底子薄，家里条件不富裕，咱们把优秀人才娶家来，不能破屋烂炕，所以，闯弟呢在晋江订了套房子，两室两厅，这不交了个首付，剩下点儿尾款，就得靠大家想想法子。闯弟本意就是自己贷款，让我拦了，有这么些亲人朋友，贷什么款，所以今天把大家伙聚在一块儿，大家怎么也不能让常闯做瘪子。从我做起，我两万拍这桌子上，常闯你该给我打条打条。"说完冯长海从怀里掏出两沓钱，真拍桌子上了。

常闯真就从怀里拿出一本收据，给冯长海打了两万元的欠条，然后说道："海哥，嘛都不说了，将来等兄弟行的那一天，你就瞧好儿吧。"

桌上的人都为了难，这顿饭吃得太堵心了，这不鸿门宴吗？但事已至此，不能不表态了。这个说两万，那个一万，那个一万五，就报开了数。

冯长海说："现在没钱不要紧，今儿个应好了，明天九点让闯弟去取，都是老爷们儿站着撒尿的，说话算话。明天不兑现，后天再让我看到，我就当你是个娘儿们。"

大伙说："没问题没问题，我们这钱就当是给常闯投资了，以后常闯当了局长，我们再收个利息。"

常闯挨个敬酒，挨个打欠条。

酒场散后，常闯思忖，这些人上了车不定怎么骂自己和冯长海呢。

冯长海摇摇晃晃地走出饭店，问刘锐："今天晚上弄了多少？"

"九万。"

王金石还有几个老板报的数是六万，明天能凑个十五万，还缺五万。

"明天我去银行贷款吧！"常闯说。

"贷什么贷？"冯长海一瞪眼，"刘锐你先回所，把钱放好了，你别和文芳晚上折腾光了。"

刘锐说："我先拿一万给文芳买个钻戒。"

刘锐笑着抱着钱袋回派出所了。

冯长海扭头看了看周围，见没人注意，对常闯说："我跟你说，下午我攒场儿的时候给'杨二阎王'打了个电话，我直接说你买房需要资金。你猜这个兔崽子怎么说，他说他拿十万，我想这个十万这小子肯定不能白拿，估计有别的事儿用咱。果不其然，这小子说，前几天他的小弟东北'小峰'因为寻衅滋事进去了，马上提请逮捕，他想让'小峰'改个口供变成故意伤害，受害一方已经花钱摆平了，现在需要个人把纸条带进去，你看……"

常闯思索了下说："这个要露了，就是犯罪，海哥，你让我考虑考虑。"

"考虑什么呀！我觉得行，受害人这边调解了，预审股那边杨二严也打点好了，咱放着河水干吗不洗船？"

"明天我给你打电话。"

"好嘞！"

舒城看守所所长办公室。

陆方刚从监区里检查回来，才倒了一杯热水，办公电话就响了，是局纪委打来的，让他立刻到纪委，郝书记有事儿和他面谈。

等陆方到了局纪委郝书记的屋里，看到齐耀臣所长也在沙发上坐着，两人对视了一眼，打了个招呼。

郝书记示意陆方坐下，拿出两张检举材料，显然是复印好了的："你俩看看，反映常闯利用职务之便向辖区企业敲诈勒索的检举信，刚从县纪委转下来，纪委要求查清后说明情况。如果情况属实，对民警绝不姑息，该免职免职，该纪律处分纪律处分，真要是害群之马，务必清除公安队伍。"

齐耀臣和陆方面面相觑。

齐耀臣说："郝书记，这个情况我知道，是冯长海组织的，这个事先常闯并不知道，也不属于敲诈勒索呀，都有欠条。"

郝书记说："齐所，常闯这个人我是了解的，最近接二连三地出状况，县纪委那里早有档案，我这么解释人家信吗？"

"陆方，你也看看，现在常闯是你们单位的人，你作为主要领导肯定脱不了干系。常闯向在押人员和在押人员家属伸过手没有？如果有那问题就大了，不光是纪律问题，就是犯罪，有没有私下交易？这些情况你都得要彻底查清，防微杜渐，治病救人。"

"好，我马上让李教进行调查，尽快将调查情况向您汇报。"

齐耀臣和陆方走出郝书记办公室的时候，齐耀臣深深叹了口气。

晋江到舒城的公路上，吉普车上坐着常闯和刘锐，刘锐开着车哼着流行歌曲。

"闯哥，我们这批市警校的也快要落实政策了。"

常闯对刘锐录警的事情反应淡薄，只是"嗯"了一声。刘锐见常闯心事重重，就又哼起了歌曲。

这时后面一辆摩托车嗖地从车旁超过去。刘锐眼一亮，嘿，开得够飒。脚下正想加油门，和对方飙一次，摩托车在前面晃了晃放慢了速度，车手戴着头盔，向吉普车摆了摆手。

刘锐还很疑惑，这谁呀？把车缓缓停到了路边，摩托车慢慢滑过来。

车手摘下头盔，一头黑发瀑布般泼下来，女车手一甩头，刘锐心说，飒，真飒。刚想问对方想干什么，那个女车手先开口了："常闯，你需要钱用得着兴师动众吗？办个按揭不麻烦，舒城胡同的小孩子们干不出来的事儿，你干了，蠢不蠢？"

常闯下了车："王干事，你又听到了什么？"

"我听到了我不想听到的东西。"王红英抱着头盔，侧着脸，从斜挎包里掏出一个档案袋，"这是五万块，姐的，干净，不用打条。"

"钱够了。"

"把别人的钱还回去，常闯，你让我和我父亲非常失望。"王红英把档案袋一下就扔到副驾驶位子上，戴上头盔跨上摩托，又想起什么似的，"对了，告诉你，我调入总队了。"

"好呀！那我们晚上叫上秦队为你庆贺下。"

"算了，你现在已经不是我们的人了。"说完，王干事脚下挂挡，摩托风驰电掣而去。

刘锐看得入迷，憨憨地问："闯哥，这姐是那女武警吧？真飒！"

"你现在已经不是我们的人了"，常闯耳边萦绕着王红英犀利的话语，怅然若失。

舒城纪委、监察局作出对看守所民警常闯开除的处理决定。

经查，舒城看守所民警常闯以买房为由，向辖区个别企业负责人强行借款，严重影响了干群关系，在社会上造成了极大的负面影响。同时，常闯利用其在看守所的工作身份，与某在押人员进行利益交换，依据有关规定，决定给予城关派出所所长齐耀臣党内警告处分。舒城公安局决定对辅警冯长海、实习生刘锐通报批评，对陆方给予行政降级处分，对民警常闯涉嫌违法犯罪问题移交舒城检察院追究其刑事责任。

两个月后，晋江市看守所。

常妈和常闯的姐姐披着大衣守候在看守所大门外，不大会儿，看守所的小门开了，常闯面带倦容，发如蓬蒿地提着帆布包从铁门里走了出来，看到妈妈和姐姐在寒风中的样子，常闯的眼泪哗啦一下流下来。

"妈,姐。"常闯快走几步,一家三口拥在一起。

姐夫坐在面包车上,嘴里一个劲儿地叨叨:"你说回村里怎么见人,指望你在舒城混个官儿当当,姐夫也跟着沾沾光,这下好了,你这几年学是白糟践钱了。"

姐姐从后面捅了他一下:"你叨叨嘛呀,好好开车。"

常妈抹着泪:"闯,吓死妈了,你说你再坐几年大牢,妈可怎么办哟,不上就不上了,种地,和你姐夫倒腾粮食,当庄稼人更安稳。"

"还有比当庄稼人再低等的吗?"姐夫说了一句。

"人家苏晴那个丫头,咱也甭联系了,你在里头她还到咱家看我呢,一个劲儿地说,不相信你干的那些事儿。你说你没干,人家市里发的广告(公告),在市监狱关了这么长时间,由不得人不信。"

"妈,闯蹲的不是监狱,是暂时关押,这不出来了吗,出来就没事儿。"姐姐对妈解释。

常闯默不作声,突然说:"姐夫你给我来根烟。"

"你还学会抽烟啦?"常妈诧异地瞅着常闯。

车子刚刚进入舒城界,一辆车从后面追上来,超过面包车后,副驾驶窗户探出个猪头脑袋,戴着大墨镜。

冯长海喊道:"停车,停车。"

面包车停了,冯长海、刘锐、小尹几个人从车上下来,冯长海摘掉墨镜先是对常妈说:"阿姨,我们在道上堵车了,耽误了,咱们全体都先去城里,给常闯洗尘再回家。"

常妈看到冯长海这做派心里就不痛快:"不用,常闯就是跟你们才学坏了。我儿多好的人,不用你们接。我们村里的水干净,人洗了心更干净。"

冯长海脸上一红,他这个脸皮平时刀枪不入,今天也尴尬不已:"阿姨,你别生气,我们没有一个害闯的,行行,你让常闯坐我们的车,我们哥儿几个唠唠,行不?"

常妈扭过头去不搭理他们。

常闯下了车上了冯长海的车,面包车在后面跟着,两辆车一前一后地向舒城驶去。

常闯问:"海哥,你没事儿吧?"

"我有嘛事儿呀。"冯长海大大咧咧地说。

"刘锐,你没受影响吧?"

"没事儿,闯哥,我们这批全部分到晋江森林分局了,过几天我就去转组织关系。"刘锐抑制不住自己的喜悦劲儿,握着方向盘告诉常闯。

车直接把常闯送进了村,冯长海说:"闯,你先歇两天,过两天哥怎么也得给你压压惊,还有,我给你在我兄弟建筑队找了个事儿,你到了那里也不用干活儿,管着干活儿的农民工。出了这事儿你别胡思乱想,有舒城这些兄弟们在,你就放一百个心。"

冯长海送常闯回到家就回城里了。常妈走过来对儿子说:"以后少跟这种人打交道。"

常闯在家里连续窝了一个礼拜,接到苏晴的电话,苏晴说:"你这个犯罪分子还挺硬,出来也不给我打个电话。来城里,在我奶奶这里,奶奶给你做好吃的。"

常闯十分想念苏晴，心里有好多话要和她说。他想，现在的自己，苏晴还会喜欢吗？还崇拜自己吗？

常闯不敢想象未来的结果。

但他还是去了城里，当进了隆华小区大院，自己紧低着头，怕被熟人认出来，可还是被物业孟嫂撞见了。孟嫂大冷天穿了薄衣裳鼓着胸脯在外面凳子上嗑瓜子，见是常闯进了小区，阴阳怪气道："哟，常警官呀，便衣检查工作来啦，孟总在办公室呢，来来，我们向你汇报一下物业安保情况，还是监控设施，您看看如何整改？"

常闯脸一红："嫂子，我是去张大妈家。"

"去呗去呗，苏晴在家呢。"等常闯进了楼道，孟嫂扭着屁股进了物业办公室，对屋里的孟总和打牌的几个人说，"你们看，那个姓常的警察来了，刚从看守所放出来，还有脸找人家苏晴，真是恶心死人。"

孟总白了她一眼："少说别人，大冬天你穿这样，你冷不冷？"屋里人都偷着抿嘴乐。

常闯敲了敲苏晴奶奶家的门，苏晴打开门"嘘"了一声，示意常闯小点儿声："奶奶昨晚没睡好，在里屋睡觉。"

苏晴为常闯剥了个橘子，常闯见了苏晴不知道说什么好。

"你怎么打算的？"苏晴问。

"还没考虑好，冯长海让我来城里给个工地打工，妈说让我和姐夫倒腾粮食。"

"常闯，其实当奶奶告诉我你的事情时，我真的不信，可是当我看到舒城纪委的公告后，我心里很凉，真的很凉。当同学们、舍友们问你的时候，你知道我有多难堪？我怎么说？为了能够和你在一起，我分配时选了晋江师范，不就是为了将来我们能够在一起，可是……"苏晴的眼泪流了下来，她擦了擦，"你知道爸妈多不同意咱俩的事儿，你进了看守所，我都没有勇气去看你，我哪敢告诉他们，告诉他们咱们的事儿准黄了。"

苏晴让常闯感动又难过，他想和苏晴说好多话，可是他怎么开口呢？他尽量克制自己的情绪，一下将苏晴抱在怀中，紧紧地不想放手。

常闯脑子混浆一般离开了隆华小区。他掏出手机给陆方打了个电话："陆方，我想退出这个任务，真的，我无法面对我的家人，还有女朋友。"

电话里陆方一听就着急了："常闯，我明白你的处境，现在计划刚刚开始，而且进行得非常顺利，你不能意气用事。"

"我不能胜任这项任务，你也清楚，我家里和实际情况我左右不了，恐难进行以后的行动。"

"好，好，你先别急，我会将你现在的情况汇报给沈局。"

"陆所，谢谢，你转告沈局，真的，我压力很大，我快爆炸了。"常闯挂断了手机。

才走了十几米，就听后面有人喊他："闯哥，闯哥。"他一回头，是刘锐穿着警服棉衣，胳肢窝里夹着个档案袋。

"刘锐，你这是干吗去？"

"我刚从组织部回来，这不准备去车站坐车去晋江市局交档案。"

"好事儿。"

"闯哥，你来城里也不告诉我们一声，走，前面有个饺子馆，

113

你吃碗饺子再走。"

常闯一看手表都快一点了，肚子也饿了，点头说行。

两人进了饺子馆，找了个偏僻的角落，要了个菜，一瓶二锅头，两盘饺子。

两人边喝边聊，刘锐终于落实了分配，嘴上的话就多，酒也就喝得多，一瓶酒他自己喝了多半，喝得晕乎乎的，虽然脑子仍旧清醒，但话收不住了。

常闯说："猴子，你别喝了，再喝耽误你交档案，这个工作第一印象最重要。"

刘锐说："闯哥，我没事儿，我明白着呢。闯哥，我问你个事儿，你说你借钱，你给'小峰'递纸条，怎么就被纪委发现了呢？"

常闯低了下头说："有坏人算计。"

"闯哥，咱们进入警校大门的那天，你心里想的是什么？"

常闯摇摇头："不提了，不提了，我现在非常惭愧。"

"哥，我不信你做的那些，我不信你是坏人，我真的不信。"刘锐盯着常闯的眼睛。

常闯被面前这个仅仅比自己小四岁的青年所感染，他心里有许多话想向刘锐说说，好几次他鼓起勇气，可是又被理性压倒，他怕自己的底牌被这锐利的小伙子识破，就将视线移到浑黄色的酒瓶上。

"我十九岁那年，警校发下警服，我穿上警服的那一刻，对着校门口的金色警徽，我心中非常自豪、骄傲，我想我此生一定要为公安事业奋斗到底，让这身警服因为我而更显神圣。"或许是酒精刺激的原因，或者是工作落实了心情无法抑制，刘锐说着说着就站起身子，举起右手，"哥，还记得我们走进警校的那一天，对着警徽宣誓吗?"

"我记得。"常闯点了点头。

刘锐站起来，挺起胸膛，攥紧右拳，高声说道："我宣誓，我志愿成为中华人民共和国人民警察，献身于崇高的人民公安事业，坚决做到对党忠诚、服务人民、执法公正、纪律严明，矢志不渝做中国特色社会主义事业的建设者、捍卫者，为维护社会大局稳定、促进社会公平正义、保障人民安居乐业而努力奋斗!"

刘锐铿锵有力地说完，继续保持着宣誓的姿态，小饭店里所有人的目光都投了过来，不明所以，常闯忙站起来把刘锐摁到座位上。

"刘锐，现在你的梦想终于实现了，希望你不要和哥一样，做一名合格的人民警察，为人民为党和组织做更多有意义的事。"

刘锐还徜徉在自己的情绪之中，他第一次用大人的口吻对常闯说："哥，一辈子做个好人，不要辜负警校对我们的培养。"

常闯也正色道："放心吧，总有一天你会明白闯哥的。"

刘锐听常闯这么一说，收回严肃的面孔，嘿嘿一笑："哥，我觉得你不会做那些事情，你这么做肯定有其他原因。"

常闯脸色一变，向两边看了看："不要乱说。"

"哥，我的心和你的心，都透明着呢，我的眼光没有错。好，好，我准不和别人透漏半句。"

"我该走了，等你再回舒城的时候，咱们几个聚聚，彻底聊聊。"

"好，好，我去车站。"刘锐向常闯使劲儿挥了挥手，"闯哥，好好的。"

常闯应了一声，看着刘锐上了车，一阵雪花被风吹过来，前面迷茫一片。

常闯坐着三轮车回到家，下车时给了三轮师傅十块钱："师傅，您路上慢点儿。"

"好嘞，小伙子。"

常闯跺了几下脚上沾的泥巴，推门进了家中。进屋看到常妈在东屋坐着，常闯喊了声"妈"。常妈没吱声，常闯走进去，低头叫："妈。"

常妈抬起头，双眼泛红，明显刚刚哭过。

"妈，你怎么啦？"

常妈擦了下脸："刚才，东头老鲍的媳妇，在街口和几个人白话你坏话，让我听见了。我就去和她吵了起来，没想到老鲍爷儿俩出来不拦着，还一个劲儿地帮腔。"

常闯一听常妈受了村里人的气，心里本来就压抑得难以控制，这下子彻底给激出来了。

"王八蛋！"常闯扭身就蹿出屋子，"我找他们去。"

常妈在后面喊："你回来，你回来，他们爷们儿个个混账，你别找他们。"

常闯出了大门口到了街上，就喊上了："老鲍的一家子听着，有种出来，和我妈耍混账算什么本事，你们一家子出来。"

常闯这一嗓子，整条街上的人都被喊出来了，都来看热闹，和常家交情不错的邻居就过来拦着他："干吗呀，干吗呀，回去，闯子。"

常闯气血上涌，已经听不进任何劝阻，他推开拦他的叔叔大爷婶子大嫂，不顾一切地冲到鲍家大门口。

"姓鲍的，出来，今天我和你们拼了。"

鲍家媳妇一听常闯找过来了，吓得把大门插上了。老鲍和两个儿子本来就在村里耍混账惯了，听说常闯一个人找过来，老鲍招呼两个儿子："抄家伙，打他，以前他在派出所咱怵他，现在他一个从牢里放出来的小子，咱还怕他干吗？"两个儿子抄起铁锹和木棍推开他妈，爷儿仨就冲了出去。

老鲍拿着个长木叉，对常闯说："我看你是闹鸡巴的。"

常闯撸起袖子："姓鲍的，你欺负我妈算什么玩意儿，老子才不会怕你这样的。"

老鲍端起木叉，喊两个儿子："揍他。"

两个儿子像虎狼羔子似的冲了过去，常闯抡起拳头，等老大冲到跟前，一拳头就打得对方满脸花。老大捂着脸"哎哟"一声就蹲地上，老二抡起铁锹就拍常闯，常闯双手攥住锹把，脚下使绊子把老二直直地摔在地上。

老鲍抡起权就打常闯，常闯躲过去了。

老鲍的娘儿们一看两个儿子被打倒在地上，疯了似的张着手就撕扯常闯。常闯见是个妇女不好动手，只好退，被老鲍从后面给了一权正扫在腿上。常闯一个趔趄就倒在地上，爷儿仨扑上去把常闯压在地上就打。

常妈冲过来，喊村里人："乡亲们快给拦拦。"

村里人都忌惮鲍家的混账，有几个人想上前，被老鲍拿着权给逼了回去："谁他妈的敢拦？谁拦我祸祸了谁。"

老鲍的两个儿子抡起铁锹和木棍对常闯全身劈头盖脸地打砸，其中一下正打在常闯的后脑上，常闯顿时昏了过去。老鲍还喊着：

"打,打死这个小兔崽子。"

远处传来警车的响声,一辆警用面包从村口疾驰而至,车上坐着陈三斤和郭建学。陈三斤分开人群,喊了一声:"都给我住手!"一下就把鲍氏父子给震慑住了。

老鲍举着杈支支吾吾地说:"姓常的娘儿俩到我家里打人。"

常妈说:"陈所,快点儿,闯子让他们打坏了。"

陈三斤一看倒在地上的常闯,气不打一处来,从腰里掏出手枪,一指老鲍的胸口:"都给我放下家伙,你们持械伤人,简直没了王法,建学,都给铐起来。"

郭建学一紧张嘴就磕巴:"我看你们……你们……"想说什么又说不出来,从车兜子里掏出两副手铐将爷儿仨都给铐上了。

老鲍媳妇还想耍泼:"你们凭什么只抓我们家!凭什么!不说清了你们甭想走!"她挡在前面。

郭建学张了张嘴,把脸看向陈三斤,陈三斤从没发过这么大的火,他上去一把就把老鲍媳妇给拉一边去了:"我告诉你,你这是妨碍公务,你再闹事儿,我一样把你铐了。"

这时,常家口村主任气喘吁吁地跑过来,虽然不认识陈三斤、郭建学,但一看穿着警服的,知道是政府部门的。村主任当着村子这么些人的面,也得体现基层领导的权威:"老鲍媳妇,你想干吗?你给村里丢不丢人,把人打成这样,有这么下手的吗?"

村主任在常家口说一不二,能当村主任的,都是户大人多,有根基的主儿,没点儿能量,这个村里真还玩不转。

老鲍媳妇一听脸都白了,屁股一坐,双手一拍:"我的天哪,有这么欺负人的吗?我一家三口都被抓了……"

村主任喊道:"大家快点儿把闯子弄卫生院去。"然后盯着陈三斤手里的家伙说，"领导，您看，这爷儿仨？"

陈三斤掖起手枪，说："等会儿你们乡派出所的过来，把三人带派出所去问材料，我们先把常闯送卫生院看病去。"

"好，好。"村主任连连点头。

常闯头皮缝了五针，轻微脑震荡，没有伤及脑子，医生说这小伙子心火太大。

"是呢，我家这段……甭说了。"常妈扭头对陈三斤说，"陈所，谢了，多亏你们赶过来，否则不定出个人命，闯子这孩子让我惯得……你说要是在派出所待着，多好……"常妈说完委屈得又哭了起来。

常闯的姐姐和姐夫听到常闯在村里被人打了，从家里赶到卫生院。姐姐看着弟弟脑袋上缠着绷带，心疼得不得了，拿起毛巾给常闯擦手上、脸上的血痂。

姐夫话痨，站在旁边一个劲儿地数落："一个人觉得自己多能耐似的，找人家去，有个不挨打吗？这是没打坏，真要打坏了，这个家又全是我的事儿。"

姐姐瞪了自己丈夫一眼："你别说了，出去。"

姐夫把棉帽子扣在脑袋上说："我走了，没事儿快点儿回去。"扭头出去了。

常闯看着妈和姐，眼泪滑了下来。

姐给他擦着眼泪："疼不，闯子？"

"姐，我没事儿。"常闯说，"妈，我没事儿，咱不怕老鲍家，村里咱不欺负人，也不受别人的气。"

"刚才陈所说了，他给咱们乡派出所打电话了，非得拘留鲍家爷儿仨。"

"姐,你把陈所喊进来。"

常妈说:"陈所走了,那个郭同志在外面呢。"

常闯也挺感激郭建学的,和他交集不多,但在这个时候,郭建学能够帮自己,让自己非常感动。

"妈,姐,我现在就给我领导打电话,你儿子不是坏人,明天你儿子照样能去派出所上班。"

常妈以为儿子还在说气话,姐姐说:"闯子,你快点儿躺好了,真的,养好了,上不上班有嘛用。"

常闯摇摇头:"姐,你不懂。"

妈和姐出去后,常闯掏出手机,拨了沈宏伟的电话,沈宏伟的电话通了:"喂,常闯吗,怎么样?"

常闯一听到沈宏伟的电话,再也控制不住自己,眼泪哗地掉了下来:"沈老师,我想重回岗位……"

他刚说几句,那头儿沈宏伟马上打断了:"你在哪里?怎么了?"

"没事儿,我在卫生院。"

"卫生院?常闯,现在计划已经实施到这个阶段,不能再有半点儿犹豫,必须完成组织上交给你的任务。"

"不行,老师,我实在不能继续下去了,我妈,我姐,我……"

"常闯,我命令你执行任务,这个任务只有你能完成。"沈宏伟大声地在电话里说。

"不,我完不成。"常闯从床上一个猛劲儿坐了起来,他第一次和一位体制内的师长用这种口气说话,他说完也觉得不妥,又轻声说,"老师,我真做不到,我做不到。"

"你，"沈宏伟说了个"你"字，停了下来，他换了语气，"常闯，你母亲在你身边？"

常闯擦了下眼泪："她刚出去。"

"我们先不谈了，你什么时候情绪稳定了再给我打电话。"沈宏伟挂了电话。

常闯拿着手机，兀自呆呆地回味着刚才和沈宏伟的对话。

外面棉布门帘一挑，慌里慌张进来一个人，把输液架碰倒了，是郭建学。他进门就对坐在病床上的常闯说："常闯，刘锐出事儿了。"

刘锐在市局人事科交完档案，负责收档案的女警说："你们真不错，赶上最后一批解决遗留问题，再进就要考试了。"女警身体微胖显着福相，右嘴角上有个黑黑的痦子，她放好档案又瞅了一眼刘锐，开了个玩笑，"小伙子有对象了没？"

一说对象，刘锐就想起文芳，文芳本来说好了和自己一起来，那样晚上就可以找个宾馆不回舒城了，两个人可以尽情欢愉，可上午局里有个关于人口的会议，户籍警杨子孩子有点儿发烧，齐所长点名让文芳去，文芳就不能陪刘锐来晋江了。

刘锐老老实实地说："姐，谢谢，我有了。"有福相的女警说："这么帅，有正常，没有姐给你介绍个。"刘锐点了点头就出了市局。刘锐在门口打了个车去汽车站，准备坐客车回舒城。

晋江汽车站离市局不太近也不太远，车站自然在城市的边缘。刘锐下了出租车就急匆匆地赶下午四点的汽车，他买完车票就奔候车室，才走了几步，就听到候车室内乱叫喊的声音，随后好多人惊慌地往外跑，还有人叫喊着："杀人啦，里面杀人啦！"刘锐脑子一闪——候车室出事儿了。

刘锐迎着奔跑的人群就跑进候车室，一进去抬头就看了个满眼。在候车大厅中间，一名二十来岁的男人拿着一把尖刀抵在一个穿红羽绒服的女孩儿脖子上，女孩儿脖子已经被刀刃划破了，女孩儿吓得脸色煞白，只是一个劲儿地哭。

拿刀的青年声音歇斯底里："你凭什么背叛我？你背叛了我，还派克格勃杀我，为什么？为什么？"

刘锐脑子一阵慌乱，他身上穿着警服，人们以为他是车站维护秩序的民警，都一齐注视着他。

刘锐喊道："你把刀放下，放下好好说。"

青年说："你又是干什么的？"然后手上用力，"是不是他和你胡搞，是不是？"

女孩儿颤巍巍地说："不是，不是……"

刘锐一步步向前，他想把刀子先夺过来，他觉得对面这个小子比他矮十公分，制服他应该没太大问题，旁边有车站上的人，还有许多老百姓，都是帮手。刘锐没有想到有危险，他一万个也没想到会牺牲。

刘锐行动了。刘锐自然也不能贸然行事，他先是喊："兄弟，着嘛急呀，给你来根烟。"说着，刘锐将口袋里的红梅烟扔了过去。

青年一看到烟，叫了一下："炸弹，炸弹，你们有炸弹……"

刘锐想：这个小子神经病吧？正想着，就听到有人喊："儿子，你别反别闹。"一位五十来岁农民打扮的中年人从人群里跑出来，听他说话应该是这个拿刀人的父亲。

"你来干吗？你来干吗？"青年眼睛直勾勾地盯着他父亲。

刘锐想机会来了，他噌地一下就跳了过去，右手扣住了青年的手腕，女孩儿叫了一声就挣脱出去，这小子狂叫着，双手和刘锐抢夺手里的刀。刘锐脚下一个绊子就把他给弄倒了，可这小子死死攥着刀子依旧不撒手，刘锐身子也随着低了下去。可这个时候，那个农民突然从后面抱住刘锐："放开我儿子，放开我儿子。"

刘锐身子晃动想摆脱开，手里就松了，刀子就被对方抢了过去。刘锐想扭身推开那个农民父亲，可是他心口骤然一疼，那个小子的刀子插在了刘锐的左胸上。剧烈的痛感让刘锐想喊，他一张嘴，却吐了一口血出来。他忽然觉得身子很轻，他慢慢地慢慢地倒了下去，眼前白茫茫的。他看到爹娘、文芳，在喊他，小锐，小锐，刘锐，他后来看到了身着警服的自己，在工作，在巡逻，在抓捕，在阅警队列中，在宣誓……

他又看到地上像红旗一样的大片鲜血，那是自己的，他抬头看到农民拽着儿子仓皇地跑出候车室，他抬了抬手，他想说，可他再也说不出一句。

刘锐，中共预备党员，毕业于晋江市人民警察学校，在晋江汽车站乘车回家途中，为解救群众，在与犯罪嫌疑人搏斗中不幸壮烈牺牲，生前系晋江市森林分局民警，未授予警衔。共青团、晋江市委、省青年联合会追授其"青年五四奖章"，经晋江市公安局报请民政部批准为革命烈士，并追授"二级英雄模范"荣誉称号。

邢局长、任正业、刘主任，以及齐耀臣、陈三斤、郑实在、冯长海、杨子、常闯、班邓、李伟等派出所全体人员胸戴白花肃立在殡仪馆向刘锐的遗体告别。刘锐的父母被亲属搀扶着，而文芳抱着刘锐的遗像痛不欲生，常闯的脑海里一遍遍地浮现出刘锐充满朝气青涩的面容，还有他在小饭馆举起右手握紧拳头宣誓的情景。

常闯一步步走出殡仪馆。于学兵从后面跟过来，想和常闯说点儿什么，常闯摆了摆手，于学兵以为常闯还在恨他，僵在原地。

常闯走到角落里，掏出手机给苏晴打了个电话："苏晴，刘锐牺牲了，你再等我一段时间，让我做完一件事儿，我们再研究去那个合资公司的事儿好吗？"

苏晴听说刘锐牺牲了，先是感到吃惊，再听电话里常闯的语气，想说什么又怕常闯不高兴，就说："行，你多照看下刘锐的父母！"

常闯又摁了一串数字，那是沈宏伟的手机号码。等沈宏伟接通了，常闯一字一字地说："沈局，我考虑好了，请领导放心，我坚决完成组织上交给我的任务，哪怕牺牲我自己。"

"好，我不想听到你牺牲的消息，我让你将境外的毒枭争取过来，将国内贩毒链条全部摧毁。"

八

鸣凤山南麓，鸣凤超市。

老板蔡胡子正在用电动剃须刀在二楼边盯着监控边鼓着腮帮子刮胡子。在常闯从外面迈进超市的一刹那，蔡胡子一眼就瞄上了。

蔡胡子下楼在收银台那里紧盯着常闯的一举一动，又过了会儿，他见来人压根儿没有买东西的意思，便主动走了过去，拍了拍对方的肩膀："哎，兄弟，你转了半天了，打算买点儿什么？"

常闯蹲着身子，在货架上随意翻了翻："老哥，我要的东西你货架上没有呀。"

"是吗，兄弟你需要些什么呀？"

"都说你这里货最全，可找老半天也没看到，你这货都摆上来了？"

"该摆的我都摆上来了。"

"老哥，"常闯故作神秘地对蔡胡子说，"我要你没有摆上来的。"

蔡胡子明白遇到知根知底的了，向前凑了一步："弟弟，你是要洋烟还是洋酒，绝对正宗货。"

常闯摇了摇头："老哥，我要白的。"

蔡胡子脸色一变："白的？什，什么白的，我不明白。"

"老哥，你不明白，整个晋江就没明白的了。"

蔡胡子一拽这个人的胳膊："兄弟，这边说话。"

常闯和蔡胡子上了二楼，蔡胡子说："兄弟，请。"

常闯两脚刚迈进去，后面门砰地一关，蔡胡子的刀子就顶上了他的腰眼，说："你个愣货从哪边来的？"

"舒城。"

"你怎么知道老子的超市？"

"蔡老板，你紧张什么呀，把刀子先撤回去，硌着我腰了。"

蔡胡子撤了刀子，在手里抖了个刀花插在腰上。

常闯瞅了一眼，龇牙笑了："101 警用匕首，八五年开始列装公安以及武警部队，蔡老板对部队还是很有怀旧情结的。"

蔡胡子想着对方这小子年纪不大，眼睛还挺老到，他双眼依旧保持着警惕。

"蔡老板，我是舒城的，我姓常，和你一样，以前吃政府饭的，后来被政府炒了，我现在需要钱，想通过蔡老板和外面接上头，做笔大买卖。"

"姓常？"

"对，常闯。"常闯找了个凳子坐下来，旁边有瓶可乐，用手一拧，瓶盖就开了，他咕咚咕咚地喝了起来。

"洋烟洋酒我还是有点儿路子，至于你说的白的，我不懂。"

"蔡老板，别不实在。我既然来就知道底细，直来直去，我想见岩卡，没有白货，起码孙骡子那笔棺材费，我得收了。"

"孙骡子是谁？"

"你明知故问是不是?"常闯转攻为守。

"怎么证明你不是条子派来的?"

"怎么证明现在不是你的事情,我需要见到岩卡,孙骡子有话让我亲自转达给他。"

"我实在……"蔡胡子才不是蠢蛋,不能让常闯这三言两语就给套住了。

"你打住,现在你不引我去见岩卡,我前脚从这里出去,你想不想我带一批警察来把你干了?你能让我走吗?你就是杀了我,杀错了你兜得住吗?就是杀错人,我也不是没有后手为自己准备啊,所以,你只能带我去见岩卡。"

蔡胡子想了想:"好,我信一部分,你在我这里待两天,两天后,你和我出去一起进货。"

"好。"

"但你得把身上的东西全放这里。"

"好。"常闯保持着笃定的表情,把身上的衣服一件件地脱了下来,手机、鞋子、袜子,堆成了一堆。常闯全身赤裸,冲着蔡胡子在地板上跳了跳,做了几个搞怪的动作。

蔡胡子瞅了瞅常闯的下体,敲了敲门,进来一个伙计。那伙计抱着一摞新衣服进来,放到常闯手里,然后蹲下来将那堆衣服抱了出去。

舒城公安局党委会议室。

局长、政委、主管刑事治安的两位副局长、纪检书记、法制科长、看守所所长陆方等人正在参加党委会。

局长说道:"刚才纪检和刑事两位党委成员将看守所孙骡子意

外死亡的情况进行了说明，现在我们研究一下，能不能对常闯涉嫌杀人一案进行立案侦查，现有证据能不能对常闯提请逮捕。法制科崔科长你说一下。"

崔科长瞅了一眼主管法制和治安的任正业一眼："嗯，上午我和任局就沟通了，我觉得现在凭着看管民警周小川的笔录材料，也可以先将常闯收押，防止发生其他社会危险性……"

陆方没等他说完，就插了一句："咱们总是说重证据重证据，就凭周小川一个人的笔录材料，不能够证明常闯有杀害孙骡子的嫌疑。孙骡子是城关派出所抓来的，他可以在抓捕的时候或者抓捕前就将人处理掉，现在又有什么理由杀害他？这个问题说不通。"

任正业用眼瞥了下陆方，手里的笔轻点着桌面，等陆方说完，他说："我觉得现在先对常闯进行逮捕，因为他现在本身就被取保候审，我们可以和公诉机关先沟通一下，对他进行传唤，传唤不到案就要进行网上追逃。常闯警院毕业，这个人懂法律，也清楚司法程序的漏洞，如果按照常规出牌势必会让他钻了空子。孙骡子之死，他有重大作案嫌疑，我始终不同意前期对他的取保，现在对其采取强制措施我觉得非常有必要，当心他作出更大的危害社会的案件。"

陆方还想说什么，被局长抬手打断了，局长边合上笔记本边说："就这样，这个案子给刑警队，马上对常闯进行传讯，不到案立即上网。"

会议散了后，任正业下楼到了自己的办公室，关上门，从柜里掏出另一部手机给杨宏兴打了个电话："都办好了，姓常的过两天上网，你盯着点儿他，那个小四川找到没有？"

杨宏兴喝了杯面前的普洱："我让二严他们正在追呢，姓常的没在家，也没在舒城，所有他能落脚的地方都找了。谢谢任局，谢谢。"

"即使真把姓常的抓进去，检察院那边公诉缺乏证据也难判决，孙骡子到底知道你多少事儿？别把姓常的控制了，又弄拙了。"

"任局，你我这些年，还不了解我？我就是正当做生意。以前是脾气大些，打打杀杀的，可这些年就是专心做生意。你放心，姓常的回到舒城，我就有办法让他的嘴闭上……"

"好了，好了，就这样吧。"任正业不想听杨宏兴再往下说的话，就挂了手机。他只觉得后背肌肉突突地跳动，便活动了下肩膀。

常闯在鸣凤超市后面的池塘里钓了三天鱼，这钓鱼还真磨性子磨工夫。孙骡子那晚告诉常闯，这白粉来的渠道只能是这个鸣凤超市。有个叫岩卡的缅甸人曾经来晋江找过杨小号索要货款，再后来听伙计说杨小号和岩卡发生了争吵，随后岩卡就消失不见了。这个岩卡第一次接触杨小号时，他清晰地记得是鸣凤超市姓蔡的老板介绍的。孙骡子被杨小号撵回舒城后，就想过，超市绝不可能做翡翠玉器生意，而杨小号每次都要亲自驱车来鸣凤池塘钓鱼，恐怕就是来这里做交易。孙骡子的判断和省厅专案组所获取的信息基本一致。

常闯又连上了几竿，蔡胡子将他从池塘那儿喊过来，又是在那个黑暗的屋里，蔡胡子说："你真够出名的，我打听到你现在被上网追逃了，那边我也联系上了，晚上我们就出发，我给你办了假身份证,给你。"说罢,递给常闯一张身份证。

常闯拿过来看了看,果然是自己的照片,地址和身份证号码变成了晋江鸣凤县罗店镇,姓名赵新城。

常闯凭着经验和手感,可以确认这个身份证还真是从公安部门办出来的。

常闯说:"蔡老板,行。"

蔡胡子说:"这趟看你自己的造化了。"

常闯愣了下,马上又呈现出无所谓的表情。

天色还没有全黑,常闯换上鸣凤冷冻厂的工装,两个人出发了。

蔡胡子握着方向盘对常闯说:"这个点正是交警们吃饭换班的点,省界检查站正松。"

"有经验。"常闯说不出是恭维还是揶揄,歪靠在座位上对蔡胡子说。

冷藏车开了一个多小时就到了两省检查站,两个人打起精神。

"赵弟,赵弟?"

"干吗,蔡哥?"

蔡胡子会心一笑:"行,反应还可以,不愧是侦查系毕业的。"

"和你比我是小巫,蔡哥当年也是边防系统的十佳卫士。"常闯眨了眨眼。

"你小子可惜。"蔡胡子说。

"不可惜,时运不济,有嘛算嘛。"常闯咬了咬嘴唇,蔡胡子看出常闯脸上露出一股狠劲儿。

"哎,小胡,你们的班呀?"蔡胡子探出身子主动和检查站的武警打招呼。

那个姓胡的武警走过来："老班长呀，又去南方进货？"

"唉，回来还给你们捎点儿私烟来。"

"不用，上次的还有呢。"姓胡的武警走到车后去，蔡胡子向常闯一使眼色，常闯立刻明白了，跳下车到了车尾把车厢打开，武警用手电筒照了照，见是空货厢，把电筒扬了扬，"走吧，老班长。"

"好嘞，小胡。"

胡武警瞅了眼常闯："这个伙计怎么没看到过呀？"

蔡胡子说："我二姑家的表弟，上了几年班没挣多少钱，这不跟我跑跑水果批发。"

"哦。"

常闯点了点头："嗯呢，这是我的身份证。"说罢，就把那张假身份证递了过去。

小胡一摇头："不用啦，老班长信得过。"嘴上说着，手其实已经伸过来了。

正在这时，对面一辆大解放轰隆隆地开过来，一点儿没有减速的意思，小胡扭头大喊："停车检查，停车检查。"

大货车上的司机玩命地摁喇叭："快躲开，刹车没了，刹车没了。"大货车重重地撞翻了边防岗亭，驶出了几十米远，最后才吭哧吭哧地停住。

小胡把身份证扔给常闯，对蔡胡子说："你们走吧！"又招呼站上的人，跑了过去。

那个司机跳下车来，一拍大腿："吓死我了，这要撞上人咋办？"

"好嘞!"蔡胡子心说,这个傻乎乎的司机,这车撞得才及时呢。

罗发子从南方给舒城一个私营企业拉设备回来,没想到大车刹车失灵,撞了检查站的岗亭,还好没有出什么大事儿,罗发子一个劲儿给检查站小胡几个作揖念阿弥陀佛。最后检查站觉得罗发子也怪不容易的,那个岗亭本来也已经不使用了,就没让罗发子掏一分钱让他走了。

小胡不放心:"你这刹车得抓紧修好。"

罗发子嘴上说行,上了车就又含糊上了:"凑合慢点儿开到舒城再说吧,现在这个路上前不着村后不靠店,也没个修理厂,怎么修?走吧!"

车子第二天真就开回了舒城。进了舒城,罗发子打了个哈欠,想找个加油站或者停车场,休息会儿再走。看到前面有个中石油的标识,他一打方向盘就准备并道,可没看清车右侧的一辆电动三轮车,只听咔嚓一声,罗发子一听脑子一炸,出事儿了。

他停下车,转到车右侧,看到车轮底下一辆三轮车给碾在下面了,里面有个男人在哭爹喊娘:"快点儿救命呀……"

罗发子慌得很,真想抽自己个大嘴巴:"倒霉事儿全让我遇见了。"

罗发子又是打 120 又是打 122。旁边看热闹的劝他:"没事儿,人没死就好,你又有全险。"罗发子龇牙咧嘴,心说这车保险早到期了,他心疼钱,看冬天车也不忙,打算开春再上,没想到出这一趟车就遇到这么多事儿。

罗发子又是医院又是交警队两头跑,还不错,人没多大碍,就是三轮车报废了。罗发子跟受伤的三轮车司机说："老哥，你看，我这个车也没保险，商量商量，咱也别等事故处理了，我给你点儿钱，你在家将养将养，你看行不行？"

三轮车司机人还真不错，看罗发子这个人憨厚实诚，就说："你给我四千块钱，我三轮四千买的，才跑了半年，我人没折胳膊断腿，就是受了点儿惊吓，我也不讹你。"

"老哥，我口袋里就一千多块钱，我打个欠条行不？"

"那哪行啊。"三轮司机人再厚道也不能太吃亏了，周围几个家属也不同意。

"要不我想想法儿。"

罗发子出了医院，肚子也饿了，找了个面馆扒拉了一大碗拉面。吃完一抹嘴，抬头一瞅，城关派出所的牌子正冲着自己。罗发子自言自语："都说有困难找警察，我现在不就是遇到困难了吗？"说完，迈腿就进了派出所。

城关派出所内，陈三斤正安排几个协勤去辖区贴公告。他把一摞常闯的通缉令，几下塞进了床铺下，心里说，这不扯淡吗？

"小尹，你们几个把严打公告找街面上的宾馆、加油站、学校、商场贴上去。"陈三斤说道。他一抬头看到外面进来个人，那人直接进了郑实在的宿舍。

郑实在正在摆弄新买的手机，抬头见进来个陌生人。

郑实在问："你找谁？"

罗发子说："老弟，找你。"

"找我？"郑实在心说这是谁呀。

罗发子说："都说有困难找警察，我遇到困难了。"

"哦。"郑实在心说，这人是精是傻呀，他忙站起来，"你有什么困难你说说。"

罗发子说："老弟呀！是这么回事儿，你说我多背吧……"

郑实在听到半截就没了耐心："我领你找我们领导去。"郑实在就领罗发子去了陈三斤的屋，"陈所，你看看吧，这个群众想借几千块钱。"

陈三斤说："咱派出所也不是福利机构，哪有这项支出呀？"

罗发子说："这位老弟，你们放一百个一万个宽心，这个舒城我一个礼拜来三四趟，这个钱我绝对不会黄了你们。"

陈三斤和郑实在一个劲儿摇头。

罗发子急得直冒汗："我真还你们钱呢，你们看我像是说谎的人吗？"罗发子蹲在月台上双手一抱脑袋，"我没钱也走不了呀！真没法儿活了，家里两个孩子，一个常年有病的媳妇，我活着还有什么劲儿呀！"

恰好，冯长海和几个初中同学喝完酒回来，嘴里唱着流行歌曲："你总是心太软，心太软，把所有困难都自己扛……"

"干吗的，这是……"冯长海瞅着罗发子问李伟他们。

"到咱们所借钱来了。"

"借钱，真新鲜，拿咱们这里当银行了，银行还有利息呢。怎么了，师傅？"

罗发子说："老弟，我撞了人，拿钱给人治病，还要赔车钱，我现在口袋里就一千块钱，我想到派出所借个钱，回头我再还你们。"

"多少？"

"三千块钱就行。"

"你哪里人呀？"

"我是清河的。"

"真还不近，你甭着急了，我借给你。"冯长海说完，从皮夹里掏出一沓钱，"小尹，给他数三千。"

陈三斤见冯长海把钱借给了罗发子，从屋里出来说："小尹，让他打借条。"

"不用，不用，"冯长海对罗发子说，"这钱我不用打条，我就试试你这个人是不是说真话，钱你拿走吧！"又一抬头对着陈三斤和郑实在说，"你说你们，老百姓有困难了，找咱们借个钱，又不是拿不出来，你说你们天天学习雷锋，学模范的，都学哪里去了？"

郑实在忾冯长海，扭头回自己屋里了。

罗发子拿了钱问小尹："这个民警叫什么？我得记住答谢呀。"

"我们冯所长，冯长海。记住了不？"

"记住了，记住了，冯所长……"罗发子说着话，在办公桌上拿起笔写在一张纸上，然后塞进了裤子口袋。

罗发子晃荡着身子走出派出所大门，齐耀臣正大步走进来，侧头看了看罗发子，问小尹："这是干吗的？"

"要钱的。"

"要钱？"齐所长自言自语。

"嗯。"

"小尹，招呼大家晚上八点准时集合，有特别任务。"齐耀臣说。

云南某地边境，少数民族竹楼。

常闯和蔡胡子各自躺在竹床上，蔡胡子叼着烟卷，而常闯尽量让自己的心平静下来，假装疲惫，闭着眼睛支棱着耳朵。

蔡胡子吸完一根烟，瞅了常闯一眼："别装睡了，怎么？害怕？"

"倒不是害怕，我是想岩卡这个人到底怎么样。"

"我瞒着杨小号带你来找岩卡，是犯忌讳的，岩卡开始也信不过我，后来我引荐了杨小号这个大客户，他赚了钱才彻底信任我。你真想把杨小号从晋江市场挤了？"蔡胡子问常闯。

"我在城关派出所认识的社会人员企业老板也不少，杨小号在晋江这么招风，早晚出事儿，上次岩卡和他闹僵了，应该不会再相信他，你再给我上点儿好言语，应该没问题。"

"你想的是不错……"

"怎么，你怀疑？放心，杨小号给你提多少，我就提多少，而且我再加零点几个点，怎么样？"

蔡胡子也不是随意就可以忽悠住的角色。他说："老弟，倒腾个洋烟洋酒的也能赚钱，你说你年纪轻轻想弄白的，这可是掉脑袋的事儿。"

常闯"哼"了一声："我他妈的买个房，杨宏兴派他侄子陷害我；我想立个功转转运气，杨家又让我背了个涉嫌杀人的嫌疑；我在村里抬不起头来，老娘跟着受气；在同学面前、在女朋友面前，我也挺不起腰来……这个买卖，我就干一回，赚了就是赚了，栽了就栽了。放心，蔡哥，怎么躲避法律的制裁，咱懂。"

蔡胡子点了点头："老弟你说的对，当年你哥哥我在这里边防卡点当兵，也想干出点儿名堂，为部队作点儿贡献，让家里跟着咱扬眉吐气，可是，就有一些人看着挡着你，想方设法地捉弄你，毁你。本来我们支队有一个转干指标，全支队也就我符合条件，奶奶的，二等功、党员、优秀班长、嘉奖，都有，最后给了政委的小舅子，我一看，去他妈的吧，还怎么干？"

常闯坐起来："你就和岩卡接触上了？"

蔡胡子狡黠地一笑："就这么回事儿呗，这个事儿你闭眼就能过去，你认真就过不去了……"

常闯听蔡胡子这么一说，就明白怎么回事儿了，没有再往下问。

这时，窗外的树林里有人拍了几下巴掌，啪，啪，啪。蔡胡子把屋里的灯咔嗒关掉，对常闯说："走，带路的过来了，记住，你不要说话，不要搞小动作，到处都是埋的地雷，否则，你的尸体我都拉不回来。"

蹚过界河，又在热带丛林里跋涉了十几里泥泞的小路，三四个小时后，常闯和蔡胡子的双脚才踏上了还算平整的山路。蔡胡子抹了把脸上的汗，问常闯："吃得消不？"常闯用木棍拄着地回道："还可以。"

前面带路的两个向导，冲着前面学了两声鸟叫"咕咕""咕咕"，前面同样传来几声鸟的叫声，随后过来一个戴着头巾的男人，瞅了两眼蔡胡子和常闯，与他们的人叽叽咕咕地说了些什么，然后甩头示意大家跟着他。

没走多远，见路上停着辆小吉普车，常闯跟随着蔡胡子上了车，屁股才坐稳，猛然眼前一黑，头就被头罩给罩了个严实。

头罩再揭开时，常闯发现被人带到了一个木屋里，前面的兽皮椅上，坐着个皮肤黝黑、眼睛溜圆，像南方菜农的三十多岁的男子，两旁站着拿着篾刀和步枪的手下，而蔡胡子在前面抱着肩膀像看笑话似的瞅着自己。

蔡胡子没等常闯开口问，自己就先开口了："小子，你这次独闯龙潭的胆量确实让人佩服，可是，你也太实在了，你以为这是拍电影反特片呢，局长给你下个任务，你玩点儿小花招，就过来把任务完成，然后回去立功受奖，你想什么呢？没说吗，这回你的尸首我是拉不回去了。"

常闯苦笑道："蔡哥，你该试探的都试探了，到了这边，随你怎么说，我就是想见见岩卡族长，说几句话。"

"操，你还嘴硬，"蔡胡子嘴一撇，"一会儿，把你扔到蛇瓮里就傻了。"

"蔡哥，你太不仗义了，我的情况你最清楚，到现在你二话不说就想弄死我，是杨小号让你这么干的，还是岩卡老大的主意？"常闯说完，瞅了眼前面的岩卡。

岩卡吸了口竹筒烟，慢慢走了过来，上上下下地将常闯瞅了个仔细，又吧嗒吧嗒地抽了几口烟，缓缓地说："我看出你的心在跳，你在害怕，你害怕什么？"

"我担心你不信我。"

"毒贩怎么能相信一名警察？你用脑子想想！"

"是，我是当过警察，可是我是被他们迫害的警察。我现在就想和岩卡老大说一下，孙骡子被杨小号害死了，临死前孙骡子告诉我，不要让你再给杨小号供货，因为就是杨小号向警察报信，晋江公安才会抓你，杨小号才会坑了你的货钱。"

蔡胡子在一旁喊了一句："你扯淡，是孙骡子向公安通风报信，岩卡老大才险些被抓，根本不关杨总的事儿。"

"我扯淡，孙骡子他压根都不知道杨小号生意上的事儿，他凭什么给公安通风报信？"

蔡胡子有些张口结舌："因为，因为，就因为你们公安给他好处……"

"公安给他好处，他会死在看守所？公安给他的好处，比在杨家那里吃喝玩乐的好处更好？"

蔡胡子对岩卡说："岩卡老大，这个小子乳臭未干，绝对是大陆公安的探子，端咱们的老窝来了，快点儿找个塘子喂了鱼得了。"

岩卡把大竹烟筒慢慢放下："听你的，来人，把这小子带后面去泡起来。"

常闯心里很慌，脸上急得直出汗："岩卡老大，你不能杀我，你杀我就对不住孙骡子了。你别听蔡胡子的，他和杨小号是一条线。"

常闯被押走后，蔡胡子对岩卡说："老大，杨总最后欠的那几百万已经到您的账户上了吧？"

"到了。"岩卡说话的时候脸上没有任何表情。

"我的……"蔡胡子欲言又止。

"你的那部分早已经安排好了。"岩卡说完，打了个哈欠，"休息吧，不早了。"

常闯被双手吊着身子泡在污浊的池水里，脑子里胡思乱想，后来昏沉沉地睡了过去。等再次醒来的时候，天色开始蒙蒙亮，他现在所处的地方是个寨子，他仔细辨别了方位，盘算如何为自己争取机会。

正在这时，十几米外竹楼里出来个裹着纱巾的妇女，因为刚刚睡醒，衣服都没有穿整齐，不该看到的地方都若隐若现。女人是早晨起来解手的，风俗原因，蹲在竹楼上直接向河里便溺，角度刚刚对准常闯，常闯有些不好意思地侧过脸去。

可就在这时，常闯看到女人脚下的竹篙上正盘着一条灰色的蛇，没错，蛇。常闯情不自禁，喊了一声："有蛇！"

常闯的一嗓子吓了那个女人一跳，女人才蹲下身子，听到人的喊声马上站起身来，回头看见十几米外河里竹笼内的常闯，又听到脚下嘶嘶嘶的响声，一条眼镜蛇蛇头从下面冒了出来。女人提着裙子一脚将蛇头踢开了，又瞅了一眼常闯，钻回竹屋里了。

常闯的喊声也让岩卡的手下听到了，有两个人出来对常闯大声呵斥，嘴里嚷嚷的什么常闯也听不懂。其中一个拿着竹矛就要插常闯的后背，常闯身子一紧。就在这时，对面竹楼里那个女人从窗上探出半个头，喊了一句话，那个家伙立刻放下了竹矛，对着女子的竹楼鞠了个躬，双手合十，退回屋内。

常闯提起来的心终于放下了，心里想，这个女人有些眼熟，又一想，在这境外不可能遇到熟悉的人呀。

常闯又泡了大半天，晌午时分才被两个人从河里拖上来，筋疲力尽的他头昏眼花地倒在屋子里，岩卡依旧用逼仄的目光盯着他。十几分钟后，岩卡吩咐手下，给常闯端来一碗米饭。常闯也不客气，接过碗筷大口大口地嚼着夹生饭，饥饿使他顾不得一切。

岩卡等常闯吃完，没有再问他什么，而是敲了敲竹烟筒，背着手走了出去。常闯四处寻找蔡胡子，但是没有找到。

常闯没有再被扔到竹笼里面，只是在闷热的竹屋里由两个人守着他。傍晚到了吃饭的时候，守着他的人又给常闯端来竹筒饭，一言不发放下饭菜就走。常闯内心焦急得很，搞不懂岩卡现在是怀疑自己还是相信了自己。他透过竹板的缝隙观察斜对面的竹楼，他感觉岩卡进了那个女人的屋子，那名妇女是岩卡什么人呢？他心中盘算着，不知不觉浓浓的黑夜又蔓延了起来。

蔡胡子是被两个举着火把的人陪着过来的，他进了竹屋，看到坐在竹席上的常闯，他说："你快给岩卡老大招了吧，不然明天把你扔到鳄鱼池里，我看到过人被鳄鱼咬碎的样子，你进了鳄鱼池想说实话都没机会了。"

常闯摇了摇头说："我该说的说了，我就是想弄钱，我要真死这里，你也活不舒坦。"

蔡胡子说："你嘴硬。"然后他蹲下来捏了捏常闯的肩膀说，"小子，明天你就不会这么说了。"

蔡胡子扭着屁股出了竹屋。常闯斜躺在竹席上，从肩旁的破洞里捻出了一张纸条，上面写着：找机会逃走，明天杀你。

常闯将纸条塞进嘴里，心想：蔡胡子是什么意思？是考验他还是帮他？常闯想不出个所以然，但是他清楚他仍然处在危险中，怎么办？

常闯将身体贴在竹席上，屏住呼吸，观察四面的动静，外面竹履的走路声，湖面轻轻的流水声，湖里蛤蟆的叫声……忽然，他听到外面有人闷哼了一声，这个声音让常闯警觉，因为他太熟悉这种声音了。在警院有一次警体教官做背后擒拿示范，当教官扣住学员咽喉的时候，那个本就胆小的学员嗓子发出一种闷闷的声音，随即被教官顺势制服在地。常闯脑子一闪，定是有人袭击了守卫。他身子轻轻一滚，就闪到外屋，也就在这一瞬，从窗户里伸出两支 AK 步枪来，对准屋内就是一通扫射，密集的子弹将屋里的东西打得七零八落。袭击者随后冲进屋子，见屋里没有人很惊诧，喊了一声，两个袭击者端枪就退。常闯对准其中一个的下颚就给了一拳，这个人顿时倒了下去，另一个吃了一惊，端枪就射击，常闯一个滚翻就到了这个人脚下，他用脚一个兔子蹬鹰，正踹在对方的小腹上，力道正好，对方的子弹向天打了一个弧线，人破屋而出，坠入河中。常闯顺势抢过地上的枪支，倒下去的人反应迅速，从腿上拔出一把匕首，嚷嚷着向常闯冲过来。常闯扣动扳机，一梭子子弹嗒嗒嗒地射了出来，对方被子弹打烂了胸口。

此时寨子里乱成一团，常闯看到十几个端枪的人向对面竹楼里冲，竹楼里有人向外打枪，常闯一时搞不清敌我。

这时，有人喊了一声："跟我来。"常闯侧脸一看是蔡胡子，他还拿着把手枪。

常闯愣了一下，蔡胡子说："跟着我，去救岩卡。"

常闯点了下头，端着枪和蔡胡子一前一后，交替射击冲锋。因为两个人是从背后出其不意地开火，那十几个袭击者顿时腹背受敌，扔下几具尸体后，跳上准备好的汽艇仓皇逃跑了。

岩卡的手下追出老远，直到对方逃出了射击有效距离。岩卡肩膀被子弹擦破了，那个妇女给他做了简单包扎。蔡胡子和常闯走到岩卡的面前，常闯把枪扔到脚下，垂手望着岩卡。

岩卡朝着常闯笑了笑："果敢人总想杀了我母亲还有我，我死了，这个大陆市场就少了个竞争对手。谢谢你小伙子，你不愧是个训练有素的好警察。"

常闯也笑了笑："岩卡老大，随你怎么说。"常闯扭身准备回到自己的竹屋。

那个低着头为岩卡缠着绷带的妇女用中文说："常警官，你又一次帮了我们。"

常闯想说句没什么，可当他看到这名妇女的相貌时，愣住了。

见到常闯意外的样子，岩卡的母亲笑出声来，她说："常警官，你忘了在 D 省城我的项链丢了，还是你将小偷抓住的呢。"

岩卡母亲的汉语相当流利，常闯听了个清楚，顿时想了起来，这不就是在警校实习警卫的时候，那个朵拉女士吗？

"您是朵拉女士？"

岩卡的母亲，也就是朵拉女士点了点头："是的，常警官，没想到在我的家乡，在这个环境下和你相遇。"

常闯脸上一红，朵拉的出现让常闯颇感意外。他忽然明白了，为什么沈宏伟将这个卧底任务交给自己，原来有此原因，他又觉得有了一种可能，自己的任务应该能够顺利完成。

晚上，朵拉在家中款待常闯和蔡胡子，寨子里的人都赶过来了。男人喝酒摔跤，女人围着篝火载歌载舞，朵拉频频举杯，向常闯致歉，并再次对常闯的救命之恩表达谢意。岩卡似醉非醉地对常闯说，泰国与中国一直想联合缅方铲除金三角地区的几个罂粟种植区，自己的这个寨子自然也在其中，对于中国方面的人员自然要特别敏感谨慎。

朵拉的眼睛始终没有离开常闯，她那双丹凤眼深不可测，让常闯不禁暗自揣摩，不清楚未来朵拉和岩卡会对他怎样。现在生死已经置之度外，但愿这位朵拉良心未泯心怀慈悲，能让自己将任务顺利完成，将毒品交易的犯罪链条一网打尽，又能够对朵拉和岩卡母子不造成侵害。他后来想，这是不可能的。

九

时间进入二十一世纪新纪元。

在这一年的时间里,城关派出所做了许多看似寻常而又不寻常的工作:抓获了两名网上部督命案逃犯,杨子和郑实在均被记个人二等功;全所民警在扑救"6·19"鸣凤山森林火灾中因为表现突出被市局荣记集体三等功,小尹一个人从火场救出了两名护林员,最后被烟熏得住院治疗,后被县委县政府表彰为模范先进个人;齐耀臣被舒城县委政法委评为"十大先进工作者";班邓在车站执勤任务中拾到现金两万元全部归还失主,被县局推荐为舒城道德模范优秀标兵;郑实在在全省执法业务现场赛中勇夺桂冠;杨子调任旺村派出所担任指导员,方娟姐从看守所调到派出所接替杨子的岗位负责户籍……

我们压根儿想不到常闯去境外卧底,那些深入虎穴、威慑敌胆,和毒贩巧妙周旋的桥段,只会在惊险大片里出现,我们也信这种事一定是有的,但我们从未想到这些会发生在我们身边,我们熟悉得不能再熟悉的人会参与其中。对我们来说,常闯只是公安体制内的一个倒霉透顶的人,再过两年我们兴许会遗忘这个农村小子,或者这个姓常的人从此消失在我们的关系世界里,可是常闯没有，他就像传奇英雄一样又重新回到了我们的视野。

那是在五一假期前夕，齐所长和陈三斤正研究假期所里如何出去旅游。每年五一、十一，齐所长根据所里的经济情况，拿出一部分钱来让民警和家属们出去放松放松，也营造下团结紧张、严肃活泼的生活氛围。自打常闯和于学兵出事儿这两年，就没有安排，今年所里人工作非常辛苦，又出了些成绩，还有就是齐耀臣因为年龄的原因，马上就要退到二线，所以齐所长想在任上尽可能让大家高兴高兴。

陈三斤说这次把钱弄得充足些，让家属们都满意些。陈三斤说的家属自然也包括自己的家属。陈三斤的老婆是商店下岗职工，在家里开了个小卖部，平常舍不得吃舍不得花，姑娘陈洁马上就要高考，还得伺候半瘫的婆婆。陈三斤觉得老婆这些年跟着自己受了委屈，难得出去一趟，所以这次就多了个心眼儿，和齐所长提议去重庆三峡转转，媳妇总是叨叨长这么大都没看到过长江，这次非得让媳妇跟着开开眼。

齐所长点着头。齐所长在花钱上不小气，心不黑手不紧。两个人正说着，窗户上有个脑袋瓜来回闪，齐所长说："长海，别晃悠了，有事儿就进来。"

冯长海一步迈了进来，陈三斤问冯长海："这回旅游你可得带弟妹去，上次你带了个女相好，弟妹差点儿和我拼命。"

冯长海一吐舌头："陈所，这回打死我也不敢了，上次不是正闹离婚吗，我想捷足先登，现在没离成，我能那么干吗？我告诉你们个事儿。"

齐耀臣低着头拿着笔继续在名单上勾画着，随口问了句："什么事儿？"

"杨宏兴的儿子杨小号在晋江让警察给打死了。"

"是吗?"陈三斤脱口而出。

齐耀臣也是一愣:"怎么,毙了?"

"毙了,听说涉及贩毒,公安部派来了抓捕组,这小子挟持国外客商拒捕,直接让神枪手给毙了。"

毕竟杨小号的死是杨家人的事儿,和派出所没有任何牵连。我们旅游极好地规避了去不去杨家悼念这件麻烦事儿。在杨小号出殡的那天,派出所的人正在从宜昌到重庆的游轮上,游船正过神女峰。此时大家都走到船舷边拍照的拍照,仰望的仰望,摆拍的摆拍,而那个让全所引以为异类的郭建学,张开双臂忽然朗诵了一首诗:

神女峰

舒婷

在向你挥舞的各色手帕中
是谁的手突然收回
紧紧捂住了自己的眼睛
当人们四散离去,谁
还站在船尾
衣裙漫飞,如翻涌不息的云
江涛
高一声
低一声

美丽的梦留下美丽的忧伤

人间天上，代代相传

但是，心

真能变成石头吗

为眺望远天的杳鹤

错过无数次春江月明

……

当郭建学声情并茂地朗诵到诗歌的后半段时，板凳听到齐耀臣的摩托罗拉手机振动音响了，是在所里留守的郑实在打来的。郑实在没有和大家一起出行，他要求齐耀臣按照旅游消费标准给他兑成人民币，外加自己留守的津贴翻倍。郑实在的确是趁火打劫，但我们都非常高兴他不能参与，因为他不管在任何欢喜或者落寞的集体活动中都会扫大家的兴，让人如鲠在喉。郑实在告诉齐耀臣今天杨小号出殡，讣告宏兴公司昨天送到所里了。齐所长说知道了，然后他走到远处，在翻着喜悦、动听的浪花声中，掏出手机给杨宏兴打电话："宏兴，听到孩子的事儿我是一晚没睡好，你保重身体，什么也不说了，回去我过去探望。"

就是在那个时候，我们压根儿不晓得杨小号的死和常闯有多大关系，杨宏兴更是不清楚，舒城公安局除了看守所的陆方应该没有人知道。

常闯是在半年后恢复身份的，他来派出所上班的那天，所有人都有种猝不及防的感觉，兴奋抑或惊诧，甚至让人不可思议，全所人都清楚常闯被送进监狱坐了牢，出来后又被网上通缉，这怎么可能?

各种消息传遍了舒城,有人说常闯本来是被冤枉的,现在事情水落石出,就平反了。有人说常闯的女友苏晴的表叔是个京官,稍微运作了一下就把事情摆平了。郑实在带着不服气的口吻说,市局沈局长是常闯的老师,还用问吗?给老师顶上(行贿)什么事儿解决不了呀!还有人传说常闯所有的倒霉事都是上级一手安排的,就为了消灭某个犯罪集团。

总之,常闯让全所人充满了好奇和疑问,对于大家的那些疑惑和惊奇,常闯只是笑笑。我们觉得这两年的时间里,常闯已经脱胎换骨,变得更加成熟老练了。

齐所长安排常闯带个值班组,并在欢迎会上先透露了一下,常闯马上被提拔为指导员,以后也是所领导了,让大家继续支持他,总之职务升迁是小,重新回到咱们这个大家庭是大。

全所鼓掌的时候,郑实在若有所思,我看到他只是象征性地拍了几下,他心中的那股酸劲儿又冒上来了。

齐耀臣去局里要开个会议,陈三斤接着布置工作,晚上要求大家全部在岗在位,有行动。具体什么行动,局里也没有通知,全所做好备勤。

冯长海就喊着常闯去外面吃饭:"两年不上班,你也没耽误升职,咱得玩命庆贺一下。"

"叫上郭建学,我还欠人家人情。"

冯长海就去叫郭建学,郭建学拎着本厚厚的书过来了:"指导员我不去了,我还得复习资料。"

"别指导员的喊,文还没下发呢,学什么呢?"

"我想考政法大学的研究生。"

冯长海说："建学，考那个白耽误你升职，晚上就咱们这个年龄段的先给常闯接接风。"

郭建学性格很执拗，连着说不去不去。

常闯对冯长海说："还是学习要紧，那就以后再说吧！"

晚上常闯和陈三斤去局里开会领任务，全所人在所里待命，郑实在请了病假，冯长海说郑实在是心病，一年半载好不了，惹得大家哄堂大笑。

外面常闯和陈三斤开车回来，陈三斤让郭建学点名，郭建学点完名说："全到齐了，实在没来，说和齐所长请假了。"

常闯在屋里洗了把脸，冯长海推门进来，东瞅瞅西看看，嘴里问："晚上什么事儿？"

"扫黄，清查宾馆。"

"估计是这事儿。"

"保密呀！这次必须要战果。"

"好。"冯长海应了声就出了屋子。

两个月后，司机罗发子领着老婆和一对双胞胎儿女，双手捧着一张大红纸，上面写着"感谢信"，下面密密匝匝地写着感激之言，老婆拿着一面大红锦旗。一家人来到舒城公安局门口，要求见一把手局长，感谢城关派出所冯长海警官，无私为民，慷慨解囊。

在来公安局之前，罗发子也提前找到了县电视台，电视台负责人一听这是值得宣传的大好事儿呀，便一起和罗发子一家来到舒城公安局跟踪采访。任正业作为主管领导讲话,并让齐耀臣带着冯长海到局里领取锦旗和感谢信。冯长海让郭建学写了几百字的发言稿,后来电视台说时间太长,郭建学又给删减了些。冯长海对着镜头,镜头旁边郭建学为他举着稿子,冯长海磕磕巴巴地说了三次,才录制成功。

没过多久,冯长海被转为合同制民警。

冯长海是公安子弟,父亲是预审科长,在进入公安队伍前是内蒙古草原骑兵连的,和齐耀臣是老战友。冯长海在部队环境中长大,初中毕业的时候父亲转业回到舒城,冯长海上到初三下半年学习跟不上,就成了待业青年,在家里待了半年后,进了外贸公司。冯长海先是拿着刀子分解猪肉,后来又当了外贸司机,在外贸风风光光地工作四五年后,国家由计划经济转为市场经济,原先好的商业单位都纷纷破产改制,行政事业单位反倒一跃成了香饽饽。冯长海和许多公安子弟一样,又被重新安置到了公安局,早的子弟慢慢转了工转了干,可到了他们这一批,公安政策变了,只是接受大中专毕业分配,不再通过其他途径招警。这次冯长海能够转为合同制也是属于单位自收自支,像他这种情况局里已经没几个了,所以冯长海临秋末晚地把身份搞定了,还真是不容易。

冯长海转了合同工后,说话办事慎重了许多,有时候也劝李伟几个协勤办事的时候要有分寸。

五一节过后,常闯被直接提拔为城关派出所指导员。刘主任到所宣布任职命令后,常闯和齐所长请了个假,让李伟带着他去乡下探望老领导。

王金忠搬到村里住了有一年了,和村里的老伙伴晒晒太阳,下下棋,串串门,在空院子里种上点儿蔬菜花草,悠然自得。

常闯在村口问清了王金忠的住处，车子直接开到了王金忠没有围墙的院子。王金忠见是常闯，非常高兴，忙过来握手："小常呀，稀客，听说你身份恢复了，为你高兴，难得，难得。"

常闯客气了几句，进了屋王金忠问这个问那个，两个人就聊了起来，后来话题就说到了王红英。

"老局长，红英经常回家吗？"

"轻易不回来了，从总队又去国防大学进修，五一说回来，这不又因为什么事情没回来，你和红英没有联系？"

"哦，有一年多没联系了，前不久碰到秦队说调到总队了。"

"嗯，这不年底说要结婚，对方是国防大学战役系主任。"

"哦。"常闯听说王红英结婚的消息，心里不知为什么就被酸酸地触动了下，说不出什么感觉，就是难以言喻的情绪。常闯又东拉西扯了几句，后来下意识地看了看手表，站起身子："老局长，时间也不早了，我身份恢复了，今天就为了过来看看您，谢谢您一直对我的关注，您看到红英也代我问好。"常闯说完向老局长敬了个礼。

"好，好，我的眼睛看得不错，腰里还是我那把枪不？"

"是的，我回来就又领过来了。"

王金忠拍了拍常闯的肩膀："不说了，现在基层很忙，有空儿就来看看我。"然后，王金忠在茶几上拿起碳素笔，在一张废纸背面写了个电话号码，"来，这是红英的手机号，你有空儿联系联系。"

常闯揣好纸条，上车挥手和老局长告别。车子出了村，常闯拿出纸条，望着王红英的手机号出了会儿神，随后他微微笑了笑，将手伸出车窗，松开了手，白色的纸条在风的作用下，像一只洁白的蝴蝶飞向了远方。

宏兴股份有限公司创业板成功上市，这在舒城乃至晋江市都是个大事情，县委决定在宏兴公司召开全县经济现场工作会议，同时由宏兴集团开发的舒城最大的居民小区——鼎鑫家园剪彩仪式也于同日举行。局里要求所里抽调足够的警力保卫，冯长海自告奋勇地带队前往，齐耀臣说让常闯带队，冯长海乐意和常闯一起干工作，因为常闯什么事都能迁就他，他也借机在公众场合突出他来。如果是郑实在，冯长海就不乐意去了，因为郑实在这个人和谁都不能整一块儿去，只会降低自己的身份。

剪彩仪式开始后，常闯就看到红地毯上晋江市副市长和杨宏兴一起上台剪彩，随后是鞭炮齐鸣，红旗招展，锣鼓喧天，舞龙队、舞狮队轮番上阵，好不热闹。冯长海穿着警服，一会儿和杨宏兴耳语，一会儿又指挥李伟几个人干这干那。已经是晋江政协常委的杨宏兴背着手站在台上，他布满痤疮坑的脸上掠过阵阵的得意。

常闯远远地注意到杨宏兴的脸上即使再怎么狂傲，仍旧带着丧子的哀痛。他不忍直视杨宏兴，虽然杨小号死有余辜，可作为一名寻常人，他能理解杨宏兴内心是何等悲怆。杨宏兴恰恰转过头与常闯四目相对，常闯把头扭过去，去看远处一片空旷的风景。

八月中秋，常闯和苏晴结婚了，齐耀臣做证婚人，冯长海是大操，所里这些人自然都是忙活人。喜宴就在王金石新装修的饭店举行。在婚礼上，常妈喜极而泣，那时候我们由衷地为常闯一家人高兴。

那天杨宏兴也过来贺喜，上完账后，准备扭身离开。陈所长和齐所长拦着，说："你作为当地企业家代表走哪合适。"杨宏兴就顺着坐下来，对于他能够参加婚宴，常闯没有想到。当新人敬酒的时候，常闯和苏晴恭恭敬敬地给杨宏兴斟满了酒，那份真诚杨宏兴感觉得出来："杨叔，谢谢您的光临。"

常闯第一次喊杨宏兴杨叔，在场的人都看出杨宏兴有些意外，他将满满的一盅四特白酒一饮而尽，说："闯子，往事一笔勾销，祝你和侄媳妇白头偕老，往后你杨叔怎么办事儿你看着。"说完，杨宏兴又让冯长海给他倒满，接连干了两杯。

大家一起鼓掌为杨宏兴叫好。

许多故事都这样，有喜有悲，有相聚有别离，有阴晴就有圆缺，如果我们将故事停在此处，想必是皆大欢喜，可是社会总是充满了诸多矛盾，当事态已经形成了两种价值取向时，最终必然形成碰撞。

杨宏兴和常闯，犯罪分子和公安民警，邪恶和正义，黑与白，皆成必然。

一年后，舒城县升级为县级市，我们城关派出所升格为分局，齐所长自然成为分局局长（人们还是习惯称他"齐所"），陈三斤为分局副局长，常闯任教导员，郑实在是副教导员。

在公示期间，别人没有什么影响，但纪检委几次来到分局和大家分头谈话，对常闯进行考察。冯长海告诉我们，局里有人给组织部门写黑信，告常闯受过组织纪律处分，并被刑事处理过，就因为有后台才没被开除公职，一名网上在逃犯竟然当了分局教导员,这显然不符合程序。可就是这样,常闯竟然没有受到一丝影响,公示期过,常闯的教导员依然磐石一般纹丝不动。

冯长海总是这样云山雾罩地扯出来些莫须有的关系,来显示他的交际面有多么神通广大。冯长海有次和我们几个人八卦说:"前几天,省厅刑侦五局的哥们儿说,咱们局有个姓常的是公安部特级英雄,拿下过部委督办的大案。"冯长海缩了脖子,继续说道,"咱们局姓常的也就是国保的那个常子明,那家伙要说他是英雄,十亿人九亿九都不信服他能当英雄,倒是咱们常教导,当年稀里糊涂地出了那几件事就销声匿迹,转过来又嗖地一下恢复了身份,让人万分惊诧,这特级英雄是不是就是小闯呢?"听冯长海说完,我们忽然对常教导员这位我们的好哥们儿肃然起敬。

所以那一段时间,我们分局每个人都对常闯充满疑问。无论常闯怎么光辉高大,彬彬有礼,举止可嘉,我们仍然不能将电影电视上那些光辉传奇赋予在他的身上。不是我们不信,而是寻常人的英雄情节都在我们远处,甚至隔着一层透明且遥远的东西,我们可以看得见,但我们对现实世界充满那么多的不相信,即使英雄就是我们身边的某个人,我们也更愿意我们身边的某个人和我们一样,平凡而平常。

如果没有"牛腿案"出现,我总是反复思量,杨宏兴和常闯两人之间会不会能够相敬如宾或者冰释前嫌,或者出现铁轨似的两条人生直线,随着时间的推移没有交集地走向更远处?我觉得如果我们不是代表维护法治的警察,如果杨宏兴遵纪守法,哪怕贴着法律条框边缘进行他的经济事业,这个小说的结局都会更和谐一些,可是,没有,黑与白、正与邪终会誓不两立,阴阳两极会碰撞排斥而不会混淆融合。

冯长海和郑实在、常闯汇报昨天接的那个伤害案，挨打的受害人是郭建学的表姑夫，打人者是受害人的初中同学，因为受害人酒后吹牛骂街，对方才动手打了受害人，这个也就是一般性的治安案件。

常闯说："实在哥，你说这案子怎么处理最好？"

郑实在抽着烟："我看全拘（留），喝酒滋事，都送拘留所就全老实了。"

冯长海瞥了一眼："你也就是说说。"然后又说了一句，"我找建学说说，让他给他表姑夫做做工作。"说罢，就转身去了隔壁郭建学的办公室。

冯长海推门见郭建学坐在床头拿着本《静静的顿河》正读得津津有味。

见冯长海进来，郭建学欠了欠身子："海哥你坐。"

"看书呢？"

"嗯。"

"建学，我觉得你将来能当作家。"冯长海故意恭维郭建学。

郭建学笑了笑，在抽屉里找烟递给冯长海。两人一个人一根烟刚点上，就听外面有人喊："在家的人都出来，赶紧出警。"是田哥喊的，田哥这个老实巴交的门房兼锅炉工兼扫卫生的，这么一嗓子，把在家的人员一下都喊了出来。

冯长海问："怎么啦，田哥？"

田哥人骑在三轮上，脸色有点儿不好看，气喘吁吁地说："'牛大舌头'，让黑社会给打死了。"

齐耀臣也出了屋子，站在月台上问："怎么了，田哥？哪个

'牛大舌头'？"

"就是城边牛家村的牛大社，我刚从他们村串亲戚回来，在公路边上的棒子地里，趓溜出来三个人，拿着老么长的长枪，戴着头套从棒子地里跑出来，上了一辆车就跑了。我还傻愣的时候，就听棒子地里有人喊救命，我就下了三轮进了棒子地，一看躺着个人，全身血糊流烂。我仔细一瞅是牛大社，脸上，肚子上，腿上都是血，成血人了。"

齐耀臣截住他话头："现在人在哪儿？"

"被看热闹的人送医院了，估计活不了。"

"现场呢？"

"现场？谁知道怎么着。"

齐耀臣说："陈所和郭建学去医院，长海开车，实在把枪领出来，所有人全部去现场，田哥你带路。"说这话时，冯长海已经把桑塔纳发动起来，三四辆车迅速出发赶赴现场。

市医院急诊科。

牛大社已经被推进了手术室，手术室楼道内站着牛大社的亲属以及牛家村的老百姓。陈三斤和郭建学出了电梯间，老百姓一看有警察过来了，呼啦就拥了过来，把两人围在了中间。有人说："警察来了，警察来了，还不抓人到这里干吗？"

"你们说谁？"郭建学用手指着刚才说话的村民问。

"说你们呢，怎么，想打人呀，打过来。"对方正是牛大社的弟弟愣头青牛大壮。

有人敢和警察顶牛，其他人就更来劲儿了，嚷嚷起来。陈三斤一举手，示意郭建学不要说话："老少爷们儿们，我们是来瞧瞧牛大社的伤情，领导带着刑警队的已经去现场了，你们留着劲头跟黑恶势力干好不好？现在咱们是一边的。"

老百姓还有几个嚷嚷的，手术室里出来个戴眼镜的大夫，敞开门喊了一句："再嚷嚷都出去，你们影响我们手术，出了事故谁负责！"

牛大社的媳妇一拍大腿："都别闹了，都别闹了，行不行！先保住大社的命。"

陈三斤见状亮出警察证，对大夫说："我们要进去询问下受害人，请给予配合支持。"

大夫点了点头："进来吧。"临关门又喊，"楼道别待这么些人，家属留下，其他人都走。"

牛大社的头部有两处刀伤，左腿粉碎性骨折。陈三斤拿出标尺量着伤口，让郭建学用相机对着牛大社的头部创口和腿部伤拍照，固定好证据，同时对牛大社说："牛大社，我问你，你的伤是什么人造成的？"

牛大社做了局部麻醉，头部还比较清醒："陈所呀，我哪里知道，肯定是宏兴开发商干的。"

"你怎么说宏兴干的？"

"他们来我家好几趟了，让我签转让棒子地的合同，我不肯，他们天天骚扰，我没得罪人，不是他们还是谁？"

"对方几个人？"

"四五个。"

"到底几个？"

"三四个。"

"三个还是四个？"

"三个。"

"用什么打的你?"

"枪。"

"枪?"

"不是,腿让棍子砸的,头上用砍刀砍的,拿半自动的枪顶着我的脑袋。"

"是猎枪吧?"

"我不知道是猎枪还是半自动,我不认得,我就觉得我们村有民兵连的时候,大柱子拿的就是半自动。"牛大社有点儿语无伦次,大眼珠子乱转,惊魂未定的感觉。

手术室的大夫担心伤者时间长了出什么问题,问陈三斤:"行了吗?"

"行了。"

两人出了手术室,家属围拢过来。

牛大社的老婆哭丧着脸:"他爹没事儿吧?"

陈三斤说:"没事儿。"

"没事儿你们也得抓人呀!"刚才和郭建学叫板的牛大壮,语气一直不好。

郭建学上了犟劲儿:"我们是给你们侦查破案,你喊什么喊?"

"喊怎么的?这事儿没完,抓不着人和你们警察没完。"牛大壮上蹿下跳。

"没完你怎么着?"

陈三斤一把拉住郭建学:"走吧!走吧!"

牛大壮还想追过来,却被村里人拦住了。

陈三斤上了车对郭建学说:"建学,今天怎么了?"

郭建学吐了口气:"我不想干了。"

"牛腿案"发生后,整个分局的工作氛围都紧张了起来。本来涉枪案件属于刑警队管,刑警大队长陆方也想把案件接过来,可是已经是正职的任正业看了初步侦查的材料后,认为没有充足的证据证实当事人有枪,还是先由分局调查清楚后再作研究。

回分局后,齐耀臣召集大家开会。会还没开,郑实在就叨叨说闲话,嫌齐耀臣不硬,这案子就不应该接。齐耀臣在外面早就听到他的牢骚,进屋没理会,直接将主办案件交给了常闯小组,陈三斤和郭建学小组配合。

出了屋,常闯就把冯长海叫到自己的屋。还没等常闯开口,冯长海就把门插上了,小声说:"我给板子打了个电话,打听最近舒城有没有来外面道上的。"

"板子去打听了?板子办事牢靠吗?别漏了风声。"常闯对冯长海找到的耳目有些不放心。

"放心,板子原先跟着'二阎王',后来砍人进去后,'二阎王'没捞他,害他实实在在地蹲了两年,出来就不跟着他了,总想算计'二阎王'。他在咱们管片想开个局儿,我还没答应他。"

常闯思忖了一下说:"海哥,别的辖区我不管,咱们分局黄赌毒不能有。齐所你也清楚,好多上边的大人物都找过他,都被他顶回去了。咱不能为了点儿线索纵容他们(赌博)。"

冯长海脸一红:"嗯呢,嗯呢。"

常闯为了给冯长海台阶下,说:"对了海哥,改天约于哥吃顿饭,我安排。"

这时,冯长海腰里的手机响了,他掏出手机一看,对常闯小声说:"板子。"

门卫室里。

郭建学抱着笔记本电脑在网上搜了好多枪支图片,让田哥挨个瞧。

"这个你看看。"

"不是,不是。"

"这个?"

"不是。"

"这个不是,这个呢?"

"有点儿像,又不像,我看着是双管。"

"这个呢?"

"哎,像这个,像这个。"

"真的?"

"真的。"

"好家伙,警用霰弹枪。"郭建学看着图片脱口而出。

早晨,常闯、郭建学带着老田在银行门口等着。八点半,银行押运车准时到了门前,几名全副武装的押运员跳下车。郭建学带着田哥向前走近了几步,指着押运员的防爆枪说:"是这样的吗?"田哥走了几步,盯着押运员手里的枪。对面的押运员搞不懂怎么个情况,看到两个警察带着个老头儿,对着自己比比画画,他晃荡下枪。

常闯说:"没事儿,我们就是看看。"

老田又认真瞅了瞅,嘴上说:"就是这样的,就是这样的。"

常闯向押运员挥了下手，三个人上了车，押运员端了端怀里的枪，莫名其妙地摇了摇头。

常闯和郭建学的车还没到分局，齐耀臣的电话就打过来了。常闯在手机里说："有事儿，齐所？"

"你们赶紧去市政府门口，牛家村的人闹事去了。"

常闯一听就刹住了车，对后排座上的老田说："田哥，你自己走回所，我和建学去市政府，牛家村人闹事了。"

"我跟着呗！"

常闯想了一下，开车掉头就去了市政府。

离市政府还有几百米的距离，车子就被堵住前进不了了，市政府门前的路上有一大片群众。常闯把车拐了又拐，就停到一家服装店门口。老田没见过这种场面，跟在常闯和郭建学后面迈着小碎步紧着颠。

分局里的人除了值班的全体出动，齐耀臣和陈三斤在人群前面正做着劝解工作，市政府有几个戴着近视镜的年轻秘书，也在旁边时不时插上几句，牛家村的老百姓震天的口号和喧嚣声将所有的声音都淹没了。

"还我百姓平安，严惩凶手，还我土地，我要生存。"打着白色横幅的老百姓喊着口号。躺在三轮车上让被褥捂得严实的牛大社，举着裹着绷带的手。

冯长海见常闯几个人过来，冲着常闯的耳朵大声喊道："牛家村要求限期抓获凶手，彻查宏兴公司的开发土地手续。"常闯点了点头，冯长海又大声说，"你瞧牛大社那样儿，双手和脑袋有那么严重吗，都裹成大花糕了。"

齐耀臣让牛大社的兄弟，就是和郭建学发生口角的牛大壮以及牛大社的爱人到市政府门卫室谈话。牛大壮不同意，说要谈和我们村老少爷们儿一起谈。齐耀臣说你们出几个代表。牛大壮说这里几百口子人都是代表。郭建学在一旁一见这小子就有气，又怕在这个节骨眼儿上惹事儿，咽了口唾沫把话生吞了回去。

老田擦了把脸上的汗，挤到了三轮车旁，对牛大社说："大社，你这是干吗呀？派出所没有说不管你的事儿，你整的这是哪出？"牛大社抬眼看到是老田，嘴努了努，那意思自己说不了，然后就垂下了脑袋。

老田心里起急，他昨天晚上才去医院探望了牛大社，牛大社还和自己牛皮吹得嗡嗡响，今天却全副武装地包扎上了，这不是小题大做故意作对吗？

老田说："大社，派出所里都为了你这个案子加班加点，别说你这个重大案子，就是小偷小摸也得容个时间。你说你不认识齐所还是陈所，常闯当天来还是你送来的，他负责你的案子。今天我都上阵了，去押运公司辨认枪支去。我们都为你忘了吃饭睡觉，你却拉家带口到市政府大门口闹，你这不是给派出所抹黑吗？"

牛大社低头一声不吭，他清楚老田说得没错，自己也不想来，但兄弟和村里的这些人不干，还有村里的老百姓因为征地补偿的事情都不满意，对村干部有意见、对开发商有意见的全来医院给他打气，说非得和政府要个长短。兄弟这么安排，牛大社只好跟从了。

老田见牛大社一言不发，越说越着急。牛大壮在那头儿和齐耀臣正理论着，见有人给他哥做工作，担心牛大社被说服了，跑过来推了一把老田："你算哪根葱，有你什么事儿？"

老田一个趔趄，站稳身子说："怎么没我的事儿，我是派出所的人，我和大社也是老交情了。"

"老交情你不帮着我哥，你瞎说什么！今天我们就要个长短，要么立马把人抓住带到我们跟前，要么现在你们派出所或者市政府给我们先垫上医药费，我们是没钱治了。你们解决不了，我们就去晋江，就去省里，甚至还去北京，我就不信这个世道没有王法了。"

老田一听，这不整个一混蛋吗，就说："你说的那个没道理。"

"怎么没道理？"

"你说的是浑话。"

"你才是浑话，我打你个老头子，你不就是给派出所看门的狗吗？"

"你才是狗。"

"你就是狗。"

老田被牛大壮气得心火上升，再加上刚才跑得有些吃力，身子晃了一下。

常闯一看不妙，挤过来："田哥，怎么了？"老田身子一软，仰面就倒了下去，被常闯一把抱住，"田哥，田哥。"

牛大社一把扯开嘴上的绷带喊了声："老田哥，你怎么啦？"

齐耀臣一看老田昏倒了，喊道："长海，过来人把田哥赶紧送医院。"

牛大壮吓得不知所措，劲头也没了。牛家村人一看这边有人倒下了，谁都不闹了，都围拢过来。

齐耀臣喊道："大壮，赶紧让大家散开，急救车马上过来了。"

牛大壮喊道："老少爷们儿赶紧的，散了散了。"

十

常闯因为牛大社这个案子半个月没有回家，苏晴打来电话劈头盖脸地问："你有多忙？十多天连个电话都没有？"

"要多忙有多忙。"

"那你娶媳妇是干吗的？"

"就是当娘娘养着呗！"

"告诉你，你小子马上要提职务了。"

"听谁说的？我这个教导员提拔得够快的了，还没作好准备。"常闯苦笑道。

"你蠢不蠢，光想着工作，我是说你要当爹啦。"

"什么？"

"你要当爹啦。"

"啊，我要当爹啦，你怀孕啦？哈哈。"常闯顿时跳起老高，想起上个月自己回晋江两人恩爱缠绵的一晚，常闯按捺不住内心的兴奋。

冯长海听到常闯大喊大叫，以为有什么事儿，推门进来了："怎么了？"

"海哥，我要当爹啦，我要当爹啦。"

常闯拿出手机给常妈打了个电话，常妈正在家里和村里一个婶子在炕头上拉呱，拿起电话说："闯子，有嘛事?"

"妈，告诉你，苏晴怀孕啦。"

"什么?"常妈高兴得一跺脚，"真的呀，我的观音菩萨送子娘娘哟!"扭身对那个婶子说，"他婶，闯子家里的怀孕了，我要抱孙子了。"又问常闯，"对，照了照没? 是男娃还是女娃?"

常闯一愣，马上说："肯定是儿子，肯定是儿子。"

常妈更是喜上眉梢："嗯，肯定是儿子，不说了不说了。"

齐耀臣决定让常闯休个假，回晋江一趟。常闯换上便装去火车站坐车，满脑子都是苏晴和她肚子里的孩子。他买了车票，想去候车室的时候，看到郭建学在对面的一个玩具店门前徘徊。常闯心中纳闷儿：郭建学干什么呢? 因为隔着马路，常闯没好意思喊他，就给郭建学打了个电话："建学，你在车站这儿干吗呢?"

郭建学扭头看到了常闯，扬了扬手，在手机里说："我发现点儿线索。"

"什么线索?"常闯掖好车票就穿过了马路。

"你过来吧!"郭建学说，"我按照田哥的描述，还通过他辨认，确定涉案人使用的是制式防爆枪。这种枪支在市场上从没出售过，最近也没有发生盗窃防爆枪的案件。"

"要是以前的案件咱们也收不到消息啊?"

"不能，据我了解，这种防爆枪去年才配备给金融部门和武警部队，如果近两年有丢枪的案子咱们应该知道。"

常闯点了点头，真心佩服建学的知识面。

郭建学说："对方使用的会不会是仿真枪呢?"

"这个极有可能，对方一枪未发，虽然老田说听到枪声，有可能是他紧张产生的幻觉。"

"对，"郭建学说，"我们在现场都没发现弹壳子弹之类的证据，说明对方没有开枪。我在城里转了好几天，就这个店曾经销售过玩具仿真枪，我等它开门查它下。"

"好，我和你一起等。"

常闯、郭建学在对面的报亭装作翻杂志，静候这个店开门。半个小时后，上午 9 点 10 分，一个穿着花里胡哨、脖子上拴着条金链子的青年到了卷帘门那儿，蹲下身子将门打开提上去。他前脚进屋，后脚常闯和郭建学就迈步进来了。

"你俩？"

"我们是警察。"

"警察！"

郭建学递过打印出来的那个防爆枪的图片："这个你卖过几个？"

"这个我这里没有。"

"别扯淡，没有到你这里和你浪费工夫啊！"常闯说。

这小子有些紧张："我，我……"

这时郭建学直奔后屋，一挑门帘就看到床铺下面有一摞纸盒子。他弯腰拽出来，打开最上面的盒子，是一支仿真狙击枪："好家伙，真是军械库呀？"

"都是塑料的，玩具，玩具。"拴金链子的小子尖着嗓子叫唤着。

枪支满满地摆了大半个院子。任正业叉着腰对齐耀臣说："赶紧写个信息报上去，宣传一下。"

齐耀臣说："是不是等抓了嫌疑人再说呢？"

"不用，上报就行。"

班邓端着一只仿真微型冲锋枪比画着："哒哒哒，哒哒哒。"

任正业吓得扭了下身子喊："枪口别乱冲人。"

"任局，这个是假的。"班邓说。

"假的也不行！"任正业正了正警服，想去口袋里摸烟，郑实在赶忙递过来一支，又给打着了打火机。任正业吸了一口，口袋里的手机嗡嗡响了起来。任正业拿出来一看，是杨宏兴，连忙向前迈了几步摁了接听键："等会儿，我这里正忙着。"

杨宏兴"哦哦"两声赶紧放了电话。他心神不宁，瞅着老板桌前面垂着身子的杨二严，沉着脸问："确定那几个人都离开了舒城？"

"放心吧！叔，都走了，做完活儿直接就走了。"

杨宏兴没说什么，翻来覆去地在手里盘弄着手机，等着任正业给他回电话。

任正业问齐耀臣："怎么样，这小子交代了吗？"

"我去看看，常闯正问着呢。"

讯问室里，常闯和郭建学已经问了两个来小时了，这个卖仿真枪的瑶瑶，多次被公安机关打击处理过，有一定的反侦查经验，随你怎么讯问，这小子就是扯东道西不往正题上讲。

常闯一指面前的仿真枪："瑶瑶，你再讲讲这种防爆枪，你都卖给了谁。看你的进货单，你只进了三支，现在通过搜查，你还剩下两支，那一支你卖给了谁？"

"我哪里知道，我脑子也不记得。"

"对方是男是女也不记得吗？"

"不记得。"

郭建学一拍桌子:"你隐瞒事实!"

"我没隐瞒。"这小子脖子一歪。

这时冯长海阴沉着大脸进来了,瑶瑶一看,张嘴就喊了一句:"海哥。"

常闯给冯长海让了个座,冯长海把警服领带松了松,从口袋里拿出烟先给自己点上一根,又给郭建学一根,知道常闯不吸烟,然后过去给瑶瑶拿了一根送到嘴边又点上。

"谢了海哥。"

冯长海嘬了一大口:"瑶瑶,说吧,别扛着,都在舒城长大的,你也知道我脾气。"

瑶瑶嘬了口烟: "嗯,嗯,好嘞,海哥,见了你的面我嘛都说。"

"说吧!交代清了就可以出去,说详细了。"然后,冯长海嘬了口烟大模大样地出了讯问室。看着瑶瑶那种对冯长海心悦诚服的表情,郭建学心里这个气啊,真是什么人什么治。

"你把枪卖给谁了?"

"是在一个月前卖给了肩膀刺着字的一个小子。"

"刺的什么字?"

"好像是'安红俺爱你'。"

齐耀臣和冯长海迎了个照面,齐耀臣问:"撂了吗?"

"撂了。"

齐耀臣回到办公室向任正业汇报:"全交代了,买枪的人的体貌特征和特殊标记都说了,下一步发动社会力量,对号抓人。任局,你看还有什么要嘱咐的?"

任正业脑子开了小差,齐耀臣问了几声他才醒过味儿来:"好好，挺好，先把这小子拘了，进一步确定证据。"

任正业出了院子上了自己的车，给杨宏兴打了电话："杨总，刚才开会呢，你说。"

"任局，听说破了个枪支大案?"

"哦，是有这码事儿，仿真枪。"

"有别的线索吗? 听说和牛家村那个案子有关联。"

"哦，没有，没有。"

杨宏兴瞅了一眼杨二严，低声说："任局，查到买枪的人了吗?"

"嗯，查到了，肩膀有个特殊标记，有个字迹的文身。"

"查到就好，最近舒城来了一批东北人，到处惹事儿。哦，任局，好久没聚了，咱孩子他姨的房子我告诉下边了，给留套三楼302阳面，到时候让孩子姨过来签合同就行……好的，好的，任局，谢谢了任局。"杨宏兴放下电话，对杨二严说，"那个肩膀刺字的是谁? 马上再嘱咐一下，千万不要让他露头。"

"好的。"杨二严出了经理室拿起另一部手机打电话。

晋江市桥西区美容店的安红晚上下了班，回到租住的小屋，打开灯看到床上多了个人，先是吓了一跳，随后就嗲声地骂道："吓死老娘了，你回来怎么也不打个电话?"

司建抱着安红的腰吻着她的乳房："给你个惊喜嘛!"说着就脱安红的衣服，几下就把她扒了个精光。

安红扭着身子说："我去冲个澡，都是汗味。"

司建撇了下嘴："又接了几个呀? 从明天起不干了。"

"不干，你养老娘呀?"安红说着话打开了莲蓬头，水冲了下来。

"有钱了,以后你只属于老子了。"

安红边洗身上边说:"行了,行了,还是养你吧!你快点儿好好地开你的车。"等安红擦完身子出来看到床上放着两沓钱,眼顿时亮了起来,"这是哪来的?赚来的?你抢银行去啦?"

"没有,那个是死罪,我才不去呢。你别问了,你快点儿吧小宝贝。"说罢,司建一下就把安红拥倒在床上。随即简陋的床上发出吱吱呀呀的声音,司建的裤子口袋里手机嗡嗡地振动着,正在颠龙倒凤的两个人谁能听得到呢?

杨二严急得咬牙切齿,又拨了另一个电话号码:"怎么司建这个王八蛋就不接电话呢?"

对方说:"别急,二哥,我联系试试,没事儿,你放心吧!都躲起来了呀!"

"司建买枪的地儿让分局端了,买那个有鸡毛用,老子要动枪公司有好几杆呢。"

太阳上了三竿,安红从司建的胳膊下抬起头来,看了下时间,连忙起来穿衣服刷牙洗脸。

司建睁了睁眼说:"你干吗去?不是不让你去了吗?"

"得了吧,我先和红姐说一下,咱下午坐火车去海南玩去。"

"再来一次。"

"下午回来接着。"

司建又放下脑袋接着睡,安红趿拉着皮鞋,从冰箱里拿出块面包咬在嘴里就打开门出去。一出门,就见面前几个大男人,她还没反应过来,就让对方把嘴给捂上了。那个眼光锐利的便衣掏出工作证件给她看："你是安红?"安红下意识地点了点头，"屋里的是不是司建?"安红点了点头，觉得不对又摇了摇头，其他便衣警察就迅速地冲进屋里去了。安红只听得司建在床上哎哟哎哟挣扎了几下，那张单薄的小床就被冲上来的人给压塌了。安红想这个地方以后自己再也不能住下去了。

民警们抓捕司建和安红回到舒城后，将人直接带到了刑警队，首先考虑将人在那里讯问有保密性，比在分局里隐秘，再者是刑警队的招牌要响亮些，容易给犯罪嫌疑人造成更大的心理压力。

和所有人预想的一样，司建只承认买枪违法的事实，对蒙面伤害牛大社一案只字不提，这让侦查员无可奈何。齐耀臣向陆方提出来搞一搞上点儿手段，陆大队长直摇头，也担心出差错。

这时的常闯正蒙着件绿大衣在刑警队值班室里呼呼地睡得香甜，梦里梦到了苏晴腆着隆起的肚子在他面前晃来晃去。

郭建学与几个辅警则在楼道的椅子上东拉西扯。

"建学哥，你想嘛呢?"

郭建学扶了扶眼镜，黯然地说："想想真没劲，辞了得了。"

大家被郭建学的所答非所问给说迷糊了，全都不再出声。我们没人清楚郭建学为什么要辞职，郭建学给大家的印象是好学、内向、钻研、胆子小。公安工作给他带来的那些疑惑和新奇，让他是走是留踌躇不定。我们都注视着郭建学，而郭建学低着头摆弄他的大砖头诺基亚，楼道内只有齐耀臣来回行走的脚步声。

杨二严和老相好靳雯雯在公司卧室睡得正浓，诺基亚手机就响了。杨二严一个激灵就醒了，拿起手机一看，是个陌生号。

"喂，谁呀?"

"别问我是谁，司建被抓了，你有个准备。"说完对方手机就挂了。

杨二严再一看是网络虚拟号，他急忙给"疤瘌"打电话，"疤瘌"也不知什么原因死活不接。杨二严穿上衣服，瞅了床上的靳雯雯一眼，随手把门带上，去三楼找叔叔杨宏兴。

杨宏兴睡觉轻，听到杨二严的喊声打开门，一看侄子的表情就清楚出事儿了。"姓司的被抓了。"杨宏兴听后想给杨二严个耳光，可现在打死他也于事无补。

"姓司的这小子不就是只知道你让他们弄个人，其他和公司有关的事情不是不清楚吗？"

"是，我没和他们说，我就是告诉他把人手脚废了，其他没说什么。"

"那就好，大不了委屈你进去仨月，我再弄你出来。"

"叔，没事儿，只要公司没事儿，我进去就进去。"

"进去也不是那么容易的，你赶紧让'疤瘌'藏深点儿，一点儿也不能露头，越远越好，你再给他拿点儿钱过去，风头过去再出来。"

"好的。"杨二严退出去了。

杨宏兴穿着睡衣再也没有困意，他心里暗骂这个成事不足败事有余的侄子。再一想，自己的儿子要活着该有多好，这一大摊产业该交给谁？想到这，他有些难受，卧室里走出个穿着吊带睡衣的小姐，过来坐在杨宏兴腿上，搂着杨宏兴的肩。杨宏兴瞅着眼前肉欲横流的身体，暂时抛开了思想上的负担，双手在女人光滑的身上游走。

　　常闯醒来后，在刑警队的院里洗了把脸，捧了几捧凉水浇了浇头发。齐耀臣的双眼布满了血丝，看样子一宿没睡，他说："闯，你去将牛大社接刑警队来辨认。"常闯"嗯"了一声，披了警服就开三轮摩托去县医院接牛大社。

　　到了牛大社的病房，怎么也找不到对方人影。这时看到牛大社的媳妇从外面进来，常闯问："大嫂，牛大社哪里去了?"

　　牛大社的媳妇说："去老田哥那里了。"

　　常闯急忙又下一楼去内科老田的病房，进门见牛大社拄着拐，吊着胳膊，坐在老田的病床前小声和老田说话："老田大哥，对不住，都是我兄弟牛大壮的主意，你可别跟着着急。"

　　老田已经脱离了危险，躺在病床上对牛大社说："大社，别做过激的事儿，你这个案子公安能破。"

　　"是，是，老田大哥，你说你要……我这辈子心里也不安宁呀。"

　　旁边田嫂嘴皮子不让人："要真过去了，牛大社，我就把老田的尸首抬你家去，你家人把你弄市政府门口，我把人弄你家里，让你也过不了，你家的开发补偿让你一个子也拿不了。"

　　牛大社脸红得很低着头："田嫂，知道，知道，这种事儿我再也不干了。"

　　常闯一步跨进来，先问了老田病情。

　　老田说："没事儿，你又熬夜啦?"

　　常闯没顾得上回答，对牛大社说："你和我去趟刑警队，需要搞个辨认。"

　　牛大社一抬胳膊晃了下大腿："我这样的能动吗?"

　　"怎么不能动，市政府都能去，现在案子有眉目了，你若不配

173

合，我们只能放人。"常闯对牛大社这个老熟人现在没一点儿好印象。

老田说："大社，要是让你领救济款，你爬着也能去，这牛脾气和警察撒什么撒呀？"

牛大社拄着拐杖站起来："我去我去。田大哥，你喝豆浆吧。"随后一瘸一拐地和常闯出了医院，常闯扶着他上了挎子。

"牛大舌头"的辨认结果依然没有打破我们的预料。当十个同司建年龄相近的辨认对象依次站好后，"牛大舌头"的眼睛花了，但他仍然执拗地在屋里面指着这个那个说得头头是道，最后他死活认定刑警队的协警小程就是那个持枪的凶手。常闯又问了好几次，"牛大舌头"坚持说，他指认的绝对没错儿。

常闯让冯长海送"牛大舌头"回医院，在摩托车上，冯长海故意绕远，从南环那里回的医院，南环路坑坑洼洼的，就是辆坦克也会颠出事故来。"牛大舌头"一路被晃荡得龇牙咧嘴，下车的时候拐杖都拎不了，他以为冯长海会下车扶他去病房，可冯长海将车直接开走了，弄得牛大社一鼻子汽油味。

齐耀臣被任正业叫到了办公室，任正业问齐耀臣："你还有什么线索？"齐耀臣摇摇头，任正业叹了口气，"那就放人吧。"

齐耀臣脸上一红，说："晋江技术那边又查了一个手机号，信号区在海南。"

任正业说："那你带人去海南抓去吧。"

齐耀臣清楚任正业在嘲讽他，去海南无异于大海捞针。齐耀臣也没了主意，在任正业屋里待了会儿就出来了。

齐耀臣走后，任正业就给杨宏兴打了个电话，说："杨总呀，孩子姨去了吗?"

"来了,周经理接待的,你放心吧。"

"分局几个民警的楼房你也应了我。"

"好的,好的,放心,任局,都安排的好楼层,安排好了我就通知你。"杨宏兴说,"你放心,任局,我明白。"杨宏兴说"我明白"是另一个意思。

任正业压低了声音说:"司建只是取保,可在此期间再出现什么事儿,我就做不了主了。"

杨宏兴那头儿依然是"我明白,我明白"。

案子一下子陷入了困境,没有线索可查,常闯总算能去晋江陪一下苏晴了。他向齐耀臣请了假就去了晋江,上车的时候给苏晴打了个电话,苏晴说今天没上班,和同学邵盈盈在一起。邵盈盈是苏晴大学的同学加舍友,常闯和她见过两次面。

常闯下了火车直接去晋江的麦当劳店里见到了苏晴,苏晴和邵盈盈正聊得热火朝天。

看到常闯进来,邵盈盈说:"终于又见到警界英雄了。"

"我也很高兴见到最美校花。"

邵盈盈开玩笑地说:"最美校花现在是你的夫人。"

"我现在已经是落魄的凤凰了,你可风采依旧。"

常闯问邵盈盈:"在哪里高就?"

"小地方舒城。"

"舒城?"常闯有些意外。

"对,宏兴集团。"

常闯一听更是怔了一下。

邵盈盈一看常闯疑惑的样子，伸手拍打了常闯肩膀一下："怎么，不欢迎呀？"

常闯忙说："不是不是，我是说也没看见过你，要是知道你在舒城请你吃饭呀。"

"好呀，你说的，以后请我吃饭。你没见过我我见过你，宏兴马上开发牛家村，我可看到了你们分局人员的名单，单独给你们公安局留了一栋，你常教导的大名靠前。"

苏晴说："哎呀！那太好了，亲爱的老同学，告诉盖楼的多给公安楼加点儿钢筋，现在开发商都偷工减料。"

邵盈盈把胳膊搭在了常闯的肩膀上，显得非常亲昵的样子："没问题，包在我身上。"

常闯被邵盈盈身上浓郁的香水味熏得想打喷嚏，向外躲了躲。

"干吗这么忸怩呀，我刚和苏晴说了，她总在晋江没空儿伺候你，改天我就把你弄我床上去。"

常闯没想到邵盈盈说出这种话来，脸臊得成了大红脸。苏晴心里非常反感，但脸上没有表现出来："好吧！好吧！给你吧，我省心了。"

这时外面有辆奔驰停到了快餐店门前，司机摁了几声喇叭。邵盈盈说："车接我来了，我得赶紧走了，你俩晚上悠着点儿，当心肚子里的小闯闯。"说完做了个鬼脸，扭着身子出去了。在阳光下，邵盈盈的纱裙视如空气，乳罩、三角内裤清晰可见。

苏晴用胳膊肘捅了下常闯："别看了，别看了。"

常闯确实正在盯着邵盈盈的背影出神，不是欣赏肉体，而是想着邵盈盈和自己这个见面是偶然还是必然。他忙收回脸来对苏晴说："咱也走吧！"

"看你眼珠子都快掉她乳沟里了。"

"哪有，哪有！"

"你们男人还不都是一个样子。"

"怎么和她联系上了?"常闯问。

"好家伙，谁知道这个大交际花去舒城怎么回事，昨天在晋江组织了同学聚会，那排场把我们惊得目瞪口呆，看这说话打扮，这花钱的派头，估计不是嫁入豪门了，就是中了大奖，或者是……"

"或者怎么?"常闯明知故问。

"你还警察呢，或者怎么你还不清楚? 被人包了呗!"

"嗯，"常闯点点头说，"明白了。"

"告诉你呀，以后离这个骚货远点儿，一定远点儿，她勾引你也不要去。"

"这个可不一定。"

"你敢!"

"好的，夫人，卑职谨遵懿旨。"

两个人回到家里，常闯抱着苏晴，抚摸着她渐渐隆起的肚子："我听听，我听听。"

苏晴娇嗔地说："你快滚蛋，一个猛子俩月没个影子，不想我呀?"

"想，想，天天想，晚上熬得慌。"

"熬得慌不回来?"

"回来不也是不可以吗?"

"你这个傻蛋，这回说什么也不能熬着你。"

"怎么?"

"我怕那个狐狸精把你吸了去。"说罢,苏晴就把常闯推倒在了床上。

寻衅滋事案嫌疑人司建被取保后,案件无法开展,暂时搁浅。意外的是,牛家村人以及牛大社一家人却没有再到市政府。据刚出院的田哥田嫂说,牛大社在医院住院的时候,经常有几个文身的人在牛大社病房门口晃荡,牛大社开始想报警,后来不知为什么又不报警了,牛家村的村支书去了两趟医院,好像把事摆平了。牛家村人也传出来宏兴公司给了牛大社四十万块钱,包括占用地补偿款,还有住院治疗的所有费用。

"砸牛腿案"到此有头无尾地结束了,该案的案卷后来被扔到档案柜里无人问津。后来牛家村接连又发生了几起骚扰案件,不是村民家里被人扔了大雷子炮仗,就是被人泼汽油烧了大门,报了几次警,派出所立了案却依旧破不了,老百姓只好被动地和宏兴公司签了卖地协议。

齐耀臣每次去局里向任正业请示抽调刑警队成立专案,都被任正业以各种理由搪塞掉了。

司建在宏兴公司门口待了好半天,等着杨二严或者杨宏兴的车辆出现。他几次想从宏兴公司大门闯进去,都被两个魁梧的保安推搡出去。

司建晚上在小酒馆里喝了半斤白酒,借着酒劲儿,他晃荡到宏兴公司大门口,胡骂乱叫。保安一看又是这个无赖,就给公司里面的负责人打了电话。

正巧杨二严开车从外面喝酒回来,过来就拉着司建说:"你没钱直接给我打电话，干吗这样呀？"

"操，打电话你也不接呀！"

"我换号了，换号了，走，进公司，进公司。"

"我不去，我就想要钱，你们办事太不地道了。"

杨二严给两个保安使了个眼色，两名保安搀扶着司建进了宏兴公司。

宏兴房地产开发有限公司金域蓝苑住宅小区施工剪彩仪式保卫现场，分局又是那样全体都参加执勤。

杨宏兴和市委几个领导走过来，在场人员都纷纷鼓掌，郑实在也跟着鼓掌，还向杨宏兴举了举手想打个招呼。杨宏兴好像看到了又好像没看到，脸上没有什么表情。郑实在有些尴尬，嘴里骂了一句："有钱了就眼高了，不是当年求我给办户口的时候了。"

齐耀臣和宏兴公司的周经理说着什么，这时任正业和治安大队的人走过来，对齐耀臣说："让你们的人站有个站相，好多媒体单位在现场，拍下来让老百姓说咱们舒城公安就这个作风呀？李队，你们人在左侧，分局在右侧。"齐耀臣喊常闯："闯子，你们几个过来。"

常闯的眼睛一直没有离开杨二严那几辆奥迪车上的人，现场来了许多社会人员，几乎没有几个不是被公安机关打击处理过的，有的和常闯打个招呼，有的面孔陌生，常闯让小尹用摄像机全部录了下来。

时间到了上午九点半，晋江市副市长一行到了现场。领导才下车，牛家村和马家村的老百姓就扯出横幅排成方队拥了过来。任正业一看事情不妙，马上让分局和治安大队的人将这些人全部挡在了最外层。

剪彩仪式顺利进行，任正业擦了下脸上的汗。看到杨宏兴在远处向他点了点头，任正业心里踏实了许多。他对治安大队李队长说："把那个牛大壮治安拘留了，其他都分头训诫。"

齐耀臣在一旁插言："就是那个牛大壮，上次那个牛大社的兄弟，拘留了他会不会带出以前的事来？"

任正业没有丝毫犹豫："拘，拘了这一个，是为了将来工程顺利施工……反映问题合理合法我们也支持，想以这种手段达到他们的目的，公安机关不会姑息纵容。"

齐耀臣明白再说什么只会让任正业更加反感，他点了点头，无可奈何地说："好吧！"

十一

　　王金石想开个高档饭店，想再找个有资金有实力的老板，强强联合。他就想到了近期弄赌局发了财的板子，板子求之不得。于是，两个人成天碰头合计生意上的事儿。

　　这天，板子开着车去找王金石。一小时前，王金石给他打电话告诉他舒城水泥厂的地皮县里要拍卖，问他是否有心竞标。板子连犹豫都没有犹豫，立马说行。王金石说投标资料资质他能够弄到手，保证金两人对半拿。

　　板子最近赌局上顺，连放利带抽水，一天几万元到账，再加上还有两辆舒城跑晋江的客车，这两年腰板挺起来了。

　　王金石对板子说："还有点儿麻烦事儿，刚才杨二严打电话过来了，问我是不是参与水泥厂投标了，我和他说了实话。"

　　板子说："甭尿他，这舒城哪个项目工程不是他杨家的了，别人喝点儿汤还不让呀？"

　　王金石在椅子上挺了挺胸脯："就是。"

　　两个人嘀咕着如何对付杨二严，安排谁去亮标，谁去现场，谁来负责标书制作。正说着，服务生敲门说："外面有人找板子哥。"

　　板子问："谁找我呀？找到宾馆来了。"话还没说完，就进来几个人，都是光头文身的社会人。板子认识最前面领头的，那人是跟着"小峰"的，叫"疤瘌"。

"疤瘌"说："板子，峰哥让你到他那儿一趟。"

板子身子在沙发上一靠，二郎腿一跷："没空儿，和王总说事儿呢。"

"让你去你就去，别这么些废话。"

板子站起来："操你妈，'疤瘌'，你算老几呀？跟我还横上了，'小峰'是你爹呀？你爹喊我我也没空儿。"

"疤瘌"歪嘴冷笑："你骂，骂。"

板子已经不是当年被"小峰"随便收拾踩在脚底下喊爷爷的板子了，现在板子要钱有钱，要兄弟也有兄弟。板子说："操你妈，我骂你了，怎么着？"

王金石吓得脸都绿了："板子，好好说，好好说。'疤瘌'兄弟，你坐下，哥儿几个坐下，喝茶，喝茶。"王金石在中间横拦竖遮，生怕两边在他屋里打起来。

"疤瘌"几个人被板子激怒了，其中一个小子抄起个椅子就准备砸板子。板子在刚才说话的时候信息就发出去了，也就是两分钟的时间，宾馆院里就开进来两辆商务轿车，车上呼啦下来十多个小子，手里都拎着钢管、镐把、砍刀，一齐冲了进来，把"疤瘌"一伙人围住了。那个抄椅子的小子，一看对方人数占上风，乖乖地放下椅子，蹲了下来。

板子摇晃着身子走到"疤瘌"面前："告诉'小峰'，再转告你们杨老板，别生事儿，生事儿没好果子吃。"

"疤瘌"点点头："人多是吗？板子，你等着。"

板子把头抵到"疤瘌"眼前："看你个操性。"随后伸右手在

"疤瘌"的脸上轻轻拍了两下。

"疤瘌"咬着牙一挑眼，对手下说："走。"

王金石等"疤瘌"出了宾馆后，提心吊胆地对板子说："他们肯定没完。"

"没完他们能怎么着？老子兜得住，你们几个都回去吧！"

"咱还商量吗？"

"商量，投标那天我多安排些人……"

王金石让板子鼓动得胆子也大了起来："嗯，嗯，行，保证金你抓紧打我账上来，我这边一百五准备好了。"

"后天一准儿到账。"

板子信心十足，志在必得。他离开王金石的宾馆，刚上车手机就响了起来，是个陌生号，板子猜，不是杨二严就是"小峰"。

电话果然是杨二严打来的，杨二严电话里挺客气："板子呀？我是你二哥。"

板子没想到杨二严能来这套，心说现在终于知道板爷牛了，嘴上说："哦，二哥呀，你的号呀？我还以为是海哥又换号了呢。"

"板子，二哥这两年不太顺，刚缓点儿，以前的事儿咱都过去了，今后该亲近继续亲近。"

"没问题，二哥，你对兄弟嘛样儿兄弟对你嘛样儿。"板子话里有话。

"板子，你和二哥交心说，水泥厂那个标你和王金石掺和了不？"

"掺和了，我现在手下养着几十口子小弟，吃喝拉撒，不广开财路怎么行？"

"弟弟，你这样，你们买的资质呢，我该出了出了，另外我再拿二十个（万）给你和老王买块手表……"

"二哥，你这是啥意思呀？我板子就值那点儿钱呀？不是我不行，是人家那个承包方看中了这个地方，我就是跑跑腿，我管得了自己，我管不了人家呀。"

"板子，你嫌少我再加五个（万），咱们互相压没意思，白白让国家得了便宜，自己弟兄还弄个脸红。"

"没办法，谁投上算谁的，就这样，我有个电话顶过来了。"说罢，板子挂了电话。

杨二严终于按捺不住，拿着电话对旁边的"小峰"说："晚上先把他车给砸了。"

板子早晨搂着枕头睡着大觉，手机就嗡嗡地响个没完，他抓过来："喂，干吗？"

跟班的小弟在电话里急促地说："板哥，咱的奥德赛被人砸了。"

"我操。"板子一下醒了。

板子的奥德赛汽车四个轮胎都被刀子在侧面挑了几个口子，汽车前后左右所有玻璃都被砸得支离破碎，前机盖子上被自喷漆喷了四个字：装 B 就办。

小弟说："板哥，要不咱就报警。"

"报狗逼呀！没用！"板子气得用脚踢着自己的车，"杨二严你他妈玩阴的，好！"他对旁边的小弟说，"把星牌台球厅现在砸了，戴着头套，车牌挡上，让那几个东北的生面孔上。"

郑实在正在宿舍里用手拎衣服，他爱干净，自己的衣物不用爱人动手。

板凳过来说:"郑哥,有个警。"

"你让李伟发动车,我把衣服晾上。"

到了星牌台球厅,"疤瘌"和"小峰"都在现场,台球厅内被破坏得乱七八糟遍地狼藉。

郑实在问:"砸得够严重,谁报的警?"

"疤瘌"说:"我报的。"

"知道谁干的吗?"

"知道,是板子干的。"

"你看到板子了?"

"没有。"

"你没看到张嘴就胡说,看到什么说什么。"

"对方四个人戴着头套、口罩,拿镐把还有关公刀。"

"李伟,你给他记着点儿。你们这里有监控吗?"

"没有,正准备安呢。"

"刚才的经过你都看到了?"

"我没看到,服务生看到了。"

郑实在脖子一梗:"你没看到,就说关公刀、口罩、头套的?"

"我没看到就不能说啦?""疤瘌"觉得这个警察事儿挺多,自己本身就窝火,警察来了也不给好言语。

"你没看到不能乱说,谁看到谁说。"郑实在觉得有必要和这脸上有个刀疤的小子分辩个高下。

"那我们这里谁都没看到,你爱管不管。"

"你什么态度呀,我在执行公务,你必须配合我们工作。"

"我不配合。"

"不配合我不问，谁了解情况？刚才谁看到被砸的过程？"郑实在不去理"疤瘌"。

"疤瘌"抬了下手对服务生喊："都没有。"

"你这是妨碍我们执行公务。"

"疤瘌"向前挺了一步："我就妨（碍）了。"

郑实在用手一推"疤瘌"的胸口："你躲远点儿。"

"疤瘌"大喊："看呀，公安打人了，公安打人了。"他一喊，别的几个社会崽子跟着起哄围拢上来，对出警的几个人推推搡搡，"疤瘌"趁机倒在地上。

郑实在把枪掏了出来，擎在手上，喊道："都散开，我看哪个敢抗法！"

"疤瘌"一把揪住郑实在的大腿："你打，你开枪打，打呀！"

郑实在拿着枪干着急没办法，板凳和李伟还有两名协勤被"小峰"几个人围住了，也脱身不得。整个街上看热闹起哄的人越聚越多，事态有些控制不住。就在这时，常闯和冯长海开着警车赶过来了。好多社会人都认识冯长海，清楚冯长海不是好惹的，刚才也是跟着起哄，本来也不敢对公安局的人咋样，现在能溜就全溜了。

冯长海和常闯一前一后从人群中挤进来，看到郑实在满头大汗，"疤瘌"在地上闭着眼睛装死。

冯长海黑脸一呱嗒："怎么回事儿？"

郑实在说："他们妨碍公务。"

冯长海没搭理郑实在，他弯下腰，双手薅住"疤瘌"的衣领，使劲儿往上一拎："起来，别装！"

"疤瘌"这回不敢喊了，"小峰"一见冯长海和常闯这俩冤家对头，想躲又不敢，只好站出来："海哥，闯哥，给个面儿，给个面儿，弟兄们不懂事儿。"说完，过去对准"疤瘌"啪啪就扇了两个耳光，"还不给郑所长道歉。"

"疤瘌"捂着被抽红的脸，心里骂"小峰"，不都是你安排的吗？嘴上却忙说："海哥，我浑了浑了……郑所，对不起，对不起。"

"小峰"也给郑实在赔着不是，对常闯说："闯哥，要不晚上咱坐坐，受气受到我头上，我弥补。"

"别跟我们拉近乎，不缺你顿饭。"冯长海说，"'小峰'，这年头儿不是你们说了算，是这人们说了算，你们为所欲为了，这社会还要警察干吗？"

"小峰"说："是是，海哥，你再生气你抽我一顿。"

常闯对围观的人群喊道："大家都散了，我们勘查现场，谁刚才看到被砸的整个过程，和郑所长去所里问材料。"

冯长海说："'小峰'，你听好了，有辆车被砸了，我还想找你谈谈呢。"

"没事儿，没事儿，海哥，有事儿您尽管找我，什么车被砸了？"

"什么车，你心里明白，回去和老二说，别给我们添事儿，明白吗？"

"好的，好的，话一定带到。'疤瘌'，去拿几瓶饮料，给闯哥海哥。"

星牌台球厅寻衅滋事一案损失价值不大，但给社会造成的负面影响不小，任正业限齐耀臣两个月将案子破了。

齐耀臣把冯长海叫到屋里，问冯长海："这个案子有什么头绪？"

"不用脑子琢磨也知道是板子找人干的，但没有直接证据。"

"你把板子电话告诉我。"

冯长海将板子的手机号告诉给齐耀臣。

齐耀臣给板子打电话："板子，你来一趟。"

"齐伯，有事儿吗？"

"有事儿，没事儿也不找你。"

齐耀臣放下电话，那边冯长海的手机就响了。

板子问："海哥，齐所找我有嘛事儿？"

冯长海眼珠转了又转："我不清楚呀。你等会儿我给你打过去，你先别过来，我给你摸摸去。"冯长海放下电话，对齐耀臣说，"怎么办？"

"你这样……"

冯长海开车出去到了一中操场，让板子过去找他。板子一会儿就赶到了，钻进冯长海的车开口就问："齐所怎么个意思？"

"你说嘛意思，弄你呗，你去了还回得来呀？"

"咱也没干什么事儿呀。"

"你们干的那事儿也不是在真空干的，大街上、台球厅里多少人呀，交警卡口监控，公安破案手段多了，想破就能破了。"

"海哥，没办法，'杨二阎王'把我的车砸了，这口气我出不来。"

"出不来你该报案，公安给你出气，你这个以暴制暴太愚蠢。"

"海哥，你不能看着你兄弟进去，你得给办办呀！"

"谁干的？只能投案自首。"

"小兄弟们跟着我，我让他们干的，回头又把他们送进去，我当大哥的以后怎么带兄弟们呀？"

"那你当大哥的进去。"冯长海一本正经地说。

冯长海回去和齐耀臣说："板子这边要成，明天我再趁热打铁，让这小子全交代了。"

"好。"齐耀臣说，"你小子在这个案子上别打主意，不能和稀泥，上边都关注着呢。"

"放心，我有数。"

冯长海和齐耀臣的如意经才念了半截，就又出事儿了。晚上常闯正在单位值班室里和几个协勤看电视，"疤瘌"从外面走进来，进来就说："我来报案。"

李伟说："你小子又起事儿来了？"

"疤瘌"一本正经："我是来报案的，你们管不管？"

常闯清楚这小子来者不善，问道："什么案子？"

"有人攒局，输赢一晚得二三十万，赌博你们管吧？"

常闯说："管，地点在哪儿？"

"你们跟着我去，现在我不能告诉你们。"

常闯说："你带路，我们跟着你。来，都换上警服，穿上防刺服，开车。"

"疤瘌"在前面骑着个摩托上大街，常闯他们跟在后边，走胡同，穿过了省道，又走了一段乡村砖路，前面隐约看到有个厂子。

"疤瘌"对常闯说："你们把车停在这里，走过去，现在他们来得正欢，门口把门的也是我们的人，进屋就抓没错儿。"

"你留个电话，我们到时候好给你奖金，这是规定。"

"我不要钱，你们狠狠地办他们就行，要不处理他们我就往上告。"

常闯带着人，低着身子慢慢迁回到厂子门口。果然大门口那儿有个小子在大门垛站着，看到常闯他们，这小子把门慢慢打开，然后一挑脸："看没，就是中间这个亮灯的屋子。"

常闯点了下头，把手枪抽出来，缓缓移动脚步来到了门旁，听到里面的人正玩得兴高采烈。

趁着月光，常闯朝李伟、小尹他们挥了下手，然后直起身，对准门口，"咣"一脚就把门给踹开了："都别动，警察，抓赌，都别动……"

王金石给板子打电话，打了几次都不接，急得直跺脚，开车就去了板子的住处。刚到板子租住的小二楼，就看到常闯带着民警从板子的住所内押出几个人来。

王金石下车问："闯，你这是？"

"这几个就是前天砸星牌台球厅的。"

王金石点头说："哦哦，这不都是跟着板子的吗？"

"是，板子跑路了，看到板子和我们说一声，涉嫌聚赌、滋事！"

"是呀，"王金石一跺脚，"这等着他投标呢，这还投个蛋呀！"

冯长海没起过早，是被板子的电话给吵醒的。

"海哥，局被常闯给端了。"

冯长海一愣："怎么端的？"

"肯定还是杨二严捣的鬼，你看怎么办？"

"我怎么办？没告诉你吗，让你收手，你不听，瞒着我你接着干，现在让我们端了，你还让我怎么说。"

"海哥，你怎么也得想想法子，多罚款行不？别把人都给拘留了呀。"

冯长海就给常闯打电话，常闯正在讯问室问着笔录，看到冯长海的电话就明白怎么回事儿，就摁了拒接。等笔录做完了，冯长海人也赶过来了。

冯长海问常闯："怎么回事儿？"

"没辙，举报人来所举报。"

"谁呀？肯定是杨二严那边的人。"

"板子是局家子，是跑不了的，你看让他投案自首吧，否则也得上了网。"

"齐所知道不？"

"这么大案能不汇报吗？"

"能少处理几个吗？"

"根据材料都可以拘留。"

"弟弟，板子愿意多拿钱，罚款也行，大家分了也行。"

常闯一吐舌头："海哥，别吓人了行不，你这个不是行贿啊，你这是直接让哥们儿弟兄进监狱。"

"死心眼，让郑实在传（染）上了。"

常闯笑笑，低头整理材料。冯长海厚着脸皮又去磨齐耀臣，想从轻处理板子。

齐耀臣说："你上次说板子给咱们提供线索，把牛大社的那个案子破了，结果你提供的嘛玩意儿？现在又弄成这样，咱们还挺被动，这次他聚赌滋事两码事，怎么给他择清楚？"

冯长海替板子辩解："他的车先是被杨二严他们砸了，他才报复。"

"他的车被砸该报案报案，他滋事该投案投案，一码归一码。"

"板子还是对咱们有功的……"

"我刚看了材料，够上刑事的，都直接取保，这样对得起板子了，但前提是板子必须把星牌台球厅这事儿说清楚，不说清楚，参赌的不给予宽大，全部刑拘，让板子自己擦屁股。"

冯长海一想也只能如此，和板子一说，电话那头儿板子差点儿跪了，到现在叫天天不应，哭地地不灵，不去投案，上了网将来也是麻烦。

"行，豁出去了，奶奶的再去吃几年窝头。"板子虽然这么说，吃这么大的亏他绝不能认了。板子对手下人说："晚上盯着'疤瘌'和'小峰'，老子既然进去了，再弄个伤害，多蹲几年和少蹲两年是一回事儿。"

我们清晰记得，时间是 7 月 19 日清晨五点，板子的尸体在潜龙江朝阳段被渔民发现。经过尸检，板子系溺水死亡，身上多处刀伤。

舒城与朝阳两地抽调民警成立了"7·19"专案组，可是经过两个月的调查，案件也没有什么进展。

半年后，专案组解散。我们了解到，板子和几个小子，先是在路上偷袭杨二严，结果没有得逞，反而被"小峰"带领的人追得落花流水，板子被对方砍伤后扔到潜龙江里，但这个只是小道消息，缺乏直接证据。

自 7 月 19 日板子死后，舒城的社会渣滓都臣服于杨二严，形成了庞大的黑恶势力团伙。

水泥厂的用地最终被宏兴公司竞标成功。签完协议后，杨宏兴拍着侄子杨二严的肩膀："这次干得漂亮，又收拾了对方还把业务做成，别亏待了那些小子。"

"放心吧，叔，都办得妥妥的。"

邵盈盈在杨宏兴背后冲着杨二严努努嘴，杨二严冲邵盈盈伸出右手亮出中指，做了个很下流的动作，邵盈盈脸一红扭过头去。

杨宏兴让杨二严告诉周经理准备车去趟省城，等杨宏兴上了车，他对周经理说："你别去了，你在公司吧，我还得接个人去。"

周经理乖乖地下了车，说："好的。"等车走远后，周经理骂了一句，"这他妈的是信不过我了，不就是给政法委书记行贿去吗，以为老子不知道。"一扭头，看到邵盈盈不知何时站在他身后。

周经理马上换了个表情："邵总，您这是?"

"我和二严出去钓鱼，你去不去，老周?"

老周脸上笑得更假了："邵总和二少爷并驾齐驱，我哪好意思去当灯泡。"

邵盈盈瞥了他一眼："老周，老头子总有一天会下来，将来杨家的都是二严的，你也明白，嘴里该说什么，事儿该怎么做，该听谁的，都要机灵着点儿。"

周经理谄笑着回答："邵总，不，二奶奶，我明白，我明白。"

杨二严的车开过来，邵盈盈扭着就上了车，周经理抬手喊道：

"慢点儿开，杨总邵总。"

杨二严和邵盈盈商量怎么才能把常闯拉拢到自己阵营中。

邵盈盈说："这男人要么贪钱要么图官，要么就是……这几样儿没有不稀罕的。"

杨二严说："这个姓常的真摸不透，开始我就想把他为我所用，可是这小子就是针扎不进，水泼不进。上几次老头子把他黑了下，他肯定在心里记着本账。"

"老头子老了，锐气正在消退，我觉得这也是好事儿，凡事太出头了，总会招风。"

杨二严扬了扬嘴角："现在的宏兴公司，再也不是当年了，当年一个临时工冯长海都想怎么捉弄我就怎么捉弄我，现在不同了……"

邵盈盈把雪白的大腿伸出去搭在杨二严的肚子上："二严，让老头子再给咱卖几年苦力，然后一闭眼就去见马克思，儿子生下来我可不想让他喊你二哥。"

杨二严用手拧了拧邵盈盈的脸蛋，一把将她搂在怀里。

常闯从看守所提讯寻衅滋事案嫌疑人回来，见手机上有两个未接电话，打过去是邵盈盈。

"常教导员，背着我闺蜜干什么好事去了？怎么电话不在服务区呀？"

"看守所里没信号，收不到，邵总有何指示呀？"

邵盈盈笑了笑："这不大学的学生会主席过来了，你也见过，大个儿内蒙（古）的。"

常闯想了想好像有点儿印象："是不是姓图?"

"对对，就是他，他正好路过舒城，我邀请他吃个饭，你也是我们系的女婿，你理当陪同。"

"没问题。"

"春都酒店，206。"

常闯换了一身便装，让李伟送他到了春都酒店，抬眼看到靳雯雯在前台那里站着，常闯礼貌性地点了点头。靳雯雯酸不溜秋地说："常所长，206，美女等着你呢。"

常闯笑了笑，没说什么。整个舒城都知道靳雯雯和杨二严姘靠多年了，杨二严蹲了两年监狱，靳雯雯简直就成了公交车，哪个男人有钱有势，一搭就成。

进了206房间，只有邵盈盈，没有看到那位图同学。

常闯问："怎么人还没到呢?"

"马上到，你先坐吧。"

常闯脱了外套，隔着邵盈盈三四个位子坐了下来。

邵盈盈给他倒了杯菊花茶："来，喝点儿水。"邵盈盈凑过来的时候，硕大的酥胸直抵常闯的双眼，同时进口香水的味道弥散在他的周围。

常闯接过水，低头喝茶。

邵盈盈从包里拿出张纸条，是个财务收据，递给常闯："给你。"

"什么呀?"

"你订的那套房的缴款收据呀。"

"什么? 我连首付都没交呀!"

"甭管，拿着，全款三十二万。"

常闯向后仰了仰身子说:"邵总,你这是什么意思?这钱我也没交你们宏兴公司,收据就开出来了?真搞不懂。"

"你别说了,你这钱有人给你交了,你到时候搬家住楼就行,我闺蜜和孩子回来有个温馨的小窝。"

"真好,谁这么好呀,真是急群众之所急,想群众之所想。"

邵盈盈见常闯这么说,抿着嘴咯咯地笑了。

常闯脸色一正变了个口气:"邵总,你这个收据我不能收,这个房我准备要,但我和苏晴已经把钱准备出来了,首付再办个房贷,我们两个人的工资没问题。你将这个条撕了或者还给那个替我付钱的人,我不想这样,这么大的人情我还不过来,反而给我增加压力。给你吧,谢谢。"常闯把收据递给邵盈盈。

邵盈盈脸上通红:"常闯,你给我个面子好不好?这钱是杨宏兴董事长亲自给你特批的,整个舒城就你和几位县级领导。我和你说心里话,以前杨董事长对你是有些做得过了火,但那也是形势所迫,现在他觉得你的为人不错,想和你缓和下关系,也算是弥补曾经的过错。"

"不用,以前我也没有嫉恨杨宏兴,他也无须弥补我什么,我谢谢他的好意。"

邵盈盈见常闯如此固执,一点儿话也听不进去,就急躁地说:"常闯,我这是为你好。现在你也清楚杨宏兴在舒城的影响,你一个教导员,科级干部,他能这么对你也说明心里非常重视你认可你。别人做梦都想和杨宏兴拉上关系,找个大树依靠,你可倒好,娇气上来了,你想想你这样对你的仕途、对你的生活有没有好处。"

常闯耐着性子等邵盈盈说完,猛地站了起来:"邵盈盈,我不管别人和杨宏兴怎么样，我只管好我自己。我也不想依靠谁，巴结谁，欠着谁，只想干好我自己的工作，问心无愧，做人要对得起自己的心。"

"你什么意思？你是说我问心有愧？"

常闯大声对邵盈盈说："你也听听舒城老百姓怎么评价杨宏兴，你再听听外面那些人怎么议论你，做人要有廉耻，你不要因为些红红的钞票把你的本性蒙蔽了。"

邵盈盈气急败坏张口就骂："常闯，你混蛋！"

常闯没理她，他清楚今天压根儿就没有那个图同学来，这其实就是邵盈盈摆的鸿门宴。他黑着脸把收据啪地拍在桌子上，拿着外套大步走了出去。

等常闯走出酒店后，杨二严从旁边屋里走过来，问邵盈盈："怎么样？"

邵盈盈没好气地说："没要。"

杨二严清楚邵盈盈出师不利，而且受了委屈，用手挽了邵盈盈的腰一把："好了好了，给你提辆 SUV 去。"

邵盈盈绷着脸说："我才不要，我就要卡宴。"

两人卿卿我我地并肩走出酒店，靳雯雯在吧台那里使劲儿啐了口唾沫："狗男女！"

常闯回到所里，田嫂那里已经没有饭了。他进宿舍泡了个康师傅桶面，田嫂给拿过来两个刚热好的素包子，说："快吃，马齿菜的，我给陈所再拿俩过去。"

"田嫂，听说你和田哥准备回老家呀？"

"是呢，儿子这两年跑化工材料赚了点儿钱，家里老房都翻盖了,让我俩回老家养老。"

"哦,"常闯想,田哥田嫂多善良呀,这么好的人真要走了还真有些舍不得,但嘴上却说,"行呀,村里住更好,清净。"

"就是清净,你田哥这些年在派出所你们没少照顾他,还有齐所、陈所都特别好,昨天孩子来电话让回去,我和你田哥一宿没睡觉呢。不说了,你快吃,我给陈所拿过去。"

田嫂到了陈三斤屋里,见方便面泡好了,人不知道哪去了,把包子放下,出门就听见陈三斤在值班室接着电话:"哦,您好,您好,是四川遂县公安局户政科吗?对不起呀,这么晚给你们添麻烦……对,对,就是我前几天说那个孩子的事情……对,十四岁,他就记得父母在七岁时死了,跟着奶奶,后来奶奶也去世了,他好像和他一个大伯过了两年,村子他只记得叫什么前进二组。"

田嫂过去,说:"陈所,给你放屋里了,别凉了。"

陈三斤拿着电话向田嫂点了点头,对着电话说:"好的,感谢,感谢,我听您的话,我姓陈,陈,不是程。"

十二

王金石的春都宾馆。

"小峰"晚上在施工临建彩钢房子里喝得上了劲头，歌厅陪唱的小姐金子撩拨得"小峰"火烧火燎，"小峰"脱了裤子想就地办公。金子说这里多脏呀，"小峰"把金子抱上了吉普车，开车到春都宾馆，俩人搂搂抱抱地进了大厅。

今天顶班是于燕子。于燕子从宏兴公司辞职后，齐耀臣就找王金石，把于燕子安排在宾馆当会计。本来于燕子不负责前台的事情，晚上吧台的服务生张娟的母亲犯了急性胰腺炎，让王金石找人替她值个夜班，于燕子就主动要求在吧台顶个晚班，正好遇上"小峰"开房。

于燕子就问："身份证带了吗？得登记。"

"身份证没带，老子给钱。"

"现在分局开会了，没有身份证不能入住。"

"我操你妈，怎么入住不了了？以为我们东北人没钱啊。"说完，"小峰"就从口袋掏出一百块钱扔了过去。

于燕子忍着气说："不是我们不给开，现在分局规定得相当严格。"

"别人不严，到我这里严了？""小峰"以为于燕子故意刁难，在小姐面前显得他特没有面子，他嘴里就不干不净地开了粗口，"别闭口一个派出所张口一个派出所，以前你哥在派出所里在乎你，你哥现在就是开破出租的了，你还打着分局的旗号吓唬谁啊？操你妈的，我今天就得开了，赶紧的。"

"你别骂街好不好。"

"骂你了，操你妈，惹老子不高兴我连你一起操。"

"你是人不？"

"我不是人，你是什么人？你他妈的不也是破货吗？让杨总也干了。"

"你混蛋！"于燕子实在忍无可忍，又被"小峰"说着痛处，拿起吧台的计算器就冲"小峰"扔了过去。

"小峰"扭头躲开："我给你妈的砸了！""小峰"隔着吧台就轮拳打于燕子，旁边一个保洁大姐拦着被打了胸口一拳。

小姐金子叼着烟卷在旁边起哄："揍，揍她。"

王金石正在楼上喝茶，听到大厅有吵闹的声音，急忙下楼，看到光着膀子文着身的"小峰"在吧台打于燕子。他忙过去挡在前面："峰弟，峰弟，消消气，有话好说。"

"小峰"见老板下来了，停下手喘了喘气："告诉你，王金石，宾馆想开顺当了，把这个娘儿们开了。明天我要看到她还在这儿，我带着哥儿几个天天让你这里消停不了。"

王金石一个劲儿地赔笑："峰弟，峰弟，喝多啦，你先别着急，到我屋里喝茶。"扭头看到脸上被打得青一块紫一块的于燕子，"燕子，你先回里屋。"于燕子哭着被保洁大姐扶着进了吧台内室。王金石将"小峰"让到了二楼茶室，又是敬烟又是斟茶，一个劲儿说好话："峰弟，有事儿你直接给我打个电话，还用得着花钱呀。"

"哟！你王金石这么大的人物，我们这些社会人算老几呀，我给在家的哥儿几个打电话。""小峰"拿着手机就打电话，"都来春都宾馆，多带弟兄来，王金石他妈的不给面子。"

王金石干听着没有主意，只能坐在那里抻脖瞪眼作揖赔礼。不大会儿，春都宾馆真的来了几辆汽车，下来十多个都是文龙刺凤的地痞混混儿，看样子是越聚越多，王金石脸上的汗都下来了。在这当口，就听街上警车呼啸的声音，分局两辆警车闪着警灯鸣着警笛到了宾馆门口。第一辆车下来的是冯长海和常闯，第二辆是李伟和小尹以及五六个协勤，进来就把大厅门先关上，"小峰"有点儿傻眼："王总你报警了？"

王金石也意外："峰弟，我没离开你视线呀，怎么可能是我呢？"

两人正纳闷儿，常闯和冯长海几个人推门进来了。"小峰"从沙发上起来装着笑脸说："常所海哥……"他的话还没说完，脸色铁青的常闯喊道："给我铐起来，跑这里来寻衅滋事，都想去看守所过大年，是不是？"

屋里的几个人一下子全傻眼了。有几个还想支支棱棱地不服从民警的命令，常闯从腰里拔出手枪，顿时几个不老实的小子也不敢动弹了。

常闯黑着脸说："海哥，你带着燕子姐去医院，李伟把这些人全铐上带所关笼子，车辆都先暂扣，谁说情也不行。"

在杨宏兴找任正业的干预下，刑事拘留了"小峰"，其他那些闹事儿的痞子都只是稍加治安处理。但舒城分局雷厉风行敢于开战的整个出警经过，被舒城市百姓口口相传，加上这些社会流氓们唯恐社会履历不丰,都想当然地将那晚上的警方行动描述得异常夸张火爆惊险刺激,把常闯描述成了勇猛无敌的壮士。混社会的人和正常人思维的区别就在这里,他们不以这些为耻,反而觉得倍加自豪,就像我们公安民警都希望自己在从警道路上有一次规模不小的战斗或经历不同凡响的事件,为自己的职业生涯写上最精彩的一笔。

大年初七,正常上班第一天,齐耀臣在湘满园饭店摆了八桌,将全分局的父母家人都邀请来举行了一场春节团拜会,会上郭建学的父亲——晋江市委郭副书记代表民警家属发言,郑实在的爱人是一中教师,代表警嫂发言,气氛相当热烈。因为郭副书记的到来,这一年的春节年会显得无比隆重,齐耀臣心情非常痛快,带着领导班子依次向郭副书记和任局长敬酒。

冯长海对着郁郁寡欢的郭建学说:"走呀,咱们一起敬敬老爷子去呀!"

郭建学说:"敬什么敬,以为市委领导就很了不起吗?"

郭副书记在齐耀臣的陪同下依次给分局的人们敬酒,全分局人第一次见到这么高级别的领导敬自己酒,这个书记那个大伯大叔喊了个亲热。

郭副书记大声说:"孩子们,有需要我做的,你们个人或者委托齐所任局找我都没问题,只要不违法违纪,只要对你们有益的事儿,我给你们担些责任也应该。建学呢?"

冯长海说:"建学去厕所了。"

郭副书记脸上有些发僵,齐耀臣见状就说:"长海你得干了,你们谁要不想进步谁就别干。"桌上的人跟着呼应。

　　郭副书记那晚非常亲民、朴素，宴会结束后他脸色通红，酒糟鼻子在灯光下闪闪发亮。

　　因为苏晴马上到预产期，人还在晋江，常闯和陈三斤告了个假，聚餐完毕连夜坐火车返回晋江。刚上火车，手机收到一条信息：闯哥，初十在湘满园举行婚宴，恭请您和嫂子光临。落款是王文芳。原来是在派出所做过临时工的文芳发来的信息，顿时，常闯的脑海中浮现出刘锐那英朗的面庞。他回复文芳：收到，一定参加，提前祝新婚幸福。

　　文芳自打刘锐牺牲后，对爱情失去了心思，谁给她介绍男朋友，她都拒绝了，她铁了心为刘锐守护这颗爱心到底。后来齐耀臣托了关系，将文芳安置到县中心幼儿园。一位中学音乐老师对文芳一见倾心，苦苦地追她，文芳冰封的心最终被暖化，加上家人的劝说，他们走进了婚姻殿堂。

　　常闯好久没有见到文芳了，前一段听人说她快结婚了。当时常闯心里说不出的滋味，按情理应该为文芳的选择高兴，可是心里总是有一种沉甸甸的情怀说不出来，是为刘锐委屈吗？是有些嫌文芳不忠贞吗？都不是。

　　常闯摇摇头，透过火车的车窗，夜色正深，天上银河漫漫浩瀚可见，常闯的双眼不知不觉滑下来两行热泪，夜空中他仿佛看到刘锐穿着警服注视着自己。

　　苏晴是在初十的中午做的剖腹产。正哭啼的大胖小子被医生从里面抱出来，常妈抱着孙子笑得嘴都合不上了。等苏晴平平安安地被送到病房，常闯抱着苏晴当着屋里好多人又亲又吻，弄得大家都有些难为情。

护士嘴一努："哎哎，你先出去，我们还要给她擦身体，你先回避一下。"

"我是她丈夫。"

"丈夫也要回避。"护士义正辞严。

常闯向苏晴吐了下舌头，跑到楼道给长海他们打电话："海哥，苏晴生了，儿子，七斤重，咱也是当爹的人了。海哥，你兄弟一炮就打响了，比你强不？"

冯长海和板凳、小尹几个协警在车上正准备去文芳的喜宴，他开了免提对常闯说："兄弟，你牛，回来把经验传授给兄弟们，别跟我似的弄个绝户头。对了，文芳喜宴我们给你上账得了。"

"你和文芳解释一下，你们随多少我也随多少吧，回头钱我再给你。"

"行，常教导员，你得给你儿子起个名字吧！"

常闯愣了一下："嗯，叫常锐吧！"

"常锐？"冯长海迟疑了一下，马上联想到了什么，说话语气随即沉了下去，轻轻说了声，"哦！"

常闯半个月后回来上班，齐耀臣让给宾馆滋事的"小峰"办理取保候审。

常闯问：""小峰'有前科怎么可以取保？"

齐耀臣说："局里定的，咱们就依照局领导的意图办，有什么办法？"

常闯心里气不过。小尹过来对常闯说，听说杨宏兴给局里花钱，非得给这小子取保，也得到王金石的谅解了。

常闯给王金石打了个电话："金石哥，听说你收了那几个小子的钱达成谅解了？"

王金石听出来是常闯，说："弟弟呀，听说你当爹了，我还说有空儿过去探望探望呢。调了得了，杨总给我打过电话了，咱不看僧面看佛面吧！"

"你只看面子，于燕子的面子哪里找？我们分局的面子哪里找？"

"放心吧弟弟，哥哥能亏了自己的妹子吗？燕子是你们的姐，也是我的妹子，关系一样，一样。我明天过去，得给孩子个大红包，我准备好了。"

常闯生气地说："我不收地痞流氓的钱。"然后挂了电话。

"哎，哎，怎么这么生气呀！"

气归气，但手续已经开出来了，还得去办。常闯到了看守所，在看守所大门口看到杨二严开着奥迪奔驰好几辆豪车耀武扬威地候在那里。

常闯黑着脸下了车，杨二严喊道："闯哥。"

常闯劈头就说："你们是接人呀还是示威呀？都给我滚蛋，等我出来看到车还在这儿，我可全带所里审查去。"

杨二严闹不清常闯的气头从哪里来，对那些车上的人赶忙挥手："都走都走，听闯哥的，听闯哥的。"

常闯从看守所放人回来闷闷不乐，小尹和冯长海在车上研究某个门店的女服务员哪个好看得不得了，哪个丑得不能忍受。

看到公路两侧果园里梨花点点绽放，让土灰色的空气中充满了盎然生机，常闯说："小尹你下去折一枝去。"

"闯哥，你太不爱护花草树木了。"

冯长海骂了一句："滚蛋，我们折根树枝儿，有嘛了？"

小尹跑进果树地里折了个梨树枝回来。常闯说小心点儿花瓣。冯长海清楚常闯有心事儿，常闯说去趟陵园，看看刘锐去。

警车开进了舒城公墓，三个人来到刘锐的墓地，把花枝摆放到墓碑前。冯长海点了根烟又放到地上，注视着刘锐的照片。常闯再也控制不住自己，眼泪吧嗒吧嗒地掉了下来，边擦眼泪边说："兄弟，我们来看你来了，你在那边可好呀？"冯长海和小尹也跟着唏嘘不已。常闯想起在那个雪天刘锐和自己在小饭店里的情景，一幕幕涌上脑海……

冯长海拉了拉常闯，把常闯的思绪从远处带了回来："走吧！走吧！所里快开饭了。"

常闯擦了下眼泪，整理下警服准备走，刚一抬头就看到在自己二十米外，有个熟悉的人影在给一座坟烧着纸钱。

常闯对冯长海说："海哥，那不是陶校长吗？"

冯长海说："嗯呢。"

小尹年龄虽小，倒是个包打听："陶校长的爱人去年白血病去世了，儿子刚上初二。唉，好人没好命。"

常闯忽然想起个事儿来："海哥，你说把燕子姐介绍给陶校长怎么样？"

冯长海点了点头说："忒好呗！"

三个人越想越合适。

小尹说："咱们别参谋半天人家陶校长再有意中人了，或者燕子姐不同意，这个也没准儿。"

常闯说："我去找陈所，海哥你联系于哥，让他跟燕子姐念叨念叨，大媒我是当定了。"常闯有些兴奋。

　　快事快办。下午陈三斤问了问在一中学校当主任的同学，这陶校长现在仍然孑然一身。那头儿于学兵过来回话说燕子也没问题，他当哥的做主了。陈三斤说："你做不了主，让燕子做自己的主。"于学兵说妹子同意。常闯说："陈所你就快刀斩乱麻吧！"

　　分局说媒也如接出警似的神速。过了几天，陶校长和于燕子在公园见了面，都感觉对方不错。又接触了半年，两人一合计，到民政局领了证。

　　喜事从简且隆重，分局自然是于燕子的娘家，娘家人不能差了事儿。于学兵的父母去年一年时间分别过世，齐耀臣和爱人就做了一回新娘一方的家长，陈三斤、郑实在、郭建学、常闯当送客，冯长海他们当忙活人。

　　比新郎新娘还高兴的是于学兵，这大舅子酒宴上喝了一杯又一杯，后来抱着常闯就哭："好兄弟，我是没脸见你，没想到你又给你燕姐办了这么大的事儿，我于学兵怎么报答你呢？"

　　常闯抱着于学兵说："哥，咱们是兄弟呀。"

　　冯长海喊了一声："为兄弟干一杯！"

　　"干杯！"

　　那天弟兄们都喝高了，包括郑实在，大家头一次见到和谁也不和谐的郑实在在那天的场面上那么仗义，一杯杯地和弟兄们碰杯，像一个真实的人。那一晚，我们可劲儿折腾到很晚直到把新郎新娘送到洞房。总之，那天我们都感觉到我们是相亲相爱的一家人。

　　一个单位有这么强的亲和力、凝聚力，谁都清楚离不开齐耀臣。没有他，我们派出所（现在是分局啦，但大家还是习惯称派出所）不会像一个团圆和美的大家庭；没有他，我们这些良莠不齐的人根本拧不到一块儿。齐所长和齐婶就如同我们的父母那样，给了我们每个人最温暖的关怀，给了我们每个人人生中最有价值的一段人生经历。

进入夏季以来，舒城公安局依照上级部署重点打击黑恶势力团伙犯罪，对盘踞在舒城的几个黑恶势力团伙进行摸排布控，坚决做到除恶务尽。"小峰"团伙又重新被提上日程。

常闯拖着疲惫的身子下午坐车回到晋江家中，苏晴抱着小锐过来问他："舒城的楼盘多会儿交工?"

"当时签合同的时候说是十月初交钥匙，应该没问题吧。"

"我弟弟处女朋友了，咱总住在这个房子不是个事儿，我调动的事情有问题吗?"

"没问题，齐所找了教育局，人家都从县里往市里调，你反倒是从市里向县里调，县里巴不得呢。"

"还不是因为迁就你。"

"好好，谢谢老婆大人。"常闯心里确实觉得亏欠苏晴。常闯的手机响了，常闯接过来一看号码，立马递给苏晴："你快接吧，你那个闺蜜同学的，有事儿没事儿总给我打电话勾引我，还好我守身如玉。"常闯不想告诉苏晴邵盈盈约他吃饭的事情。

苏晴拿过电话说："盈盈女士找常教导干吗呀?"

那边先是一愣，然后说："勾引你老头子呗，你家常领导现在谱可太大了，我们杨总请了好几回到公司吃饭，别人都到就他不到。"

"不去不正好吗，还给你们公司省了呢。"

"我们不用省，这不杨总说晚上再次邀请常领导莅临，这电话还打晚了，人到晋江了，那就以后吧，以后吧！"

等那头儿挂了电话，苏晴冲着常闯做了个鬼脸："越来越骚了。"

"你这个舍友可不得了，成了杨宏兴的影子了，到处出镜头，舒城到处都是她的绯闻段子。"

"她爱怎么样怎么样，你可别跟她有了绯闻。"

"好，你老头子一科级教导员，人家接触的可都是上层，别说我没心，就是有心也轮不上我呀！"

"哎哟喂，你委屈了呗，哪天我快告诉她满足你一次。"

"一次不行。"

"我看你越说越上劲儿……"

两人互相贫了会儿，常闯的电话又响了，是李伟打来的电话："闯哥，'疤瘌'出现了。"

"好，你先把人盯好了，我现在返回舒城，等我到位一起行动。"

苏晴端出菜，一看常闯又要准备走，说："哎哎，把饭打撒了。"

常闯拿起筷子紧夹了几口，不到一分钟将一碗米饭扒拉进了肚子，出门前亲了小锐锐和妻子。

苏晴说："小心点儿。"

常闯应了一声，关上了门。坐在返程的火车上，常闯闭着眼睛在脑海里谋划着怎么抓捕。手机信息提示声响，是苏晴发来的信息：公粮没交，下次补齐。常闯会心地笑了起来。对面是一对情侣，他俩正在郎情妾意地你侬我侬，听到常闯无故发笑，以为这个人脑子有问题，两人的身子不禁正了正，常闯抿住嘴将目光投向车窗外黑茫茫的天地。

"疤瘌"是在乡下老家持械把人致成轻伤后跑到舒城的,先是在"小峰"手底下当跟班,后来见"小峰"也给不了几个钱,他就想单干。想单干就得先提高自己的名气,舒城谁有名气?自然是"小峰"。"小峰"有宏兴公司做后台,"疤瘌"就越过"小峰"去找杨二严。杨二严说你有什么实力和"小峰"比高低,"疤瘌"说我现在吹牛有什么用,你让我干点儿活儿不就得了。杨二严说行,牛家村有个牛大社,这小子叽叽歪歪的,让人挺头疼,开发都受他的影响,你给我敲折他的腿去。"疤瘌"说没问题,然后"疤瘌"就找了司建,因为他听说司建有家伙。司建正没钱花,两个人一拍即合。杨二严又给他配了两个人,互相情况都不熟悉,干完各走各的,四个人去牛家村把事儿做了。

本以为天衣无缝,没想到司建露了行踪被抓了。"疤瘌"提心吊胆,在宏兴公司地下室待了两个月,直到听说司建仅仅是治安拘留,他才放心。后来这个案子悄然无息就没事儿了,牛大社也得到了宏兴公司的补偿,"疤瘌"又重出社会。

也恰好"小峰"一伙因为寻衅滋事进去了,杨二严只好将一些事情交给"疤瘌"处理。"疤瘌"做事更加有恃无恐,先是将和宏兴公司竞标的市二建公司的王经理从家里直接掏窝绑了出来,后又将带着村民闹的马庄书记的儿子在学校门前用车撞成轻伤。这两起案子影响极坏。

宏兴公司投标也好,征地也好,许多同行敢怒不敢言,市里许多重要工程都被杨宏兴中标。"疤瘌"在舒城也是风光一时,天天带着十几个小弟,豪车美女的,这就引起了"小峰"的妒忌。

"小峰"被取保候审后，重新回到宏兴公司，发现"疤瘌"占了他的位子，他以为出来后杨二严怎么也得给他个安慰奖，结果没有谁理他这个茬儿。"胜者王侯败者寇"，"小峰"想：不把"疤瘌"除了，自己就真的会被舒城的江湖遗忘。他就带了几个小弟去找"疤瘌"，结果"疤瘌"再也不是当年的"疤瘌"了。两边人马火拼了一场，"小峰"一败涂地，杨二严自然是坐山观虎斗。

"小峰"指望杨二严在关键的时候能够调停处理，可杨二严竟然对他无动于衷。他躺在医院，头上缠着绷带想：奶奶的，你杨二严不仁也别怪我"小峰"不仗义。他就给冯长海打了个电话，说要举报。

"'小峰'你现在牛人，怎么找到我了？"

"海哥，舒城大事儿小情况能瞒得过你吗？你兄弟我可惨了。"

"你现在明白就对了，你们这样的外地人，就是杨家的狗腿子，用着了让你们去咬人，用不着了你算个蛋呀，'疤瘌'最后也是你这么个下场。"

"哥，这口气我咽不下来，这不卸磨杀驴吗？"

"你们之间的事儿我管不了，我也管不着，你现在要想出气，就得有嘛说嘛，而且别留后患。板子的事儿你最清楚，就是太善了，让杨二严给玩了，你要没有三把神沙，趁早别折腾。你有什么证据举报杨二严和'疤瘌'？"

"海哥，我明白。杨二严好多事儿都是让我干的，板子被他们逼得跳江喂了王八，是'疤瘌'带人干的，要人命的事儿我没干过，所以杨二严才有些信不过我。"

"板子死的证据你有就可以把他们都弄了，命案国务院总理都保不了。"

"有，当初'疤瘌'他们几个人把板子从江堤上砍下潜龙江时，有个爱好摄影的老头儿正巧在江边拍照，后来杨二严让我带几个人把老头儿的相机给砸了。我去了，把相机确实给砸了，但胶卷我留下来了。"

冯长海喜出望外："真的？我带人现在找你拿去。"

"小峰"提了个条件："希望公安能够保护我，因为杨二严杀人不眨眼，这小子总是玩阴的，别再来医院给我下点儿药或者弄个杀手把我做了。"

"放心，我们给你申请保护，你就在医院住着，公安保护你的人身安全。"

冯长海向常闯、齐耀臣做了汇报，常闯说："我建议咱们和市局直接联系请求异地警方介入，异地办案更有效率。"齐耀臣也考虑这样最好。

常闯向沈宏伟做了汇报，沈宏伟指定让朝阳分局办理这个案件，对外就称"小峰"在朝阳分局有涉嫌的案件，这样才能确保举报人的安全，而且任正业还不能干预办案。

果然，朝阳分局介入后，"小峰"将"牛大腿"被伤害、聚众斗殴、非法拘禁等事儿，全部交代了。这个案子终于有了确凿的证据，分局立即对司建重新上网通缉，还对"疤瘌"进行秘密抓捕。

抓捕"疤瘌"的过程后来成为我们津津乐道的抓捕段子之一，乃至后来被传得相当狗血，真实经过的确让人啼笑皆非。

当时，"疤瘌"和他的一个小弟去足疗馆消遣，小跟班清楚

"疤瘌"会找他的妌头昏天黑地，自己便在三楼找了个单间睡了。抓捕组是分批上的楼，为了防止前台服务生和里面通话，先期控制了吧台的服务生。

上了二楼后，陈所的意思是直接踹门摁倒上铐，可等我们到了门口的时候，里面的肉搏战进行正酣……陈三斤一挥手，早被做爱声音刺激得心跳不已的协勤小尹，将二百斤体重所聚集的全身力量用于右脚，"吮"一声就把门踹飞了。"疤瘌"听到门被撞破的声音，抽身而退。他的气力全部用尽，仰面倒了下去，没有一丝反抗的余力，脸色苍白，束手就擒。

"疤瘌"平时随身带着两把刀，一把短匕、一柄军刺，我们所有人以防万一都穿了防刺服。我们总盼望能和"疤瘌"团伙真正地短兵相接一次，看看到底谁的战队更强悍些，可我们更担心出现流血牺牲，这个也是每次抓捕时齐耀臣所担心的。"疤瘌"被拿下后，其他团伙成员一一悉数落网。

审讯过程也相当顺利。所有"疤瘌"团伙涉及案子的证据早已经取得，冯长海晓得"疤瘌"骨头硬，就从刑警三队的仓库借来了测谎仪，实在不行就用高科技手段。好在"疤瘌"明白大势已去，坦白从宽才是正确出路，几个回合"疤瘌"就全盘撂了。

"疤瘌"交代了所有案子，包括绑架、伤害、滋事，等等，但他把事情都算到自己头上，所有的口供最后指向都到他这里就到了尽头，傻子都清楚"疤瘌"只是个干活儿的，后面真正的操控者自然是宏兴集团杨氏叔侄。

常闯到看守所对"疤瘌"宣布逮捕决定书，"疤瘌"满脸无所谓。他划拉上名字后说："常教导员，快捕快诉，到了法院判个缓，疤爷就得出来。"

常闯四下瞅了瞅监控探头，隔着铁栏对"疤瘌"说："李福营（疤瘌），你认为你能判缓，老孙头儿怎么死的？吃饭喝水的时候注意点儿。"

"疤瘌"脸上一惊："你，你什么意思？"

"别和我说，你现在想和我说我都不听，要交代，想好了和政府说，现在老子得回家抱孩子去喽。"

"疤瘌"脸上的冷汗流了下来。

大约三天后，经过请示批准对李福营（疤瘌）异地羁押，当天下午李福营就将宏兴公司杨二严如何指使他绑架伤害他人的违法事实全部交代得一清二楚。舒城警方对杨二严网上追逃，同时将杨宏兴刑事拘留。

杨宏兴被刑事拘留触动了省主要领导的利益，省政法委岳书记亲自给晋江市局主要领导打电话，对晋江、舒城两级公安的做法非常不满。因为省委政法委主要负责人亲自干预，迫于压力，城关分局对杨宏兴变更强制措施，由刑事拘留变成监视居住。

出来的那天，齐耀臣、陈三斤、郑实在、常闯到晋江看守所接杨宏兴。杨宏兴在看守所的大门外，对着所有人喊道："我杨宏兴是做过许多坏事，见不得阳光的事情，可那是以前。你们弄我的时候想过没有，我杨宏兴是舒城最大的纳税户，我养着多少公务员多少行政干部领导？我年年给养老院、荣誉军属捐款捐物，我年年为失学儿童捐款，为贫困村修路修房，我这个政协常委都是送出来的吗？你们想想，我儿子没了，我还这么干，图什么？图亲戚朋友有口饭吃，能跟着我有口饭吃，图公安、工商、税务有帮朋友，可到头儿来，宏兴集团垮了，得毁多少家庭，多少孩子上不了学过不好年……"杨宏兴说着说着老泪横流，悲愤难当，他就像一名被冤枉的、被错抓的为党和国家事业奋斗终生的老干部、老革命者。无论谁在现场都会觉得创业者杨宏兴是多么高尚无辜，多么值得同情。

可只有我们身着警服的人民警察清楚，他的每一分钱都是损害了国家集体利益得来的，他的每个项目工程的背后都有黑暗的交易，他花钱行贿腐化那些领导干部都是为了满足他的一己私欲，他赚的每一分钱都充满血腥和枉法。他是做了些慈善和公益活动，但那只是为让他的邪恶隐蔽得更深些而已，不足以弥补他犯下的种种罪恶。

齐耀臣临下班前让陈三斤到他屋，两人合计合计。

陈三斤说："这个杨宏兴会不会狗急跳墙，做些对咱们不利的事情呢？"

齐耀臣说："咱们今天对他这样，他应该不会，我让你大嫂过去探探他的情况。"

陈三斤说："咱们得提防着点儿，你这个位置好多人都虎视眈眈，任正业总是找碴儿，大会小会批评咱，就等着找你的破绽。"

"嗯，我清楚。"

齐耀臣让冯长海开车送他回家，进门后，看到桌上的饭菜都摆放好了。老伴儿为他盛了碗面条，对他说："我看人家杨宏兴说的话可对了，你们干吗非得打击他呀？开发商多着呢，看人家企业发展兴旺，这不就是打土豪分田地吗？"

"打他这个土豪劣绅不假，谁让他做了那些坑害百姓国家的事儿，舒城市哪个案子和他们宏兴公司没有牵连？现在打了他正好，他还可以判几年，过几年再打，他就得被政府枪毙。"

老伴儿说："我表妹可不容易，就一个儿子还让你们打死了。"

"是他自己咎由自取。"

"好好，咎由自取，表妹其实在杨宏兴家也没地位，公司不让她插手，她现在也就是个超级老妈子，上次我去她家，她告诉我，杨宏兴两年都没和她一屋睡了，那个姓邵的骚狐狸，反倒成了杨家的女主子。"

"杨宏兴的情绪怎么样？"

"吃完饭和我客气了几句，说告诉齐局长一定配合你们的工作，随传随到。我看这小子不会这么老实待着，咱可防着点儿。"

"他还敢杀人不成？"

"他不敢杀人还不敢做坏事吗？"

齐耀臣在阳台上溜达了几圈，在茶几上拿起报纸看当天的新闻，省报头版头条位置上一行醒目的黑体字映入眼帘：认真贯彻落实党的十六大精神，与时俱进，坚持不懈地开展反腐败斗争。

十三

　　杨宏兴被监视居住后，我们整个分局的人都明白他一定不会善罢甘休。齐耀臣虽然表面上平静，其实心里焦躁无比，他一天早晚开两次调度会，督促分局人员对杨二严黑恶势力团伙成员要穷尽一切手段缉拿，尤其是在逃的首要分子杨二严。

　　在杨宏兴从看守所出来后的第十天，舒城市第二大住宅小区开盘售楼，这次舒城警方没有出动警力现场保卫，宏兴公司也没有邀请市领导莅临，但场面依旧隆重。

　　当杨宏兴意气风发地出现在主席台上时，宏兴集团所有在场员工，以及相关单位代表都发出热烈的掌声和欢呼声。这种欢腾代表着宏兴这个牌子未倒，标志着所有和宏兴集团相关的一切都平安大吉。杨宏兴依旧保持着往日不可一世的样子，他背手仰头，在人们的簇拥下，颇有种我胡汉三又回来了的意思。

　　白天的喧嚣过去，夜幕降临，邵盈盈洗完澡上了床，依偎在杨宏兴的身边说："没想到今天开盘预售这么理想，舒城老百姓可真有钱。哦，对了，任正业今天给我打电话了。"

　　"怎么说？"

　　"他说他亲戚的那四十万房款现在凑齐了，问汇给公司哪个账户。这钱我能说要吗？他表示不要就以咱们宏兴公司的名义捐给红十字会。"

"哼哼,这家伙果然是个老狐狸,想脱身落个清净,没那么容易。告诉他,我会尽快安排二严自首,所有事儿让杨二严承担下来。"

"你真想让二严进去几年呀?"

"有什么办法,最多在里面待几年,出来我亏不了他。"

邵盈盈若有所思,杨宏兴渐渐升起兴致,就想翻身压住邵盈盈。邵盈盈忙说:"不行,不行,我有了,没告诉你吗?两个月了。"

杨宏兴显得很扫兴,嘴一撇,扭头睡了。

就在宏兴集团涉黑团伙案件侦破工作紧张有序地进行之际,陈三斤突然接到调令,调任森林派出所担任所长,在这个关键阶段显然是不合时宜的。政治处刘主任先是在电话里将调动情况传达给陈三斤,同时让他上午到局里开会。局里的这种安排让齐耀臣颇感意外,更让人费解的是,郑实在的调令也随之到了,调任交警大队任副大队长。齐耀臣打电话问任正业怎么事先也不沟通一下。任正业说昨晚开的班子会。

齐耀臣见事已至此,就问:"走了两人,谁过来?"

"暂时没人。"任正业回答。

"任局,我们分局本来警力就不足,现在两个顶事儿的人再给调出去,这不是把我们分局拆散了吗?"

"暂时先克服克服。"任正业说完直接挂了电话。

郑实在过来敲齐耀臣的门,齐耀臣以为他对调动情况不满意。

郑实在进来说:"调哪里不是干呀,就是问问,这一年的创收钱是不是分了?"

齐耀臣正闹心,见郑实在问得挺正式,就说:"实在,你先把工作安排好,放心,这个钱是谁创收来的,肯定归谁。"

话说到这里,郑实在应该就不能说什么了,可是这次不行。郑实在说:"齐所,我明天就得过去报到,我觉得得把账算算,下午分了。"

"着什么急,都在咱小金库放着呢,丢不了。"

"齐所,什么丢不了,咱搞这个案子,花费不都是从大家的创收里出的?再这样下去,哩哩啦啦全都搭进去了。我不管别人,我就拿属于我自己的那份。"

齐耀臣有些生气:"你自己怎么算呢?"

"该怎么算就怎么算。"

齐耀臣一想,别和这种眼界小的人理论,说:"你先和常闯交接下案子,下个礼拜你和陈所过来,咱们一起算。"郑实在欲言又止,齐耀臣问,"怎么,还有什么事儿吗?"

"今天听市纪委的我高中同学说,有人举报咱们私设小金库,罚款不开票,账目混乱,市纪委可能就这两天查咱们,咱可得要小心。"

齐耀臣听完没往心里去,挥手说:"你赶紧把手里的案子交派下去,我还得去找任局要人。"

齐耀臣刚推门出去,就见门外走进来三个人,前面的是他认识的舒城纪委彭副书记。齐耀臣心里一惊,心说真是来查了,嘴上说:"彭书记,这是从哪里来呀?上次让任局邀请你没到,今天可得给我们机会。"

彭副书记满脸大公无私,对齐耀臣说:"齐局长,有人实名举报你们分局私设小金库，罚款不开票，账目混乱。今天我们要对你们分局进行检查，哪位同志负责账目？把你们账抱过来我们审核一下！"

齐耀臣应付着说："没问题没问题，欢迎检查，来来，先进屋。实在，把账抱过来让彭书记审查。"

郑实在这小子真是看不出事儿来，张口就说："账本不是陈所管着吗？"

齐耀臣笑得有些勉强："彭书记，这个账本在陈所那里，他这不马上调任森林派出所当所长了，现在没在，处理手里的案子去了，这个账他要不在我们拿不出来。"

彭副书记坐在齐耀臣的床上端起水杯抿了一口水没说话，旁边一名看似文质彬彬的干部说了一句："让他马上回来，不见账，我们不走！"

齐耀臣愣住了，彭副书记忙说："齐局长，忘了介绍，这是晋江市纪委的王科长。"

分局的账终究是查了。当陈三斤从保险柜里抱出厚厚的账本时，我们所有人都把心提到了嗓子眼儿。到了下班点，没有一个人回家，只有郑实在拿着他那副灰手套站在院子里抽打他的摩托车皮座椅，看他那样子是希望查出点儿事儿来似的。田嫂实在受不了他这个德行，端着一盆水出了屋，一盆脏脏的洗菜水泼了过去，差点儿溅郑实在一裤子，他跳起老高，眼眉挑了挑，嘴动了动。田嫂先开了口："他奶奶的，下水道又不通了。"

日渐西落，天色已经发暗。彭副书记一捅齐耀臣的后背，先出了屋，齐耀臣跟着出来了。彭副书记进了常闯和郭建学的宿舍，小声对齐耀臣说："老齐，我明着告诉你吧，市里已经有充足的证据证明你们私设小金库，私分罚款。陈所拿的这套假账也别糊弄了，不把那套真账拿出来，我们也没法儿向上级交代。"

齐耀臣让常闯和郭建学到值班室去，他额头上已经沁出了汗珠。彭副书记给他递了根红梅，齐耀臣没接，沉思了一下说："这样吧，别查了，我担这个责任。"彭副书记等齐耀臣吸完烟抬脚推门走了出去。

齐耀臣将所有的事情都承担下来了。两级纪委经过研究决定撤掉齐耀臣领导职务，行政记大过处分，保留公职，提前退休。

我们都清楚齐耀臣绝不会贪污一分钱，那些钱有一部分是用于派出所的应酬和花销，还有就是每年给所里退下来的老同志买过节物品和发放慰问款，还给刘锐父母五万块钱，为于学兵一次性补助两万块钱。这些齐所长都有一本账，可这本账在齐耀臣的心里装着，绝不会外露。

纪委根据宏兴公司的检举材料对常闯也进行了调查。常闯如实承认，结婚的时候杨宏兴给过钱……这些常闯都以匿名的方式捐献给了燃灯者慈善读书会，日期和款项常闯在日记本里记得清清楚楚，纪委经过核查燃灯者慈善读书会的账目发现确实如此。陶校长听说后，对纪委的人说："你们要不彻查，我们想说声感谢都找不到人呢。小常是位好警官，这样的好警官纪委一定要保护呀！"

齐耀臣离开的那天召开了在任期间的最后一次大会。当齐耀臣穿着笔挺的警服在台上和我们敬礼告别的时候，他的泪水溢满了他沧桑的脸，他舍不得离开这个倾注他心血的地方，他离不开公安这个实实在在为老百姓干实事的基层岗位。而我们像孩子一样轮流和他拥抱,抱着他哭呀哭呀,因为我们明白,那位疼我们骂我们关心我们的父亲再也不能领着我们统一行动,率领我们打击罪犯、清查旅馆企业、为烈士扫墓、为孤寡老人看病送药。

"全体都有,敬礼!报告齐耀臣局长,城关分局全体人员列队完毕,请您指示!立正!"常闯在队伍最前列,带着我们向齐耀臣敬礼。

齐耀臣眼里噙着泪水,挥手敬礼:"同志们,战友们,我今天暂时离开了城关分局这块阵地,虽然很遗憾,但是我不会被这点儿困难压倒,不会为生命中这一点儿失败而感到挫败。无论多么艰难、危险,记住我们身上这身藏蓝警服,记住我们帽子上这闪闪的金盾国徽。我相信黑夜终会过去,舒城的明天会因为我们的流泪流血,甚至牺牲,而更加光明,更加繁荣。"

齐耀臣离开分局后,局里委派陆方先暂时负责分局的全面工作,从治安大队内保股将几位快退休的老同志调到分局,陆方请求任正业调几个年富力强的人,但任正业没有答应。

几位老同志年轻时都是从基层一点点干出来的,在分局赋闲了一段,见陆方总是不给安排什么活儿,就有些闹情绪。四个老头儿一合计,这是拿咱们不当回事儿呀,以为咱到这里来是吃闲饭的,不露两手还真让后辈小觑。果然是老将出马一个顶俩,四个人在农贸批发市场没黑天没白天地轮流蹲守一个星期,将一流窜作案的省外盗窃自行车团伙给拿下了,连带破了一系列案件,省里给分局专门发来贺电。这四位老同志再见到陆方就嗓门儿大了,其中老所长周俊起还是省书法协会的会员,挥毫泼墨写了八个大字"老骥伏枥 志在千里",装裱好了挂在会议室显眼的位置。

自从齐耀臣、陈三斤、郑实在离开后，分局再也见不到以前那样的感觉了，那是种什么感觉？融洽？和谐？团结？……总之是无法用语言形容的。当时陆方、常闯、方娟姐以及冯长海、板凳、小尹、李伟这些人语言少了许多，以一种沉默的方式，努力工作着。我们每个人都在和自己较劲儿，都在暗自下定决心早日将宏兴集团犯罪团伙一网打尽。

于学兵离开派出所后，齐耀臣通过私人关系，将他的关系放到了建设局。于学兵干了一段时间，始终找不到感觉，有些不适应，后来就买断了工龄，自己买了辆出租车跑出租。于燕子说一中招了十几名保安人员，学校不知道如何管理，想聘用个退伍军人担任保安负责人，负责平时训练和校园秩序，陶英章觉得于学兵最适合。于燕子和哥哥一说，于学兵倒是答应了，但他提出再过一段时间去上班，因为常闯这里缺人手，他想将宏兴集团案子中的几个重要人物抓了再过去。

于学兵只要有时间就把出租车停在宏兴公司的大门口附近，找个人们不注意的角落观察出入公司的人员。这天傍晚，他看到宏兴公司走出来个穿西装的小子，在门口四处踅摸。于学兵戴好墨镜，将车慢慢地开了过去。果然，这小子看到出租车，扬了扬手，示意出租车过来。

于学兵问："哪儿去？"

"津南机场。"

于学兵拉着这小子就奔了机场。

到了机场后，于学兵想下车跟着去接客人，但这小子心眼够贼,对于学兵说:"你走你的,给你五百块钱。"

于学兵拿过钱点头说"好好",随后上了车,在机场兜了一圈后把车停好,自己换了身衣服,又戴了顶长舌帽,返回去寻找那个接人的小子。

迎面正看到这家伙领着个奇装异服的人走出接站口,于学兵一扭身进了旁边的卫生间。等这两人与他擦肩而过后,他便尾随其后,到了停车场。这小子又打了辆机场的士,奔了舒城高速。

于学兵上了车给常闯发信息:常闯,宏兴公司来了位东南亚客人,我感觉这个人不是一般客商,不行让出入境的先查查。

常闯打电话问道:"长什么样子?"

于学兵说:"皮肤黝黑,厚嘴唇,雷公脸……我偷着拍了对方的背影照片,回去洗出来你看看。"

于学兵放下电话一扭头,看到路旁的新华书店门口,郭建学背着灰色旅行包端着本书边读边从里面走出来。

郭建学是位谜一样的人物,你分析不出他的性格特点。你说外向吧,他天天抱着本外国小说读个没完没了;你说他内向吧,遇到些疑难的案子他即使累得腿疼腰断也想刨根问底弄个清楚。他最不愿意的差事儿就是酒场,只要有请客的他几乎不去,即使有个别饭局他能参加,在酒桌上他也不会和别人交流什么,兀自拿着卤鸡爪嚼个没完,占住自己寡言少语的嘴。别人一听说是市委领导的公子,都要另眼相看,或端杯酒表示下尊敬,他只是点点头,喝杯果汁饮料,"嗯嗯"两声,不顾及对方的脸色如何。冯长海曾经说过郭建学:"你有些不通人情,弄不清你脾气的说你脾气大,弄清你脾气的也没法儿和你理论。"郭建学说:"他们敬的不是我，而是我老爷子，我要不姓郭，我还不如小四川呢。"郭建学和我们说过多少次，他要当个学者型的作家，写伟大而传奇的文学作品，让我等臣服。我们预备臣服了两年也没见他动过笔，小尹曾苦苦哀求他："郭作家，你的大作何时问世?"郭建学脸色带着万分的不屑，说："算了，即便我写了，是你辈可以欣赏的吗?"

齐耀臣能够从轻处理，多亏郭建学给他做市委副书记的爹打了个电话。郭建学和他父亲的关系始终不融洽，就是上次郭副书记来聚餐，郭建学都没有和父亲说过一句话。郑实在背后告诉我们，郭建学的父亲和母亲离婚十年了，现在的书记夫人是个比郭建学才大八岁的市某医院的副院长，所以，郭建学在骨子里是记恨他父亲的。这次为了齐耀臣他能破天荒地给郭副书记主动打电话，把郭副书记高兴得不得了。郭副书记担着风险和责任，协调两级市委对齐耀臣从轻处理，并且提出要与其他腐败干部作出区别对待的主导意见。

郭建学从一开始就不想进公安队伍，他说他是心怀诗和远方的人。在齐耀臣、陈三斤离开分局后，他去意已决，把辞职信递到了政治处，和陆方说："我辞职了。"

陆方有些意外地说："老爷子给你又找了好单位?"

郭建学听到"老爷子"三个字心中就烦躁，说："我说过，我的人生不指望他。"

"你可三思，别拿着人生开玩笑。"

这时常闯也进来汇报工作，听说郭建学准备辞职，也劝他不要太草率。

郭建学说："闯哥、陆哥，我不适合做警察，真的，我就是想

225

写点儿东西，写写现实社会，写写我们警察的苦和累。齐所长这个遭遇让我对警队失去了信心，这不是我想要的生活，虽然我相信未来警队的形态不会像现在这么差劲儿，但我等不及了，我要为我自己而活。"

常闯拍了拍郭建学的肩膀："好兄弟，晚上我安排大家一起吃个饭，给你饯行。"

三个人正唏嘘不已，小尹急促地喊道："陆所，闯哥。"门咣当被撞开了。

陆方问："怎么了，这么着急?"

小尹的脸都白了："快点儿，于哥出事了。"

"什么?"常闯现在听不了这个出事儿那个出事儿的话。

"于哥，现在在医院抢救呢。"

"全体集合。"常闯喊了一声就跑了出去，郭建学和陆方随后也跳上了警车。

于学兵是在鸣凤山高速出口不远处的乡路排水渠被浇地的群众发现的。他双腿被钝器击打造成粉碎性骨折，胸腔肋骨骨折，头部挫裂造成脑细胞损伤。这应该是犯罪分子作案后以为人已经死亡，便将人从公路上拖到排水渠内。市局刑警大队技术法医已经开始勘查现场了。常闯让冯长海通知于燕子，冯长海说已经通知了，然后冯长海又给齐耀臣打了个电话，齐耀臣和老伴儿让儿子开车到了医院。常闯和陆方过来和齐耀臣简单说了说情况，说任局那里马上召开碰头会。齐耀臣说："我要求参加。"常闯和陆方觉得齐耀臣参加对案件侦破有利。

案件先向晋江市局的同志进行了通报，晋江市局安排刑警支队负责人和技术民警参加案件碰头会，法医小田根据先期于学兵的伤口检查以及现场勘查情况进行了简单汇报。

于学兵的致伤时间应该在凌晨五时左右，第一现场应该是在排水渠三十米之外的公路上。根据于学兵双手的刀伤来看，犯罪分子使用的是短型刀具。另外身体胸部等其他受害部位，应该是对方将于学兵的双腿用钝器击伤后，于学兵在公路上爬行的时候，被犯罪分子驾车直接碾轧到腿部、腹部造成的二次伤害。

负责外围走访调查的侦查员又逐一汇报了在周围走访调查的情况，因为案发在深夜，没有发现目击证人和其他有价值的线索。

听完汇报后，任正业说："会不会是流动作案，抢劫伤人呢？"

任正业的话刚一说完，列席会议的齐耀臣"啪"的一声拍桌而起："什么抢劫杀人！这就是有预谋的杀人，抢劫杀人有必要两次要司机的命吗？有谁会为了一辆六成新的普桑杀人？"

任正业脸上一阵红一阵白的："老齐，我们这不是在探讨研究吗？不是还没定性吗？"陆方拉了拉齐耀臣的衣角，示意他先不要着急，坐下听听再说。

齐耀臣扬了扬手："好的，我有些激动。"

专案组这头儿开着会，城关分局也没有闲着，陆方和常闯安排了人员分头寻找线索。

冯长海说："于哥昨晚九点多给我打了个电话，好像说杨二严的落脚点他有点儿眉目了。我当时正在饭店吃饭，乱哄哄的，也没听清，后来于哥说等我吃完饭让我和闯找他去，结果就出了这么大的事儿。"

大家就七嘴八舌地埋怨冯长海。冯长海闷着头，这时陈三斤给他打电话来，说让冯长海开车拉着陈嫂去医院。冯长海拿着钥匙赶紧出去了。

于哥的事情让我们本来压抑的心更添上一层烦愁。十几天后，于学兵的桑塔纳在邻县的一个池塘里被打鱼人发现了。泡了这些天后，想在里面找点儿什么有价值的东西都不可能了。案件一时陷入了僵局。

常闯在医院楼道的长椅上守着于学兵，他做梦梦见于学兵从病床上起来，对他说："闯，闯，别睡了，别睡了，快抓人去，抓人去。"常闯一激灵醒了，他推开重症室的门，看到于学兵全身插满了管子。常闯小声说："于哥，你快点儿醒醒吧，告诉我们杨二严在哪儿，告诉我们是谁把你弄成这样的。"

常闯回到分局洗了把脸，想去技术大队看看有没有什么有价值的线索。郭建学说："我跟着吧。"于学兵出事儿后，郭建学也没有提离开的事儿。

到了技术大队，小田一脸无奈地说："哥哥们，我把浑身的本领都使尽了，市局省厅，我这半个月天天跑，没有什么线索。手机上的血迹就是于哥本人的，没有其他人的东西。"

郭建学说："以于哥的本事，即使被人把他腿弄折了也有机会还手的，他不可能啥都不做吧？"

小田沮丧着脸说："是呢，这个车上应该有别的毛发或者血迹，但汽车让水泡成那种状况，想提取什么都不可能了。"

郭建学又问："手机通话记录查了吗？"

"查了，就是给常闯和冯长海打过两次电话，其他什么都没有。"

"手机当时在于哥哪里发现的？"常闯问。

"手里。当时，急救科大夫从于哥手里生抠下来的。"

"那这么说，于哥始终攥着这个手机？"常闯问。

"攥着手机？"郭建学的眉毛一动，"你的意思是于哥临死都攥着手机？"

"对，手机我们拿到的时候快没电了，我还记得屏幕上打了一溜数字。"

"数字？你当时拍照片了吗？"

"哦，拍了，拍了，我给你们拿。"小田从档案里拿出一沓照片，找出其中一张，"这是当时于哥诺基亚手机屏幕上的数字——2434932264。"

常闯看了看很泄气。常闯想这可能是于哥手指乱碰造成的，看了一眼就放下了，对郭建学说："咱们走吧！"

郭建学扶了扶眼镜跟在常闯后面走出屋，又折了回来："田儿，我再瞧瞧那一溜数字。"

几天过去了，案件依旧毫无进展。

常闯多次向舒城晋江两市主要领导提出要对宏兴公司进行全面搜查，他认为于学兵遇害与岩卡有极大的关系。

果然，市局出入境通过影像比对，查明岩卡用阿培阿土的姓名办了护照，已经进入中国境内。通过查询舒城的住宿信息，以及开展全市范围内的旅馆住宿大排查行动，没有查出岩卡的任何住宿记录。这说明他极有可能居住在舒城某个私人地方，很明显，宏兴公司的可能性最大。

晚上九点多，常闯借了晋江市的一辆出租汽车，停在了宏兴公司大门对面的隐蔽处，他观察着宏兴公司灯光璀璨的大门口。

他脑子翻来覆去地想象，在这个位置于哥一个人在车里是怎么度过每个夜晚的，他那天晚上遭遇到了什么样的事情。常闯万分焦虑，想想于学兵，他就自然地联想起刘锐、王红英、齐耀臣、陈三斤，脑子乱成一团，后来慢慢地就睡过去了。就在这时，咚咚咚，车外有人在敲车门。常闯揉了揉眼睛，心中一凛，把手枪保险轻轻打开，慢慢摇下车玻璃，见外面站着个上了年纪的乞丐。

常闯问："你这是……"

乞丐龇了下牙："对不住，我以为是那谁呢。我走我走。"

"那谁？"常闯脑子一闪，"你认识以前开出租的那个人？"

"嗯呢，我每到这个点儿捡完垃圾就管他要根烟抽，好多天都没见到他了，也不知道他干吗去了。"

"那个出租车师傅有点儿事儿去国外了。"

乞丐有些意外："他没说要出国呀，怎么说走就走了？"

"嗯，走了，你要抽烟，我给你点上，我是他兄弟，以后我给你烟抽。"

乞丐一听说继续有烟抽就开心了。常闯给他点着烟说："你最后一次看到我哥是什么时候？"

"半个月前，也是这个点儿，他给了我烟刚点上，我还和他说了会儿话，就又去那边了，我刚走，你哥就来活儿了。"

"来活儿了？"

"嗯，来活儿了，就是从那里出来的两个人。"乞丐用眼一挑对面的宏兴公司。

常闯一听有戏，忙问："那两个人长什么样子？你看清了吗？"

"我哪儿看得清，都戴着外国帽儿捂得严实，和你哥说了几句，上车就奔西去了。"

常闯想，果然和宏兴公司有关，于哥这个案子，绝对是杨二严等人干的。

常闯想明天就开搜查令，直接搜宏兴公司，折腾一下有可能就出了线索。可这个杨二严藏在哪里呀？于哥呀于哥，你快点儿苏醒吧！

乞丐见常闯不搭理他，他嘬着烟拎着口袋就走了，才走了十几步又折了回来。常闯以为他还想再吸烟，就从烟盒里给他又拿了几根烟："给。"

这个乞丐说："我不抽烟，我知道你哥为嘛出国了。"

"为嘛？"

"因为那天他拉的有个外国人。"

"外国人？"常闯很惊奇。

"嗯呢，外国人说话我们听不懂，那个坐你哥车的人说话我就听不懂。"

常闯想起于学兵和他说过宏兴公司东南亚人的事儿，他对着乞丐学说了一句缅甸语："可它伦（去高速路口）。"

乞丐的嘴张得很大，对常闯说："嗯呢，他说的就是这个。"

常闯回到分局马上给陆方打电话："宏兴公司绝对有嫌疑，我们明天以查外来务工人员暂住证为由彻底清查宏兴公司。"

"好，我去局里开搜查令，先不要告诉任局，我去治安大队直接开出来，进了公司再汇报。"

常闯放下手机，想了想，给沈宏伟打了个电话："沈局，落网的大鱼又在舒城出现了。"

常闯现在一点儿困意也没有了，他脑子想着明天如何安排警力。手机振动音突然响了起来,他以为是陆方的电话,一看号码却是郭建学的,这么晚郭建学打电话干什么?

"建学,有事儿?"

"闯哥,那个手机数字我破译出来了。"

"什么?"

"于哥手机上的数字不是乱摁的,而是几个字。"

"是什么字?你怎么分析出来的?"常闯忙问。

"于哥打字一般都是用拼音,他不会五笔打字,他一般使用九格键,这些数字 2434932264 如果按照简拼九格键对应,应该是'成华仓库'。成华仓库我也打听了,是宏兴公司遗弃多年的车间,位置在鸣凤山北坡,前一段治安大队查过,没有查出什么情况,我估计兄弟单位肯定没有认真清查。于哥留下线索,告诉咱们杨二严应该躲在成华仓库,只是当时来不及换简拼而已。"

"好。"常闯狠狠地用手拍打了一下方向盘,东方的夜空出现了鱼肚白,天快亮了。

任正业最近总是神情恍惚,晚上睡眠也不稳定,就算眯上一会儿觉也做乱七八糟的梦。自打于学兵被伤害案发生后,他心里隐隐约约地总有些不好的预感。他白天给省政法委岳书记打电话没有打通,再拨秘书的电话,也处于关机状态。他越发浮躁不安,他在三天前就把妻子打发去了三亚妹子那里,并嘱咐在国外留学的孩子出行要当心。

将自己身边的事情都安排妥当,任正业仍旧有些不安。晚上睡觉之前他给刑警大队臧大队长打了个电话,问于学兵的案子有什么进展,臧队回复说还没什么具体线索。虽然没有任何证据证明于学兵的案件和宏兴公司有什么牵连，但任正业清楚，宏兴集团必然逃不了干系。

在几年前常闯的婚礼上，当任正业看到杨宏兴对常闯以及齐耀臣流露出那种示好且真诚的态度时，任正业有种老女人吃醋的感觉，至于为什么这样，任正业也曾问过自己，可无法回答。也就是婚礼半年后，在宏兴公司一次酒会后，杨宏兴对自己说准备春节为派出所赞助些米面粮油等过年礼品的时候，任正业烦了，那天任正业真不明白自己为什么就不能控制住自己。

当于学兵被害案发生后，任正业想，举报齐耀臣，谋害于学兵，多次在电话中要挟自己，这是杨宏兴在孤注一掷啊。现在他想从杨宏兴设计的绳套里出来，已经不能了。想到以后的结果，任正业不禁倒吸了口凉气。

早上九点钟，他的办公电话响了，办公室主任说："任局，杨宏兴的电话。"

任正业本不想接，可是心里又隐隐担心。他示意办公室主任出去，拿起电话说："杨总吗？"

"任局，你什么意思？你们城关分局到我这里搜查来了，搞得我们公司都没法儿正常工作了。"

"我不清楚呀，谁去搜查的？"

"陆局长和常闯率领治安大队和派出所的人来的。是不是清查流动人口呀？任局，任正业，"杨宏兴语气变得凶狠起来，"你别来这一套，我在里面对你的事儿可只字没提，我实名举报齐耀臣，对别人还是一字不提。你要抓杨二严我不管，但你想把我们宏兴公司弄散了，我豁出这条老命也得和舒城政府拼命。"

"杨总你说的哪儿跟哪儿呀，"任正业拿着无线话筒进了套间关严门，"老杨你什么意思？好多事情不都是按照你的意思办的吗？搜查这个事情我确实不清楚，我现在给他们打电话。"

"你让他们撤回来。"杨宏兴的语气俨然是开始给任正业下命令。

"我先了解一下再说。"

"你这老狐狸别给我要滑头。"

任正业本来就压着火，见杨宏兴电话里依旧不依不饶，热血上涌："杨宏兴，你别嘴里不干不净的，搜查你们公司怎么了？我告诉你，人都有底线，于学兵被害案，有充分证据证明和你们宏兴公司有牵连。如果于学兵死了，这个案子得把天捅漏了，你以为还能像以前那样打架强奸抹平了吗？办不到，我任正业等着你告我，你去告我，杨宏兴，这个舒城不是我任正业的，更不是你杨宏兴的。"任正业把电话摔在地上，然后半倚靠在沙发上闭着眼睛大口喘着气。

半个小时后，任正业慢慢地睁开眼睛，给省里的大学同学打了个电话："老同学，怎么岳书记的电话没人接呢？电视新闻上也没有他的影子，怎么个情况？"

对方在电话里说："我好几天没看到他了，听说出事儿了，秘书也被控制了，你和他没什么事儿吧？"

任正业脸上一惊，说："我能有什么事儿，和岳书记只是工作、业务上有个联系，其他没有。"

"那就好。最近别通话了。"对方说完就挂了电话。

任正业放下电话大脑有些缺氧，缓了好大会儿，他在盘算着下一步该怎么办。

办公室主任推门进来，说："任局，市里要召开全体扩大会议，让您现在去市里参会。"

"现在?"

"是的，中午十一点准时开会。"

"什么内容说了吗?"

"没有。"

"是机要通知吗?"

"不是，是市局纪委戴书记打的电话。"

纪委书记亲自打电话，可见这个会议非同寻常。任正业不得不开始谋划自己的后路，他想此时不走更待何时。他从衣柜里拿出轻易不穿的西装，换上新的皮鞋，走出了房间。楼道中的几个民警和他打了个招呼，感觉任局有些不对劲儿。

刘主任问:"任局，去哪里?"

"去市里开会。"

"我让司机送您。"

"不用，我自己开车去。"

任正业徒步出了市局大楼。人们难得见到任正业这么正式地在街上溜达，好多人和他打招呼，任正业主动和摆摊儿的、过往的熟人招手。

"任局，任局。"

"老邱呀，身子骨还好吧?"

"好好，任局今天这是?"

"我去市里开会。"

走了不远，路过齐耀臣住的家属楼，任正业看到齐耀臣夹着个公文夹从楼里出来。

"老齐。"

"任局，你这是?"

"我去市里开个会。"

"怎么溜达着?"

"司机一会儿过来接我。"

"任局，我正想和你说说于学兵的案子，那天在会议上说话你多担待，于子这个孩子跟了我七八年，我心里着急呀。"

"老哥，工作出现分歧正常，正常，不说了，不说了。"

"任局，于学兵被害案有些情况，我想现在和你……"

这时公安局司机小胡开着辆私车过来了，任正业说："老齐，我正有个紧急会，需要去市局，等我回来，等我回来。"

齐耀臣还想说什么，任正业就上车了。车开上了晋舒高速，半个小时后到了汽车服务区。任正业对小胡说："你自己开车回去吧!"司机开车离开后，任正业去了趟卫生间，小解后出来向四下观察了一下，见没有人注意，又走到了停在角落里的一辆帕萨特轿车前，从西装口袋里摸遥控打开车门上了车。他发动车后，在副驾驶储物箱里翻出两本护照放在怀里，然后汽车驶出服务区，在高速公路上行驶二十公里后，拐进了鸣凤山公路，这是通往省机场最近的道路。一个多小时后，车子再开两三公里将进入机场高速。任正业的手机响了，是市局号码。任正业摁了接听键。

"任局，你怎么还没到市局，现在就差你一个人了。"

"戴书记，我们舒城这路您还不清楚吗，给辆坦克也得颠散了，高速口有团雾封了，我走的下道，你听，嘀嘀嘀……"任正业摁了几下车喇叭。

"好的，我们都等您了。"

任正业挂了电话，打开车窗就将手机扔到山下去了，脚下紧踩油门，车子提起速度。这时，前面几十米外一辆货车停在那里，司机正张着手向后面的车辆示意停车。任正业想：这个憨司机有些面熟。他想好了，开过去，上了机场高速就万事大吉了。

他快到货车旁边的时候，故意不去瞧那个急得满头是汗的司机，他挂挡提速，万万没想到，突然从货车前面冲出来两个孩子。司机罗发子在旁边大喊："孩子，孩子！"

汽车眼看就要撞到孩子身上了，任正业心里一惊，双手紧向外打方向盘，车子擦着孩子的身边冲了过去，一下子冲断了前面的护栏，直接坠入了山下的潜龙江。

罗发子抱着自己的两个孩子大喊："快救人呀，快救人呀！"好多过路的司机，以及热心人纷纷下车跑到路边往下看，任正业的汽车在湖面上晃悠了一分钟后，便沉入了深深的江底。

邵盈盈开着个五菱面包车进入成华仓库后，压根儿没想到对面的山坡上郭建学正用高倍望远镜对她的一举一动进行秘密监视。邵盈盈见到杨二严后，杨二严把几个崽子支出去，上去就从背后抱着邵盈盈做爱。

邵盈盈说："孩子，孩子，小心孩子。"

杨二严说："熬死老子了。"兀自将家伙生顶了进去，几分钟后，杨二严提好裤子，用手拿起个汉堡就嚼。

"也不洗洗手？"

"洗什么？老头子怎么说？"

"老头子说，今天晚上就安排你走，他给任正业打电话了，好像任正业也没什么主意。"

"这么躲也不是长法儿呀，让老头子给姓任的身上砸钱，不给办就举报他。"

"老头子打电话的时候我在一边呢,放心吧,那个姓任的胆小。"

"就得这么对付他们。"

"那个岩卡也真是下手太狠了。"

"他妈让常闯打死了,人家不报仇呀?"

"那弄姓于的干吗?"

"他们想去常闯家里,结果在车上让姓于的给察觉出来了,两人就交手了。"

"你的意思是,这个岩卡还想杀死常闯?"

"他不杀人来舒城干吗?杀了姓常的最好,派出所的人都他妈的该死,死了我这个案子就没人盯着了。"

"这个是你和他的护照,晚上有车过来接你们。"

邵盈盈交代完事儿,杨二严又是摸又是啃,摸了摸邵盈盈隆起的肚子:"媳妇儿呀,这可是我的种,你可得保护好了。"

邵盈盈亲了杨二严的嘴一下:"好的,小老公。"

"别亲,你跟老王八亲完就亲我,我嫌脏。"

"去你妈的。"邵盈盈骂了杨二严一句,用手擦了擦嘴唇。

就在这时,岩卡手里拎着把匕首,从一个小屋里出来了。他瞅了瞅邵盈盈,用手去拿袋里的馅饼吃。邵盈盈冲着他笑了笑,在岩卡的注视下出了仓库,开车出了库区。

邵盈盈掏出手机给周经理打电话:"现在是你和林四表现的时候了。"

周经理在电话那头儿说:"邵总,你放心你放心,现在我们立功赎罪弃暗投明。"

随后，邵盈盈开车在弯曲的公路上转了几个弯上了小公路，前面路中央横着辆厢货汽车，她摁了摁喇叭，摇开车玻璃："哎，哎，让让。"

她才说完，旁边突然蹿出十几个人，有人一下就把车门拉开了，同时摁住她的嘴："别动，我们是警察。"

十四

岩卡对杨二严说:"我们该离开这里了。"

杨二严大口大口地嚼着汉堡,又喝了口可乐,说:"老头子还没来话呢,哪里也不能去。"

岩卡出了车间攀上车间的房顶,四周观察了十几分钟,稍后又下来去找杨二严,对他说:"我感觉情况有些不对,太静了,你给那个女的打个电话。"

杨二严心里不情愿,但见岩卡的表情,就拿起手机给邵盈盈打电话:"喂,到哪里了?"

"我刚进西环。"

"哦。"

"有事儿吗?"

"没事儿。"

杨二严抬眼瞅了岩卡一眼,那意思是告诉他,大惊小怪,平安得很。他随后打开手机后壳,把手机卡磕了出来,扔到废弃油桶内,又喝了几口可乐。

而此时的邵盈盈早就是落网之鱼,郭建学拿着手机等邵盈盈说完,把手机合上,说:"你这么配合,非常明智。"

　　常妈在村后的自留地里将辣椒秧用筐头子背到南墙根儿下，一排排的红辣椒像是给墙面系了一道红围裙，远远地端详起来，红得那么好看。常妈擦擦汗，拿个马扎就坐在墙根儿边择辣椒，不大会儿就弄满了一簸箕。

　　西街口进来一辆黑色轿车，车上下来一个尖嘴猴腮戴着个眼镜的男人，下车就喊大婶子。

　　常妈以为是问路的，说："大兄弟，你干啥？"

　　"大婶子呀，我是城里的，过来接你来了。"

　　"接我？"

　　"嗯呢，常闯在单位出了点儿事儿，单位让我过来接你。"

　　"怎么了？怎么了？"常妈一听闯子出了事儿，就浑身发颤，闯子前两年接二连三的事儿让她落下了病根。

　　"大婶子大婶子，常闯让我接你去晋江，你儿媳妇那里又怀上了，让你去照顾。"

　　"是吗？节前来也没说呀，这又怀上了，这不违反计划生育吗，不开除呀？"

　　"不开除，你赶紧上车吧！"

　　"那我收拾收拾。"

　　"甭收拾了，到那里就回。"说完就将常妈往车上架。

　　这时邻居媳妇正出门，常妈喊道："侄儿媳妇你给我看着点儿家，晚上不行让小子到我家来睡，闯那里有点儿事儿。"

　　"好嘞，婶子你去吧。"

　　没等常妈再说什么，那开车的愣头青小子踩下油门，发出擦地的嘶鸣，车子飞一样地开走了。邻居媳妇过来给挂上门，自言自语地说："这是干吗去，着急忙慌的。"

邻居媳妇刚上好大门,一辆警车就停下了。从市里晋衔培训回来的陈三斤拎着两条大活鲤鱼跳下车来。陈三斤在回来的路上看到路旁有卖野生鲤鱼的,想这个要回去熬汤肯定不错。半路上路过常家,陈三斤想常妈和自己老娘一样寡居多年,过着清苦日子,就分出两条拐个弯给老人送过来。李伟瞅着陈三斤的几条鱼说开了绕口令:"打南边来了个哑巴,腰里别了个喇叭;打北边来了个喇嘛,手里提了个獭犸。提着獭犸的喇嘛要拿獭犸换别着喇叭的哑巴的喇叭……"

陈三斤见邻居媳妇正关门,就问:"大妹子,这常妈没在家呀?"

"在家,刚让闯子派人接走了,说闯媳妇要生孩子。"

"生孩子?"陈三斤感觉莫名其妙,掏出手机就给常闯打电话。

常闯正指挥民警们将妨碍搜查的"大赤包"强行带上车,民警小张跑过来向常闯和陆方汇报:"陆所,司建的尸体被警犬搜出来,技术科正在勘查现场。"

陆方对常闯说:"将宏兴公司大门关闭,全部戒严,公司的人谁也不能离开。"

这时,陈三斤的电话打进来:"闯,你干吗去?路过你们村看看你老娘,你怎么接走了,有事儿呀?"

"我没接走呀。"

"什么?刚来车接走了。"

常闯的脸色凝重起来:"谁接的?"

陈三斤没多说什么,跳上车对李伟喊:"追上那辆车。"

林四挂上高速挡直接奔晋江方向,常妈心神不宁,嘴上一个劲儿地叨叨:"到底我家媳妇有事儿不?"

"没事儿。"

"没事儿?闯让你着急接我干吗?你们慢点儿开,颠得我心脏受不了,慢点儿慢点儿。"

林四早就不耐烦了,对常妈喊道:"别叨叨了,老实点儿,我们是救你来了。"

常妈一听这个小子这么说话,就说:"你这孩子怎么这么说话?"

周经理没干过绑架的差事,哆哆嗦嗦地对林四说:"别对老太太这样。"然后对常妈说,"大婶子,我,我实话和你说,和你说,有人想害你,我们要带你去个安全的地方。你就跟我们走,让你干吗你干吗。"

常妈哪里听得进去,心里更害怕,头一仰,嗓子"咕噜"一声昏过去了。周经理担心人死了,一个劲儿地掐人中:"嘿,醒醒!"

林四说:"死不了,死了也不能怪咱。"

周经理抹了把脸上的汗,把领带松了松:"邵盈盈这个娘儿们是让咱立功赎罪,还是想把咱们几个都搭上呀?"

李伟把警车警报打开爆音,顺着乡间小路就追了下去。陈三斤边追边给局指挥中心打电话:"车辆北京吉普,车号晋R56781,请兄弟单位拦截。"

陈三斤的电话才打完,面包车就"咣当"一声,斜倒在边沟里。李伟跳下车一看,说:"车轱辘掉了。"陈三斤一瞧,车右后车轮果然不见了。森林派出所条件有限,就这么一辆坚持了五年的警用面包车，哪经得起这么折腾，几条鲤鱼被抛出了车外，活蹦乱跳。

正在这时，一辆还没贴膜的现代轿车从远处开过来，陈三斤站在路中间示意对方停车。轿车停住了，恰好是物业公司的老孟。

"陈所你干吗？车坏啦？"

"老孟，别说了，你下车，我们开你的车。"

老孟有点儿舍不得，李伟说："你在这里看着我们的车，我们在追逃犯。"

"我跟你们去吧！"

"你的车我会开。"李伟拉开车门让老孟下了车，陈三斤坐上了副驾驶位置。

老孟有些嘀咕："刹车慢点儿踩。"李伟脚下油门加力，车子嗖地就蹿出去了，老孟脸上的汗哗啦就下来了，"哎，哎，踩离合要到位，到位……"

周经理双手给常妈扑拉着胸口："大婶子，您别有个事儿，佛祖保佑。"他生怕常妈有个三长两短，这哪里说得清呀。

他给邵盈盈打电话，对方不接。他擦了一把脸上的汗，手机响了，他颤颤巍巍地接杨宏兴打来的电话。杨宏兴劈头盖脸地就吼了起来："你干什么去了？钱给我打了吗？"

"杨总，杨总，还没打……"

"你他妈的怎么还不打？"

"杨总，现在打款是不是将来我会被处理呀？"

"处理你妈呀，少废话，快点儿给我打。"

"好的，我打。"

"你那里怎么那么乱，林四和你在一起吗?"

"在，他在开车。"

"你问问林四，怎么在宏兴公司里搜查出了尸体，到底谁干的?"

周经理肝脏一阵剧痛:"我的天，还有尸体，怎么还有尸体?"

"准是杨二严背着我干的，这都是命案，他妈的，都不想活了。"

周经理颤巍巍地问:"林四，怎么回事儿，公司怎么有尸体?"

"杨二严干的，想把司建嘴封上，结果狠了，给弄死了。"

"我操，你们都背着人命，我他娘的不干了，我下车。"

"下车你去哪里? 反正还得进去。"

"我也没弄死人，我最多判几年，我不干了，停车。"

现在已经是树倒猢狲散，林四说:"咱们要不去投案自首，要不就是将老太太送医院。"

"去医院，去医院，人没事儿，咱就是学雷锋，人死了，咱俩就多个绑架致人死亡，罪过大了。"

"好。"林四一打方向盘，"咣"的一声，吉普车就被侧面追来的现代车别住了。车上跳下来个警察，手里提着手枪。

周经理从车里滚了下来，趴在地上就喊:"误会误会，我们投降。"

林四下了车撒腿就跑，他跑了几步，就被后面一个人给扑倒了。他爬起来，踉跄几步，脚下被什么东西绊了一下，又摔倒在地上。他还想挣扎起来，李伟的大脚像块巨石一般砸在了他的脸上。林四"哦喽"一声，眼前一黑，就昏过去了。

对杨二严的抓捕工作进行得不顺利。特警队和刑警队的人冲进库房，才发现人去屋空。刑警队长一摸烟头，还冒着一缕微弱的青烟，明白这几个人跑不远，招呼大家展开搜索。

这时外线警戒的侦查员就和杨二严、岩卡交上火了，杨二严胡乱打了几枪，再一看旁边的几个伙计早就逃之夭夭了。他趴在石头后面又胡乱朝远处的警察开了一枪，手忽然一阵剧痛，右手被狙击手的子弹给打掉了两根手指，他疼得"哎哟"一声，躲在石头后面不敢动弹。岩卡用手拽着他的肩膀就向山上跑。杨二严跑了没几步，大腿上又中了一枪，疼得他嗷嗷直喊娘。岩卡在游击队待过，在山地和丛林打游击是他的长项。他放开杨二严，左右跳跃，十几分钟就甩开了警察。

因为任正业失踪，沈宏伟亲临舒城主持全面工作，并带着特警队参与围捕岩卡。负责监控杨宏兴的侦查员向沈宏伟汇报："杨宏兴脱离监视，不知去向。"

舒城境内氛围空前紧张。

杨二严端详着血淋淋的右手，对沈宏伟说："我就想立功赎罪，我立功赎罪，判不了死刑吧？"

沈宏伟说："我以市局局长的名义保证，只要你如实交代，我们会按照法律对你减轻或者从轻处罚。"

杨二严说："我说，司建我们没有心弄死他，就是天天将他关在铁屋里。后来司建用牙齿咬断了绑绳，打伤了个小子，夺了把刀子想逃，正碰上岩卡，他当着我们的面就把司建用膝盖顶死了。于哥，于学兵，也是岩卡弄的。我们本来是去找常闯的妈，想绑了做人质再逼常闯出来，可那天林四发现于哥的车在盯着我们，岩卡就主动打的士，到了半路，就将于哥给害了。岩卡这个人肯定是去找常闯了，我叔就躲在鸣凤山庄，我们合计好了，从潜龙江坐游轮去港口，然后一起偷渡去国外。"

陈三斤押着林四和周经理上了警车，周经理一个劲儿地作揖："陈所，陈所，把铐子松松……"周经理一副落水狗相，这时李伟手里装在塑料袋中的手机响了，周经理瞅了一眼说，"是我的是我的。"

陈三斤说："别接了。"

"是杨宏兴给我打的。"

陈三斤一听是杨宏兴的，就从袋子里接过手机："喂，你，宏兴大哥，我是陈三斤呀，现在周经理被我们拿了，赶紧出来自首吧。"

杨宏兴挂了电话，内心非常复杂。他现在清楚好多事情和自己都脱不了干系，现在自首是唯一出路，可是心狠手辣的岩卡自然不会让他那么做。

杨宏兴再一想，自己六十多岁了，死活一个价了，现在他心里惦记邵盈盈肚子里的孩子，那是他唯一的希望。

杨宏兴给邵盈盈打了电话："盈盈，你保护好肚子里的孩子，孩子是我死后的希望。"

他话刚说完，邵盈盈就说："你在哪儿呀？"

"甭管我在哪儿，什么也别说了，我这辈子没什么留给你的，你一定为我保护好我们的孩子。"

"去你妈的，你把钱全转移走了，现在公司账户都被冻结了，姑奶奶没准儿还得跟你判几年。肚子里的孩子，做梦去吧，你有几回把种子放到我田里？告诉你，这孩子确实是你们杨家的，姓杨,但生下来得喊你二爷,不是喊爹。"旁边的技术民警想笑又不好意思笑,双眼注视着荧屏上杨宏兴的手机信号波。

杨宏兴气得大叫:"狗男女,你这个臭婊子,我这就回去收拾你们。"说罢,杨宏兴从鸣凤山庄后面的山洞里出来,驾驶吉普车就冲上了公路。

鸣凤山下,临时指挥所里,沈宏伟正在给几个分局长、支队长布置工作,负责技术的大队长过来告诉沈宏伟:"杨宏兴的手机位置确定了。"

沈宏伟说:"好,通知各单位缩小伏击圈,注意安全,还要防止犯罪嫌疑人自杀。"

杨宏兴车子冲到第一个卡点就被武警给拿下了,杨宏兴说:"我投案,我身体有病,有绝症。"

常闯和齐耀臣风尘仆仆地过来。

"老齐,老齐,毙了二严那个王八蛋,毙了他。"杨宏兴语无伦次,随后从怀里又掏出一个小本子,"这是我给省里市里的人员送礼的详单,我告他们敲诈我,让我给他们行贿。"

沈宏伟拿过本子,看了一眼,就递给旁边的侦查员说:"提取证据保存。"

齐耀臣说:"老杨,老杨别激动,你先说那个岩卡在哪儿,他到底在哪儿?"

"他?"杨宏兴这才想起来,瞅了一眼常闯,没说什么。

从杨宏兴眼神里常闯觉察出来点儿什么,他后脊梁一紧。

沈宏伟用对讲机发布紧急命令:"全体参战民警,各抓捕小组,我命令立即向常家口方向集结,对方持有枪支,如果拒捕可以开枪。"

陈三斤让冯长海和刑警队的人将周经理和林四带走后，就和李伟带着常妈先去了医院。

常妈惊魂未定，醒过来发现陈三斤等人，就问："刚才怎么了，他陈哥？"

"这事儿，"陈三斤说，"刚才姓周的喝多了，和你闹着玩儿呢。没事儿，没事儿，人都走了。"

"他陈哥，要不咱回家吧，在医院住着也得花钱。"

"大婶子，你觉得身体没事儿咱就回去。"

"回去回去。"常妈心疼钱，从床上起身下床就要走人。

大夫在一旁笑了，对陈三斤说："拿点儿滴丸，应该没事儿了。"

陈三斤送常妈回村里，常妈一路上唠叨着："可不能喝酒呢，你说喝酒了把我这个大老婆子差点儿吓死，这个姓周的小子，还有那个说话挺横的，什么德行呀！"

陈三斤哼着哈着，一想自己单位的车还让老孟看着呢，还把老孟的车弄成这样，老孟得疼得掉几斤肉。

当沈宏伟发布作战指令的时候，陈三斤没有手持台根本不知道这个消息，而周经理的交代，也没使陈三斤提高警惕。

车子又回到常家口的时候已经是傍晚了，陈三斤让李伟停好车，自己搀着常妈下了车送进屋去。

"大婶子，一会儿你把这滴丸吃了，过两天我再来看您。"

"好好，"常妈说，"你们不多坐会儿啦？"

"不坐了，不坐了，该走了，该走了。"陈三斤走到大门口想给常妈把大门关上,忽然觉得哪里不对劲儿,他折身慢慢地进了屋,"大婶子,大婶子。"再叫常妈没有回应。

陈三斤就往腰里摸自己的手枪,迈进东屋抬眼就看到常妈坐在椅子上,后面直立个家伙。那家伙是岩卡,他手里持枪对准常妈的后脑,常妈吓得"嗯嗯"想喊,又被岩卡的手捂着发不出声来。

"把枪放下,把枪放下。"岩卡说。

"你把人放了,我就放下枪。"陈三斤说。

对方移动了下身体,枪口却没离开常妈的头。

"你就是岩卡?"

对方点了点头,笑了笑。

"你想怎样?"陈三斤急得要命,他希望外面的李伟能够发现这个情况,打电话喊人或者报警,而此刻李伟正在车上擦着皮鞋,听着轻音乐,浑然不觉屋里面发生的情况。

陈三斤一手拿着枪,一手就向口袋里摸手机,他想打个电话。

对方看穿了陈三斤这个动作,就说:"打吧,你告诉常闯,让他一个人过来找我。"

"把人先放了,什么都好解决。"陈三斤给常闯打了电话,"闯,我在你家。"

常闯正驾车风驰电掣地往家里赶:"三斤哥,三斤哥。"常闯在电话里喊陈三斤。

陈三斤没有回话,他脸上的汗淌成一片,他清楚岩卡是冲着常闯来的。他一手拿着手机一手端着手枪,对岩卡说:"常闯马上就到,你把老人放下,咱们去外边。"

岩卡点点头,用手推着常妈向外走。陈三斤撤到院子里,他用眼角的余光看见李伟就隐蔽在二道门旁，只要岩卡出来，李伟手里的木棍就能砸到这小子的脑袋上。

陈三斤继续退着，岩卡一手推着常妈，手指仍然在手枪扳机上。常妈在前面先出二道门，一扭头看到李伟在旁边，"啊"了一声，等于是给岩卡提了醒。李伟举起木棍就砸了过去，岩卡对着李伟就打了一枪。李伟应声栽倒在地，随后陈三斤的枪也响了，岩卡反手又还了一枪。子弹打中了岩卡的小腹，岩卡推开常妈，身子蹲了下去。子弹打穿了陈三斤的心窝，他端着枪身子晃了晃，最后扑通一下扑倒在地上。岩卡一手捂着肚子，咬牙站起来，拉过瘫倒在地的常妈就向外走。

岩卡踉踉跄跄地走出大门，陈三斤用手一把薅住了他的右脚。岩卡拿枪对准陈三斤的脑袋，陈三斤无力地垂了下来，岩卡扣着扳机的手指缓缓松开。

岩卡把常妈塞进了车里。这时，他看到眼前车灯一亮，警车的光芒照射过来，他的眼睛睁不开了。

岩卡要找的人终于到了，他将常妈从车里拽了下来。

"是常阿仔吗？这是你的妈妈，你过来，看看你的妈妈，可我的妈妈在哪里？"

常闯从车上跳下来，看到门槛上趴着的陈三斤："三斤哥！"

陈三斤嘴里吐着血，对常闯说："闯，哥对不住……"

"三斤哥……来人，快救人……李伟。"

李伟发出呻吟声，捂着肚子在院里翻滚着。几个全副武装的警察过去救人。

常闯擦了把眼泪站起来，对岩卡说："你把我妈放开。"

沈宏伟在远处用高音喇叭喊道："岩卡，你已经被包围了，放下武器。"

岩卡笑了笑，带着种轻蔑："常，你的妈妈，我的妈妈，都是女人，我不会伤害女人。可你为什么杀了我的妈妈?"

常闯说："我没有，杀朵拉女士的是杨小号。"

岩卡摇摇头："果敢人说是你杀的，杨宏兴也说是你杀的。"

郭建学从后面捧过来一个笔记本电脑，递到常闯手里，常闯说："岩卡，你自己看。"常闯端着笔记本电脑向前走了几步，放到离岩卡三四米的地上，将屏幕对准岩卡。播放器里播放着专案组抓捕毒贩的视频，其中就有杨小号将朵拉和她的翻译当作人质的画面。

先是杨小号开枪将翻译打死，要挟警方为自己安排一辆车送他走。朵拉说："你这样做只会增加你的罪孽，和我们一样配合中国警方才是出路。"

杨小号经常吸食毒品，毒素已经将他的脑神经损伤，他的思维已经不是正常人的状态。他对朵拉歇斯底里地号叫着："不，你们一起害我，挡我的财路，谁也别想抓住我。"

警方安排的车开了过来，常闯化装成出租司机，在离杨小号十米的地方停好车，下车后常闯就拿着钥匙朝杨小号和朵拉的方向走。

"停下，停下，把钥匙扔给我。"也就剩下三米的距离，杨小号扭转枪口对准常闯开枪。

常闯大喊："闪开!"身子迅速滑倒在地，此时手里拿着早就从后背抽出的手枪，连开了三枪，全部击中杨小号的胸口，杨小号倒在了地上。常闯起身就去扶朵拉，而此时杨小号还有一口气，他挣扎着抬手打了一枪，正打在朵拉的头上。

岩卡看完这个视频呆住了，他摇着头说："不是这么回事，这些都是假的，假的，是你们杀了我的妈妈。"

"放开我母亲，放下枪，岩卡。"

岩卡摇着头，但是他的手推开常妈："骗子，都是骗子。"随后蹒跚着拎着枪向前走。

"放下枪，放下枪。"

岩卡小声说："不会，没想活着。"他的手才一抬，常闯身后的长短枪支就集体开火了。岩卡身上被打了十几枪，栽倒在地上，双眼直直地望着星空。

在晋江市文庆县农场内，小四川突然在梦中惊醒，他穿上衣服跑到农场老板的宿舍，"咣咣"地砸门把老板叫醒。老板是陈三斤农校的同学，小四川一直就躲在这个农场。

"老板叔，我要回舒城。"

"回去干吗？你陈大说了，没他的话你不能离开这里。"

"我刚才梦到陈大了。"

"大晚上撒癔症，快睡。"老板打了个哈欠。

这时屋里的电话响了，老板说："这怎么了，深更半夜敲门，来电话，都中邪了。"老板接起电话，"喂，什么，什么，老陈他走了……"

门口的小四川"哇"地哭了起来："我刚梦到陈大，他说，他再也不能来看我了，我要回去见陈大，我要给他摔盆，给他打幡，我答应过他的。"

半个月后，全国一级英雄模范陈三斤同志的追悼会及遗体告别仪式在舒城市隆重举行！万芳厅内，哀乐低回催人泪下，陈三斤的遗像正中高悬，两边的挽联是周俊起写的，沈宏伟给拟的词："终生为人善良亦忠亦厚，一生含辛茹苦克勤克俭。"大厅一角的电子屏幕上滚动播放着陈三斤生前一幅幅工作照。陈三斤静静地躺在鲜花环绕的灵位上，身上盖着鲜红的党旗。大厅外，手持白花的各界人士排着长队，来悼念我们的好兄长，我们的好战友，我们的公安英雄。

杨二严因犯故意杀人罪，非法拘禁罪，非法持有枪支弹药罪，寻衅滋事罪，组织、领导、参加黑社会性质组织罪等多种罪名被执行了死刑。邵盈盈因为怀有身孕被判监外执行。杨宏兴因犯有组织、领导、参加黑社会性质组织罪，寻衅滋事罪，强奸罪，私藏枪支罪，行贿罪等多种罪名被判处死刑，缓期执行。

于学兵一个月后恢复意识，一年后痊愈，他后来自己成立了个舒城保安公司，为企事业单位培训保安。郭建学半年后考上了研究生，毕业后应聘到北京某文化传媒公司做了编剧。李伟伤好后，又在分局干了两年。小尹娶了李伟的表妹，自己开了个饭店，因为他对食物的亲密性，他饭店的菜品颇受舒城大众喜爱，我们经常去他的饭店聚餐消费。冯长海因为身份的原因，不能继续在分局工作，他自己请了个病假，去了王金石的宾馆做了二管家，后来和王金石又弄蹭了，和别人合伙开了个公司。班邓一年后参了军，当了一名武警战士，临退伍时他说一定要当个正式的警察，回来后直接去了新疆，被奎屯公安局反恐支队招录为事业编制民警。变化最大的就是郑实在，在陈三斤追悼会上他哭得最厉害，后来他还干了件我们最钦佩的事，他和爱人将陈三斤的老娘接到家里当作亲人赡养，十几年从未懈怠过，我想有时真不能给一个人轻易下定义，时间和经历可以改变一切。陈洁一年后被保送公安大学，四年后被分配到晋江市公安局刑警支队做了刑警。

每到清明节，原城关派出所的人们就会自发到烈士陵园来祭奠刘锐、陈三斤。每次站在他们的墓前，我们都觉得他们就在我们的身边，从未和我们分开，在蔚蓝的天空中望着我们，他们永远活在我们心里，给我们激励，催我们奋进，让我们永远记得自己是一名人民警察，或者曾经是人民警察中的一员。

在大千世界里，在人生的漫漫长河中，即使面对这样或者那样的坎坷和艰难、诱惑和茫然、危险和恐惧，我们都会在内心树立起一面正义的丰碑，同时保持为人朴实的品格，守住做人的底线，当召唤来临，随时为国家为人民为职业使命奉献出自己的青春、热血，甚至最宝贵的生命。

最后，请让我代表原城关派出所所有人向战斗在公安基层一线的民警、辅警人员、治保干部深深致敬。让我们再次重温初心誓言，让铿锵的话语响亮我们永恒的生命吧！

> 我志愿成为中华人民共和国人民警察，献身于崇高的人民公安事业，坚决做到对党忠诚、服务人民、执法公正、纪律严明，矢志不渝做中国特色社会主义事业的建设者、捍卫者，为维护社会大局稳定、促进社会公平正义、保障人民安居乐业而努力奋斗！

附录

2023 年"新时代中国法治文学精选"
丛书入选作品名单

长篇小说

《另一半真相》（原名：《插翅难逃》）　　作者：易卓奇

《阿波罗侦探社》　　　　　　　　　　　作者：蔚小健

《正义者》　　　　　　　　　　　　　　作者：裘永进

《幸福里派出所》　　　　　　　　　　　作者：李　阳

《风口浪尖》　　　　　　　　　　　　　作者：楸　立

《女警姚伊娜》　　　　　　　　　　　　作者：宋瑞让

中篇小说

《七天期限》　　　　　　　　　　　　　作者：楸　立

《该死的人性》 作者：洪顺利

《薪火相传》 作者：贺建华

《蜂王》 作者：疏 木

短篇小说

《千丝万缕》 作者：少 一

《重塑》 作者：骆丁光

《无处躲藏》 作者：奚同发

《警徽闪烁》 作者：魏世仪

《垃圾街》 作者：阿 皮

《麻辣师徒》 作者：程 华

《新月》 作者：王 伟

《雾霾》 作者：任继兵

《夺命陷阱》 作者：罗学知

报告文学

《"寻人总司令"隋永辉》 作者：艾 璞

《村里来了警察书记》 作者：罗瑜权

《采访汪警官手记》 作者：张 明

《激流勇进铸忠诚》 作者：张建芳

《平凡英雄》 作者：王改芳

《中成，你是我们的兄弟》 作者：程 华

中国社会主义文艺学会法治文艺专业委员会
2023 年 12 月 31 日